Maria A. Stich
Wolfgang Grund

# GOLDRAUSCH AUF DER ALB

Krimi

Oertel+Spörer

# 1

An einem sonnigen Herbsttag im September bog ein roter Kleinwagen in den Hof von Hubertus Hollerer auf der Schwäbischen Alb ein. Die Lokalreporterin Eva Witten bremste abrupt vor dem Tor zum Kuhstall. Mit einer automatischen Handbewegung stellte sie den laut fiedelnden Klassiksender im Radio ab und blieb noch einen Augenblick sitzen. Sie war genervt und frustriert. Auf der Heimfahrt von Tübingen nach Hagelloch hatte sie eine halbe Packung Russisch Brot aufgeknabbert, was sie noch zusätzlich wurmte. Warum konnte sie sich nicht beherrschen, wenn sie einmal mit der Nascherei anfing? Das lag bestimmt an dem öden Vortrag im Hegelbau, von dem sie gerade kam. Mit diesem Regionalkram verschenkte sie Tag für Tag das enorme schriftstellerische Potenzial, das in ihr schlummerte. In ihrem jetzigen Aufgabenbereich als Lokalreporterin beim »Tübinger Tagblatt« fühlte sie sich total unterfordert.

Der einzige Lichtblick neben Evas monotonem journalistischen Leben waren die gemeinsamen Stunden mit ihrem süßen Hubertus. Süß nannte sie ihn nur in Gedanken, sonst hätte er sich in seiner Männerehre gekränkt gefühlt. Eher halbherzig war sie vor einem halben Jahr auf dessen Bauernhof in der Nähe von Tübingen gezogen. Aber, oh Wunder, das Landleben bekam ihr erstaunlich gut. Den riesigen Freilaufstall mit den 100 Milchkühen und 60 Mastbullen neben dem Wohnhaus versuchte sie zu ignorieren und mied ihn so gut es ging.

Hubertus hatte sie vor zwei Jahren auf dem legendären Traktorentreffen bei der Weihermühle rotzfrech angebaggert. Die Affäre nahm dann aber so schnell Fahrt auf, dass ihr Hören und Sehen verging. Auch in anderer Weise hatte das Treffen ihrem Leben eine Wendung gegeben. Sie war dort von der Hausfrau Mathilde Stecher mit einer Pistole bedroht worden, hatte sich mit ihr auf ein riskantes Geschäft am Rande der Legalität eingelassen und war so zu einem kleinen Vermögen gekommen. Das zugehörige Abenteuer, das sie beinahe mit dem Leben bezahlt hätte, lag Gott sei Dank weit hinter ihr. Sie hatte aus ihren Fehlern gelernt und sich geschworen, nie wieder im Alleingang, ohne Hilfe der Polizei, Verbrecher zu jagen. Zumindest glaubte sie das fest.

Den Hof hatte Hubertus vor fast zehn Jahren von seinen Eltern übernommen und renoviert. Das frisch gestrichene Bauernhaus war mit den grünen Fensterläden und dem dunklen Fachwerk sehr einladend. Auch die Innenräume waren komplett modernisiert worden. Das ehemalige Gästezimmer war mit einem Durchbruch zum Schlafzimmer versehen und Eva konnte es als begehbaren Kleiderschrank für ihre unzähligen Schuhe und Kleidungsstücke nutzen. Es mussten aber nicht immer neue Klamotten sein. Sie stöberte auch in Secondhandshops oder auf Flohmärkten. Das war voll nachhaltig und sparte eine Menge Geld, was ihr Shoppinggewissen sehr beruhigte. Die Kleidung von Hubertus passte dagegen in den schmalen Schlafzimmerschrank und die zwei Paar Sneaker, die er besaß, standen im Flur an der Garderobe. Dafür hatte er mehrere Paar Gummistiefel für die Stallarbeit und andere landwirtschaftliche Tätigkeiten. Zu ihrer Dreierwohngemeinschaft gehörte noch Merlin. Der stattliche schwarzbraune Beauceron liebte es gemütlich. Sein Tagesablauf bestand hauptsächlich aus Fressen und Schlafen.

Während des Vortrags am Nachmittag »Die Kelten, das geheimnisvolle Volk auf der Schwäbischen Alb« hätte Eva auch gerne ein Nickerchen gehalten. Professor Dr. Magnus Maria Feinäugle dozierte im Hegelbau der Uni Tübingen und die Reporterin hatte sich beim Gähnen fast den Kiefer ausgerenkt. Der Mann erzählte in einem einschläfernden Singsang zu antiquierten Schautafeln. Ein hochmoderner Beamer hing ungenutzt von der Decke. Der Professor entschuldigte sich, dass er zum Betrieb des Geräts einen Datenstick seiner Sekretärin gebraucht hätte, die noch in Mutterschutz war. Er verfügte leider nicht über das Wissen, so etwas zu erzeugen. Die Handvoll Zuhörer nahm das stoisch zur Kenntnis. Trotzdem folgten sie konzentriert den Ausführungen über Keltenzüge, Beerdigungsrituale und Fundorte von Waffen, Schmuck und Alltagsgegenständen. Eva schaltete ihre Ohren auf Durchzug und amüsierte sich innerlich über Feinäugles Erscheinungsbild. Es erfüllte alle Klischeevorstellungen, die man von einem Professor hatte. Dr. Feinäugles schmales Gesicht wurde von einer dunklen Hornbrille dominiert. Die hagere Gestalt steckte in einem braunen Tweed-Jackett und einer ausgeleierten Jeans. Die schwarzen Halbschuhe hingegen glänzten frisch poliert.

Zum weißen Hemd trug er eine blaue Fliege, die er nur für offizielle Anlässe verwendete. Reflexartig rückte er sie ständig gerade, obwohl sie tadellos saß. Die Fünfzig hatte der Wissenschaftler bestimmt schon überschritten. Trotzdem konnte Eva in der glatt zurückgekämmten Frisur kein einziges graues Haar entdecken. Eva strich sich ihre dunklen, schulterlangen Haare hinter die Ohren zurück. Sie hoffte, dass das bei ihr im fortgeschrittenen Alter genauso war. Der Professor wirkte sympathisch, war aber überhaupt nicht ihr Typ. Zwischendurch schielte sie auf ihr stumm geschaltetes Handy. Ups, Ludmilla vom »Huber

Hof« in Apfelstetten hatte während ihrer Überlegungen angerufen. Wahrscheinlich wollte sie mal wieder mit einer kultivierten Person reden. Ihr Mann, der Alois, war eher wortkarg. Wenn er den Mund auftat, schwadronierte er nur über Weinreben, Weinvermarktung, Bodenbeschaffenheit und die extreme Trockenheit in den Weinbergen. Hin und wieder nervte sie das Mitteilungsbedürfnis der Bäuerin, aber als Reporterin war sie nun mal auf jeden Informanten angewiesen.

»Liebe Zuhörerschaft«, beendete Feinäugle seinen Vortrag und umging damit geschickt das Gendern. Er rückte seine Fliege noch mal gerade und räusperte sich vielsagend, »hiermit kann ich schon ankündigen, dass ich, wie auf der Heuneburg, wo das Grab einer keltischen Fürstin entdeckt wurde, Ähnliches auch auf der Schwäbischen Alb vermute. Ich habe hierfür gesicherte Hinweise.«

Der Hinweis, ein vergilbtes Blatt Papier, war ihm beim Ausräumen des Büros seines verstorbenen Kollegen, Dr. Phileus Karl-Heinz Sonntag, in die Hände gefallen. Der Professor erkannte sofort seinen Wert, konnte es heimlich an sich nehmen und studieren. Es gab zwei Lageskizzen jeweils auf der Vorder- und Rückseite aufgezeichnet. Der Plan auf der Vorderseite trug die Überschrift »Tumulus sanctorum ducum Cartimanduea familiae Dolmenicae«. Das übersetzte Feinäugle, als alter Lateiner, mit »Grabstätte der heiligen Führerin Cartimandua der Sippe Dolmenica«. Die Überschrift auf der Rückseite »Villa Dolmenica familia« konnte nur bedeuten, dass das der Lageplan des Dorfes eben dieses Clans war.

Das Dokument steckte als Einmerker in dem Buch »Keltenbräuche – Der Einfluss der Kelten auf den modernen Menschen« von dem kongenialen Autor Breanainn Agrona, einer Koryphäe auf dem Gebiet der Keltenforschung. Sein

Kollege hatte einen Text markiert, der die Bräuche bei der Beerdigung von Clanchefs, am Beispiel der einzig bekannten Clanführerin Cartimandua, beschrieb. Angeblich war sie mit ihrem sagenumwobenen, heiligen Dolch und ihrem Torque, einem Halsband, das nur die Clanführerin schmückte, begraben worden. Als weitere Grabbeigaben wurde ein unermesslicher Schatz an Goldmünzen und kunstvoll gefertigter Schmuck genannt. Cartimandua sollte mit ihrem Clan auf der Schwäbischen Alb in der Nähe des heutigen Tübingens, gelebt haben.

Mithilfe dieses Planes würde er, Professor Dr. Magnus Maria Feinäugle, seine fachliche Reputation international ausbauen, wenn er die Fundstätte eines Keltengrabes entdeckte und wissenschaftlich auswerten würde. Dessen war er sich ganz sicher. Leider sollten ihm bei diesem Vorhaben sein krankhafter Zwang zum Pokern und seine Vorliebe für alten Whisky gehörig in die Quere kommen.

Zum Abschluss seines Vortrages zeigte Professor Feinäugle ein großformatiges Foto der keltischen Goldkugeln, die den märchenhaften Luxus der keltischen Fürstin auf der Heuneburg belegten. Eva reckte den Hals nach den Preziosen. Sahen geil und sehr wertvoll aus, die Dinger. Als der Professor noch eine Fragerunde ankündigte, verließ Eva fluchtartig den stickigen Raum. Sie war sich sicher, dass der penetrant herbe Duft im Raum vom Rasierwasser des Professors stammte. Vermutlich benutzte er, wie ihr Chefredakteur Bernd Kohler, »Tabac Original«. Jetzt hatte sie erst mal die Nase voll und genug Stoff für einen Artikel. Den Rest würde sie im Internet recherchieren. Die Reporterin stieg in ihren altersschwachen Redaktions-Fiat und rief Ludmilla zurück. Die hob sofort ab.

»Hubers Heuhotel und Pension. Ludmilla am Telefon, was kann ich für Sie tun?«, meldete sich Ludmilla.

»Eva hier, du hast mich angerufen!«, begann Eva ohne Vorrede.

»Hallöle! Stell dir vor, die Krötenheinrich kommt endlich!«, rasselte Ludmilla herunter.

Nachdem Eva ratlos schwieg, fuhr sie fort: »Das ist doch die Wünschelrutengängerin, die nach Wasseradern im Weinberg suchen soll. Die Frau, die Sepp wegen der Trockenheit und dem versiegten Brunnen angeheuert hat.«

»Stimmt, ich erinnere mich! Hört sich interessant an«, stellte Eva fest, »wann kommt sie denn genau?«

»Am Mittwoch, mit dem Bus«, teilte Ludmilla ihr mit.

»Das schreit nach einem Interview! Melde mich!«, sagte Eva. Aufgelegt.

Ludmilla hängte noch ein »Gern geschehen!« an das Gespräch, aber da ertönte schon das Freizeichen. Sie schüttelte den Kopf. Diese Eva war immer im Stress. Wie die rasende Reporterin es schaffte, dabei immer so modisch und wie aus dem Ei gepellt auszusehen, war ihr ein Rätsel. Sie war ja eine Hübsche, aber durch ihre spitze Nase wirkte sie immer etwas aggressiv.

Eva war nach dieser Mitteilung wieder guten Mutes. Ihre Freundschaft mit den Hubers lohnte sich immer wieder. Die bauen nicht nur hervorragenden Täleswein an, sondern sind auch ein Quell an Informationen, dachte Eva, als sie vom Parkplatz auf die Straße fuhr. Alois Huber hatte ihr von der Wünschelrutengängerin erzählt, als sie sich das letzte Mal trafen und behauptet, dass Annabell Krötenheinrich verborgene Quellen und Wasserläufe aufspüren könne wie keine andere. Wann und wo war das gewesen? Sie erinnerte sich nicht mehr. Kein Wunder, bei ihren vielen Verpflichtungen. Diese Wasserzauberin sollte auch in seinem Weinberg die Rute schwingen. Wie sie wohl aussah? Eva stellte sich eine Mischung aus Kleiner Hexe und der Eiskönigin Elsa von Arendelle vor. Sie würde alles daransetzen bei einem Wünschelrutengang dabei zu sein. Das gäbe einen klasse Artikel. Vielleicht war ihr Berufsleben doch nicht so öde, wie sie es sich immer einredete.

Zwischen diesem viel versprechendem Telefonat und ihrer Ankunft auf dem Hof von Hubertus, lagen eine halbstündige Irrfahrt durch die Staus der Tübinger Innenstadt und eine halbe Packung Buchstabenkekse. Eva seufzte und wischte sich die braunen Krümel von der hellgrünen Steppjacke und der cremefarbenen Chinohose. Sie warf einen anerkennenden Blick auf ihre silberfarbenen Ankle Boots, die sie zum sensationellen Schnäppchenpreis beim Schuhhaus Geiger in Tübingen ergattert hatte. Zufrieden stieg sie aus, umrundete eine Pfütze und kletterte über Merlin, der wie immer quer vor der Haustür lag.

Jetzt brauchte sie erst mal ein paar Streicheleinheiten von Hubertus. Wahrscheinlich war der aber im Stall bei seinen Kühen. Insgeheim war sie sich sicher, dass er die Viecher mehr liebte als sie. Dass ihr süßer Hubertus in diesem Augenblick einen Anruf erhielt, der weitreichende Folgen haben sollte, ahnte sie nicht.

# 2

Hubertus bestieg gerade seinen Minitraktor um Silage in den Kuhstall zu fahren, als sich sein Smartphone meldete. Ärgerlich über diese Störung, zog er es aus der Tasche seiner grauen Arbeitshose. Die Nummer kannte er und wollte sie eigentlich wegdrücken. Verdammt, die Rahman!

Die hatte ihm gerade noch gefehlt. Diese lästige Maklerin verfolgte ihn seit einem Monat und wollte ihn unbedingt zum Verkauf seines Hofes bewegen. Sie klebte an ihm wie Hundescheiße an den Schuhen. Mehr als einmal hatte Hubert ihr erklärt, dass er sein Anwesen niemals verkaufen würde. Schließlich war das sein Elternhaus. Momentan war zwar der Milchpreis indiskutabel und der Preis für Rindfleisch sank auch permanent, aber solange er den Hof halten konnte, würde er das auch tun. Nachdem er nicht auf ihre ersten Angebote eingegangen war, griff die Rahman zu subtilen Drohungen. Sie fragte scheinheilig, ob der Hollerer Hof ausreichend gegen Feuer versichert sei und ob er alle notwendigen Impfungen für sein Vieh gemacht habe. Als sie dann über eine Lebensversicherung für seine Freundin Eva Witten zu spekulieren begann, wurde Hubertus laut und komplimentiert sie aus dem kleinen Büro neben dem Stalleingang hinaus auf den Vorplatz. Das ging dann doch zu weit. Eva hatte er von den Vorkommnissen nichts erzählt, obwohl sie einige Male nachgefragt hatte, warum er so schlecht drauf sei. Er wollte sie nicht zusätzlich zu ihrem stressigen Reporteralltag mit der Sache belasten. Und jetzt hatte er das penetrante Maklerpüppchen mit ihren Stöckelschuhen schon wieder am Apparat.

»Hollerer!«, meldete er sich dann doch unwirsch.

»Guten Tag, Herr Hollerer, Valea Rahman hier. Gute Neuigkeiten! Ich habe ein neues, überaus lukratives Angebot für ihr Anwesen, extra für Sie ausgearbeitet. Wir haben die brandaktuellen Baupläne für unser Luxusressort ›Keltengolf‹ mit Golfplatz noch einmal durchkalkuliert, das darauf entstehen wird. Das wird Sie sicher interessieren«, überfiel ihn Valea Rahman mit einem wahren Redeschwall.

»Ich verkaufe nicht! Das wissen Sie doch! Verdammt noch mal!«, bellte Hubertus jetzt in den Hörer.

»Nicht so voreilig! Geben Sie mir nur zehn Minuten, um Ihnen das neue Angebot zu unterbreiten. Dann lasse ich Sie für immer in Ruhe, Ehrenwort«, versprach die Maklerin.

Hubertus überlegte kurz. Wenn dem so wäre, sollte er diese Schwätzerin für die paar Minuten noch einmal ertragen können.

»Gut, dann kommen Sie um Himmels willen zur Melkzeit um 18 Uhr zu mir in den Stall. Da habe ich die zehn Minuten zwischen den Kuhwechseln an der Melkmaschine«, antwortete Hubertus resignierend.

Sollte sie doch auf ihren Pumps im Stall herumstöckeln und durch die Scheiße staksen, dachte Hubertus grimmig.

»Freue mich! Bis bald!«, meinte die Maklerin euphorisch und legte auf.

Kurz nach 18 Uhr, Hubertus säuberte gerade ein Kuheuter und wollte die Saugnäpfe der Melkmaschine ansetzen, trippelte Valea Rahman durch den Futtergang auf ihn zu. Sie hielt respektvollen Abstand zur Silage und den mahlenden Kuhmäulern. Anscheinend waren ihr diese Monster nicht ganz geheuer.

»Einen wunderschönen guten Abend, Herr Hollerer!«,

grüßte sie in ihrer glatten, anbiedernden Art, »haben Sie jetzt kurz Zeit für mich?«

Dabei strich sie mit einer angedeuteten Handbewegung ihr kinnlanges, pechschwarzes Haar aus der Botox geglätteten Stirn.

»Abend!«, Hubertus war kurz angebunden, »Norman, mach' du hier weiter.«

Hubertus winkte einen Mitarbeiter zu sich und gab ihm das Vlies, mit dem er die Zitzen gesäubert hatte. Er machte diesmal keine Anstalten, die Maklerin in sein Büro zu bitten, sondern blieb im Futtergang neben ihr stehen.

»Legen Sie los!«, forderte er sie auf.

In ihrem knapp geschnittenen Business-Kostüm und den hochhackigen Schuhen war sie ein Fremdkörper im Stall. Wenn Hubertus dieses Puppengesicht mit den perfekt geschminkten Lippen nur sah, drehte sich ihm schon der Magen um.

»Hier unser Top-Angebot!«, verkündete Valea Rahman und tippte auf ihr iPad.

Die dunkelroten Krallen passen perfekt zu dir, du Drachen, dachte Hubertus, als ihre makellos modellierten Fingernägel über die Scheibe des Rechners huschten. Widerwillig las er die Zahl auf dem Display, lachte bitter auf und sah dann die Maklerin abschätzig an.

»Unser absolutes Top-Angebot!«, versicherte die und lächelte ihn mit strahlend weiß gebleichten Zähnen an.

»Scherz! Das ist nicht Ihr Ernst! Da ist ja mein Traktor mehr wert! Ich glaube, Sie gehen jetzt besser!«

Hubertus hatte das Geschwätz jetzt endgültig satt und hob seine Stimme. Man hörte ihn über die Geräusche der Melkmaschine und des Viehs hinweg im ganzen Stall. Seine Mitarbeiter hoben die Köpfe. So kannten sie ihren Boss gar nicht.

»Sie sollten annehmen!«, zischte die Maklerin und steckte das iPad in ihre Aktenmappe, »sonst kann ich nicht für die Gesundheit Ihrer Lebensgefährtin garantieren.«

Sie reckte das Kinn vor und funkelte Hubertus herausfordernd an.

»Sie wollen mir drohen? Was bilden Sie sich ein?«, Hubertus packte Valea Rahman am Oberarm und schob sie in Richtung Stalltor.

»Lassen Sie mich los! Oder soll ich Sie wegen Körperverletzung anzeigen?«, keifte sie schrill.

Man sollte ihm nicht nachsagen, dass er gegen eine Frau handgreiflich geworden wäre, beschloss Hubertus, ließ sie los und drängte sie aber weiter zum Ausgang. Die Maklerin verlor das Gleichgewicht, stolperte und plumpste mit einem spitzen Schrei auf ihren Hintern in das ausgebreitete Silofutter. Dort zappelte sie kurz wie ein Maikäfer, was Hubertus einen Augenblick belustigte. Mit hochrotem Kopf rappelte sie sich hoch und wischte an ihrem taubenblauen Rock herum. Sie warf einen unsicheren Blick auf den drohend dastehenden Hubertus und stolperte dann weiter. Bei der Güllegrube am Stalltor blieb sie stehen und rümpfte die Nase.

»Das werden sie noch bereuen! Mein Kostüm bezahlen Sie! Ich verklage Sie«, keuchte Valea Rahman.

Sie hatte ihre Kontenance komplett verloren. Grimmig standen sich beide gegenüber. Hubertus ballte die Fäuste. Ruhig, Hubertus, ruhig! mahnte er sich. Er traute sich selbst nicht mehr. Diese Frau setzte die niedersten Instinkte in ihm frei.

»Geh'n Sie einfach, bevor ich mich vergesse«, murmelte Hubertus durch die zusammengebissenen Zähne mit äußerster Beherrschung.

»Das werden Sie noch bereuen!«, blaffte sie Hubertus an.

Die Angestellten hatten ihre Arbeit unterbrochen und verfolgten interessiert den Streit.

»Macht weiter, hier gibt es nichts zu sehen!«, rief ihnen Hubertus zu.

Er wandte sich wieder an die Maklerin. Doch die stöckelte, um einen würdigen Abgang bemüht, auf ihr silberfarbenes Cabrio zu und zeigte ihm mit erhobenem Arm den Stinkefinger.

»Machen Sie sich von meinem Hof und belästigen Sie in Zukunft jemand anderen!«, rief er ihr hinterher und kickte einen Stein in ihre Richtung.

# 3

Am nächsten Morgen wurde Hubertus von anhaltendem Klingeln und Pochen an der Haustür aus dem Schlaf gerissen. Schlaftrunken sah er aufs Handy, das auf dem Nachttisch lag. Halb fünf! Wer machte denn um diese Uhrzeit so einen Krawall? Gab es einen Notfall im Stall? Ächzend krabbelte er aus dem Bett. Er warf einen kurzen Blick auf Eva. Die hatte sich die Bettdecke bis über die Ohren gezogen und atmete tief und gleichmäßig. Zärtlich streichelte er ihr übers wirre Haar. »Schlaf weiter, Evchen«, murmelte er. Dann schlüpfte er in den karierten Bademantel, angelte sich die Filzpantoffeln unter dem Bett hervor, und schlappte durch den Flur zur Haustür.

»Polizei, aufmachen!«, rief eine Stimme.

Das Klopfen hielt an. Merlin erhob sich beleidigt von seiner Schlafdecke in der Küche, in der Nähe seines Futternapfes, und tappte hinter seinem Herrchen her.

»Polizei, aufmachen!«, wiederholte eine zweite Stimme.

Hubertus riss die Tür auf und starrte die beiden Männer an, die da im Schein der Hoflampe standen.

»Sind Sie wahnsinnig! Was ist denn los?«, fragte Hubertus die Gestalten.

Die beiden Männer hatte er noch nie gesehen. Der drahtige Mittfünfziger in Lederjacke und der etwas jüngere Mann im beigen Anorak wirkten übernächtigt, aber entschlossen.

»Guten Morgen, Herr Hollerer! Wir müssen dringend mit Ihnen sprechen! Ich bin Hauptkommissar Wilde und das ist mein Kollege Schickenrieder. Es geht um ein Gewaltverbrechen!«

Wilde von der SOKO Gewaltverbrechen der Polizei in Tübingen hielt Hubertus seinen Ausweis unter die Nase.

»Ein Gewaltverbrechen? Ist wer tot?«, Hubertus sah die Männer an. Nachdem die schwiegen, forderte er sie auf: »Kommen Sie rein! Gehen wir in die Küche!«

Offenbar hatten um diese frühe Morgenstunde weder er noch die Männer, Lust zu diskutieren. Er war sich sicher, die Sache würde sich als Irrtum herausstellen. Vielleicht wollten die Polizisten zu seinem Nachbarn Theophil Trost. Laut Eva hatte der einigen Dreck am Stecken. Er lotste die ungebetenen Besucher durch den Flur und dann links in die Küche.

»Nehmen Sie doch Platz!«, forderte er die Beamten auf und deutete auf die Stühle am Küchentisch. Er selbst zog seinen Bademantelgürtel fester und blieb an die Kücheninsel gelehnt stehen.

»Einer Ihrer Angestellten hat eine Tote in ihrem Güllebehälter gefunden und uns sofort verständigt. Er behauptet, es ist die Besucherin, mit der sie gestern Abend im Stall einen heftigen Streit hatten«, führte Wotan aus.

Hubertus war erst mal sprachlos. Welcher Depp von seinen Angestellten hatte die Polizei verständigt, ohne ihn zuerst zu informieren? Bestimmt war es der neue Leiharbeiter gewesen. Dem würde er gehörig die Leviten lesen. In dem Moment tappte Eva barfuß in die Küche. Der knöchellange, lila Bademantel mit den pinkfarbenen Blumengirlanden am Saum war ein Hingucker. Sie versuchte mit beiden Händen die wirren Haare zu einem Pferdeschwanz zu bändigen und gähnte ungeniert.

»Hubertus, was ist den los?«, fragte sie.

Nach einem kurzen Rundblick meinte sie erstaunt: »Herr

Hauptkommissar Wilde! Was machen Sie denn hier? Und Herr Schickenrieder ist auch dabei!«

»Das ist alles ein Missverständnis, Evchen, geh wieder ins Bett!«, versuchte ihr Freund abzuwiegeln.

Wotan Wilde stutzte kurz. Seit wann wohnte diese Nervensäge Eva Witten hier? Wo diese Reporterin auftauchte, war alles voller Verwicklungen und Komplikationen. Er würde im Regierungspräsidium Tübingen eine Witten-freie-Zone beantragen.

»Frau Witten! Ich könnte Ihnen die gleiche Frage stellen!«, konterte Wotan.

»Herr Hollerer ist mein Lebensgefährte!«, antwortete sie stolz.

Sie hakte sich bei Hubertus unter und hauchte ihm ein Küsschen auf die Wange. Wotan atmete kurz durch und beschloss, diese nervige Frau einfach zu ignorieren. Dann nahm er das Verhör wieder auf.

»Herr Hollerer, ich würde Sie bitten, sich die Tote anzusehen und uns zu sagen, ob Sie sie kennen«, fuhr Wotan fort.

»Kann ich mir erst noch etwas anziehen?«, fragte Hubertus patzig.

»Aber natürlich! Wolfgang begleitest du den Herrn?«, ordnete Wotan an. Schickenrieder und Hubertus verließen die Küche.

»Wollen Sie mich auch begleiten und beim Umziehen beobachten?«, fragte Eva spitz.

»Sie sind nicht verdächtig. Sie können machen was Sie wollen«, sagte Wotan pampig.

»Vielleicht habe ich ja die Frau umgebracht!«, meinte Eva schnippisch.

Sie schob Merlin beiseite, der sabbernd neben seinem Futternapf ausharrte und auf ein frühes Frühstück hoffte, und ging ins Schlafzimmer.

»Dann hätte ich wenigstens einen Grund dich wegzusperren!«, murmelte Wotan und stellte sich genüsslich vor, wie er die Reporterin in Handschellen abführte. Kurz darauf verließen die Polizisten, Hubertus und Eva das Haus.

Vor der Güllegrube im Hof kniete der Pathologe Julius Burmeister neben einer Leiche auf einer Plastikfolie. Kleidung und Haare der Toten hatten sich voller Gülle gesogen, ein Schuh fehlte. Aus dem blassen Gesicht starrten die geöffneten Augen in den dunklen Nachthimmel. Die Situation beleuchteten zwei Scheinwerfer der Spurensicherung. Aus dem Stall waren Kuhgeräusche zu hören. Das Vieh war, ob der ungewohnt frühen Aktionen vor seinem Stall, unruhig.

»Dieser Aufstand, den Ihre Leute machen, wirkt sich auf die Milchleistung meiner Hochleistungskühe aus! Wer zahlt mir den Ausfall?« Hubertus war sauer.

Wotan ging nicht darauf ein. Penny Schönblick, die Leiterin der KTU, machte Fotos und ihre Mannschaft werkelte im Umfeld der Grube.

»Kennen Sie diese Frau?«, wandte sich Wotan an Hubertus.

Julius versuchte vorsichtig dunkle Gülleflecken vom Gesicht der Leiche zu wischen. Hubertus trat näher. Er hatte sofort erkannt, wer das war.

»Ja, das ist Valea Rahman, eine Immobilienmaklerin, die meinen Hof kaufen wollte«, kam es wie aus der Pistole geschossen.

Eva packte ihn am Arm.

»Hubertus, davon weiß ich ja gar nichts!«

»Wir unterhalten uns später!«, versuchte Hubertus abzuwiegeln.

»Aber …«, setzte Eva an.

Wotan unterbrach sie: »Nach Aussage ihres Angestellten

haben Sie sich gestern Abend mit der Frau heftig gestritten und sie körperlich bedrängt. Ist sie zurückgekommen? Ist der Streit eskaliert? Haben Sie sie dann in die Gülle gestoßen?«

»So ein Schmarrn!«, sagte Hubertus, verstummte dann und scharrte mit den Füßen.

»Was haben sie zwischen 22 und 24 Uhr gemacht?«, fragte Wotan scharf.

Hubertus sah Eva an und schwieg.

»Er war die ganze Nacht bei mir!«, verteidigte ihn Eva. Wotan sah Hubertus an, als ob er den Einwurf von Eva nicht gehört hätte.

»Sie wollen sich also nicht dazu äußern? Dann werden Sie uns wohl begleiten müssen«, stellte Wotan fest.

Er nickte Wolfgang zu, der Hubertus am Arm nahm und einem Polizisten im Hintergrund übergab.

»Ruf unseren Anwalt, den August Bellingheim an, der soll aufs Revier kommen!«, instruierte Hubertus Eva im Vorbeigehen.

»Mache ich! Soll ich mit aufs Präsidium kommen?«, fragte sie. Das alles musste ein schrecklicher Irrtum sein. Davon war sie felsenfest überzeugt.

»Nein, das schaffe ich schon!«, hörte sie Hubertus noch, der gerade in ein Polizeiauto verfrachtet wurde.

Wieso nahm er ihre Hilfe nicht an? Naja, so war er, immer mit dem Kopf durch die Wand und möglichst im Alleingang.

»Schönen Morgen noch!«, sagte Eva in gekünstelt zuckersüßem Ton zu Wilde. Sie nickte ihm hoheitsvoll zu, machte kehrt und ging erhobenen Hauptes ins Haus zurück. In der Küche setzte sie sich an den Esstisch und starrte blicklos auf die Küchenzeile.

Es erschien ihr alles so unwirklich. Aus heiterem Himmel steckte sie mitten in einem Mordfall, beziehungsweise, ihr Liebster war in einen verwickelt. Eigentlich mochte sie Kriminalfälle, aber das hier war ein anderes Kaliber. Es war jetzt kurz vor sechs. Einen Anwalt sollte man um die Zeit schon anrufen können, legte Eva fest. Sofort googelte sie den Namen Bellingheim und hatte schnell seine Nummer gefunden.

Beim dritten Klingeln hörte sie eine verschlafene Stimme: »Bellingheim!«

In knappen Worten schilderte Eva die Faktenlage.

»Ich kümmere mich drum!«, sagte Bellingheim und legte auf.

Merlin belagerte immer noch seine Futterschüssel. Jetzt begann er ganz leise und herzerweichend zu winseln. Eva holte die Packung Trockenfutter aus dem Küchenschrank und schüttete ihm eine gehörige Portion in die Schüssel. Dann schaltete sie die Kaffeemaschine ein und schälte sich eine Banane. Das war Nervennahrung pur!

»Evchen, jetzt ist Recherche angesagt! Hier stimmt was nicht!«, sagte sie in die leere Küche.

Sie stopfte sich den Rest Banane in den Mund und setzte sich auf einen Barhocker an der Küchentheke. Dort stand immer noch ihr Laptop, mit dem sie die Telefonnummer des Anwalts gesucht hatte.

Zuerst würde sie die Tote googeln. Voll konzentriert tippte sie »Valea Rahman« ein. Das Ergebnis war ernüchternd. Google fand eine Inneneinrichterin in Bremen und eine Fitnesstrainerin in München. Dann versuchte sie Immobilien, Makler, Tübingen. Es erschien eine Liste, aber keine Rahman. Entweder war der Name falsch oder die Tote war keine Immobilienmaklerin.

Denselben Gedanken hatte Hauptkommissarin Bernadette von Hohenstein im Präsidium der Polizei Tübingen.

Sie war inzwischen zu Wotan und Wolfgang gestoßen. Die beiden Kommissare saßen im Vernehmungsraum eins und sprachen mit Hollerer. Zuerst suchte Bernadette in der Datenbank der Meldebehörde. Da gab es nur eine Valea Rahman in Bremen, eine Innenausstatterin und eine Fitnesstrainerin in München. Dann durchforstete sie das Verzeichnis der Immobilienmakler, keine Valea Rahman. Wer war diese Frau? Sie hatte keine Papiere dabei. Wahrscheinlich lagen die noch in der Güllegrube. Möglicherweise hatte Julius Burmeister, Pathologe und ihr Liebster, schon einen Treffer zu den Fingerabdrücken der Toten. Bernadette wählte seine Nummer.

»Burmeister!«, meldete der sich.

»Hallo Schatz!«, sagte Bernadette.

Seit sie zusammen in seinem Haus wohnten, rutschte ihr im Dienst manchmal diese private Anrede heraus.

»Hast du schon was zu der Gülleleiche. Vielleicht Fingerabdrücke und einen Namen dazu?«

»Hab' ich!«, meinte Julius, »unsere Tote ist eine gewisse Annedorle Schräuble. Hat ein paar Vorstrafen wegen Rauschgiftvergehen, aber nichts Gravierendes.«

»Danke, du bist der Beste«, flötete Bernadette, aufgelegt.

Warum hatte sie sich als Immobilienmaklerin ausgegeben und was wollte sie eigentlich von Hollerer? Die Kommissarin beschloss, Eva anzurufen, zu der sie seit dem letzten Fall mit dem Überfall auf den Geldtransporter eine gute Beziehung hatte. Sie wusste, dass die Witten und der Hollerer verbandelt waren. Der Anruf erwischte Eva beim Zähneputzen.

»Witten!«, versuchte Eva mit schäumendem Mund zu artikulieren und schaltete das Telefon auf Lautsprecherfunktion.

»Hallo, hier ist Bernadette. Ihr macht ja Sachen!«, begann sie.

Eva spülte kurz aus.

»Hallo auch! Ich weiß von der ganzen Sache mit der Immobilienmaklerin gar nichts. Hubertus hat mir den Kontakt zu dieser Rahman vollkommen verschwiegen. Da könnte man ja direkt auf dumme Ideen kommen!«

»Und wenn ich dir sage, dass die gar nicht Rahman heißt, sondern Annedorle Schräuble?«, teilte Bernadette ihr mit.

Im gleichen Augenblick erschrak sie. Eigentlich war das ja Polizeiwissen. Aber jetzt war es schon raus.

»Dann verstehe ich gar nichts mehr.«

Eva klang resigniert.

»Tröste dich, wir wissen auch nicht mehr. Aber wir ermitteln in alle Richtungen«, versprach Bernadette und stellte gleichzeitig fest, dass sie jetzt auch nicht schlauer war als vorher.

»Auf jeden Fall danke für den Anruf!«, schloss Eva.

Gedankenverloren spülte sie ihre Zahnbürste aus und stellte sie neben die von Hubertus ins Zahnputzglas. Kurzzeitig fühlte sie sich abgrundtief alleine und hilflos. Sie nebelte sich mit dem Deospray von Hubertus ein. So war ihr Liebster wenigstens geruchlich anwesend. Als sie im Ankleidezimmer stand, ging es ihr etwas besser. Was sollte sie an so einem Ausnahmetag anziehen? Spontan wählte sie ihre rot-weiß geringelten Gute-Laune-Socken, eine dunkelblaue Marlene-Dietrich-Hose und eine weiße Bluse mit Matrosenkragen. Die schwarzen Stiefel mit Plateausohle gaben ihr genügend Standfestigkeit um sich mit Chefredakteur Bernd Kohler zu kabbeln. Das würde sie kurzfristig ablenken.

Im Präsidium saß Bernadette nach dem Telefongespräch noch kurz mit dem Hörer in der Hand am Schreibtisch. Dann nahm sie den letzten Schluck Kaffee aus der Tasse mit der Aufschrift »No ed huddla!!!« und machte sich auf den Weg zu Wotan in den Vernehmungsraum eins, um ihm mitzuteilen, dass Valea Rahman in Wirklichkeit Annedorle Schräuble hieß.

# 4

Der Donnerstag hatte sich nach dem Schock am Morgen doch noch zu einem ganz passablen Tag für Eva entwickelt. Hubertus rief um die Mittagszeit bei ihr in der Redaktion an um zu verkünden, dass er wieder auf freiem Fuß und auf dem Hof sei. Die Polizei hatte ihn gehen lassen müssen, da sich der Verdacht gegen ihn nicht erhärtet hatte.

Am Abend diskutierten sie bei einer XXL-Fertigpizza, die Hubertus für sich mit einer extra Portion Sardellen aufgepimpt hatte, über das seltsame Angebot von dieser Valea Rahman alias Annedorle Schräuble. Vor allem der Name »Keltengolf« warf Fragen auf. Was hatten die Kelten mit Golf zu tun? Gespielt hatten sie es damals sicher nicht, wie Eva sofort googelte.

»Vielleicht ist sie nur von jemandem vorgeschoben worden, als Strohmann, beziehungsweise Strohfrau«, vermutete Eva und schob die mörderisch scharfen Jalapeños von ihrem Pizzastück.

»Aber für wen und warum?«, fragte Hubertus, stibitzte die Paprika von Evas Teller und verspeiste sie genüsslich. Beide spülten mit reichlich Täleswein nach. Hubertus hatte immer einen ausreichenden Vorrat von der Weingärtner Genossenschaft Hohenneuffen im Keller.

»Warum hast du mir nichts von der Immobiliensache erzählt«, warf Eva plötzlich ein, »Ist das die Partnerschaft, die du dir vorstellst?«

Ihre Zunge war von zwei Gläsern Rotwein gelöst. Alkohol machte sie immer etwas angriffslustig.

»Ich wollte dich damit nicht belasten. Es ist schon schwer genug, mich immer wieder neu zu motivieren, um weiterzumachen. Die Milch- und Fleischpreise sinken andauernd. In der Situation hatte ich nicht die Kraft mit dir auch noch zu diskutieren. Ehrlich gesagt, zwischendurch war ich schon knapp davor, auf den Vorschlag von dieser Rahman einzugehen und alles hinzuwerfen«, gestand Hubertus.

»Du wärst doch ohne Hof wie ein Fisch auf dem Trockenen. Aber informieren hättest du mich schon können!«

Eva zog eine Schnute. Hubertus beugte sich zu ihr hinüber, um sie zu küssen. Aber sie wehrte ihn ab. So rangelten sie miteinander und zum Schluss zog Hubertus Eva ins Schlafzimmer. Die Diskussion war damit abgeschlossen, der Tisch in der Küche nicht abgeräumt und der Liebe standen Tür und Tor offen.

Leider war der Kuhflüsterer am darauffolgenden Morgen schon wieder bei seinen weiß-braun gefleckten Lieblingen, als Eva um sieben Uhr von dem probeweise installierten Hahnenschrei auf dem Handy, geweckt wurde. Eine Wiederholung des gestrigen Abends war also nicht möglich. Ihr blieb nichts anderes als dem Gefühl nachzuspüren. Sie stellte die Weckfunktion auf altmodisches Weckerrasseln zurück und quälte sich aus den Federn.

Noch etwas schlaftrunken duschte sie ausgiebig und steckte dann alle benutzten Handtücher in den überquellenden Wäschekorb. Waschen musste man auch wieder einmal. Da konnte sie sich voll auf Hubertus verlassen. Nur empfindliche Kleidungsstücke musste sie vor seiner »Ich-stopf'-alles-in-die-Waschmaschine-Mentalität« in Sicherheit bringen. Gut gelaunt wählte sie zur kamelhaarfarbigen Hose den kirschroten Mohairpullover mit den Fledermausärmeln. Darin fühlte sie sich schlagartig wie eine elegante Französin, da sie das Kleidungsstück in Colmar bei »Monoprix« gekauft hatte. Passend dazu gönnte sie sich eine Schicht kirschrotes Lipgloss und eine Extraportion Chanel N°5.

Ihren Chefredakteur Bernd Kohler würde sie mit einer Farb- und Geruchsexplosion blenden.

Evas gute Laune schwand aber schlagartig, als sie die verwüstete Küche betrat. Sie schaltete die Kaffeemaschine ein und räumte leise vor sich hin schimpfend die Reste der gestrigen Pizzamahlzeit und des Frühstücks von Hubertus auf. Schließlich saß sie an der Kücheninsel und nippte an ihrem Kaffee. Merlins Napf war leer und von dem Hund nichts zu sehen. Mit halbem Auge überflog sie den Aufmacher der »Stuttgarter Zeitung«. Was interessierten sie heute Baustellenprobleme bei Stuttgart 21! Annedorle Schräuble, Annedorle Schäuble!, rotierte der Name der falschen Maklerin in ihrem Gehirn. Eva legte die Zeitung beiseite und klappte ihren Laptop auf.

Dann googelte sie den Namen. Neben allem möglichen Schrott, wie einer Bestatterin in Ravensburg und einer Rechtsanwältin in Filderstadt, fand sie nur eine Luise Schräuble in Stuttgart. Es war ein Artikel über die Verleihung des Bundesverdienstordens an Schräuble für ihren langjährigen Einsatz bei der Arbeiterwohlfahrt. Aber nicht der Artikel selbst war interessant, sondern das Foto darunter. *»Luise Schräuble mit ihrem Verdienstorden und ihrer Tochter Annedorle«*, stand da. Bingo! Mit der Mutter sollte sie mal reden. Ihre Recherchen ergaben, dass die in der Ludwigstraße 51 in Stuttgart wohnte. Sie würde sie zuerst anrufen und nicht einfach so überfallen. Schließlich hatte sie ja einen Todesfall in der Familie. Die Telefonnummer herauszubekommen war für Eva ein Klacks. Nach nur einem Läuten ging schon jemand hin.

»Schräuble!«, meldete sich eine Männerstimme.

»Hier ist Eva Witten, ich hätte gerne die Frau Luise Schräuble gesprochen«, sagte Eva forsch.

»Wir sind hier in Trauer wegen Annedorle. Das ist ein wirklich ungünstiger Zeitpunkt«, antwortete der Unbekannte ernst.

»Mein herzliches Beileid. Kann ich dann vielleicht gleich mal kurz vorbeischauen und kondolieren?«, fragte Eva.

»Wir haben hier offenes Trauerhaus, Sie können jederzeit vorbeikommen!«, aufgelegt.

Sollte sie selber nach Stuttgart fahren? Nein, sie würde ihre Freundin Berta anrufen, die bei den »Stuttgarter Nachrichten« arbeitete. Heute konnte sie sich keine Eskapaden mehr leisten. Ihr Chef hatte sie schon auf dem Kieker, weil sie sich so selten in der Redaktion sehen ließ. Deshalb entschied sie sich, Berta um einen Gefallen zu bitten.

»Schwinghammer!«, meldete sich Berta. »Hab' ich dich endlich am Hörer, du Irrlicht. Sag' bloß nicht, dass du heute Abend nicht ins ›Fisherman's Pub‹ kommen kannst. Wir haben unser Treffen schon etliche Male verschoben und ich hab' dir einiges zu erzählen.« Die beiden wollten sich in Stuttgart treffen, um endlich ihre erfolgreiche Zusammenarbeit bei der Aufklärung des Falls mit dem Geldtransporter zu feiern.

»Berti, das würde ich nie wagen! Ich freue mich schon, aber du könntest mir vorher noch einen kleinen Gefallen tun«, sagte Eva und erzählte in Kurzform alles von der toten Valea Rahman bis zur Verbindung zu Luise Schräuble.

»Vielleicht springt ja für mich auch ein Artikel 'raus!«, Berta schien sehr erfreut über den Auftrag zu sein, »ich ruf dich an, wenn ich was weiß!«

Eva wollte schon auflegen, da hängte Berta noch einen Nebensatz an: »Übrigens, heute Nachmittag schau ich mir eine Wohnung an. Ich will doch schon lange umziehen, näher ans Pressehaus.«

»Und wo ist die? Erzähl!«, fragte Eva.

»In der Mühlhaldenstraße 4 im dritten Stock. Da ist keiner über mir, der Stepptanz übt oder ein Klavier durchs Zimmer rollt. Um 16 Uhr habe ich einen Termin mit der Maklerin«, meinte Berta.

»Dann mal viel Glück, kannst mir ja heute Abend alles genau erzählen.«

Eva hatte es jetzt eilig. Bedächtig wählte sie ihr zweites Paar rot-weiß geringelter Motivationssocken aus der Sockenschublade. In den knöchelhohen Stiefelletten würde man diese modische Entgleisung nicht sehen. Dann bereute sie kurz, dass sie Berta angerufen hatte und nicht selbst nach Stuttgart gefahren war. Schließlich siegte ihr Pflichtbewusstsein, vielleicht wirkten auch die Socken.

Mit dem Mantra »Bernd hat einen tollen Auftrag für dich« düste sie unter den Klängen des Boleros von Ravel in die Redaktion nach Tübingen. Sie aß sehr diszipliniert nur fünf Buchstaben aus der Russisch-Brot-Tüte auf dem Beifahrersitz, ohne sie einem Wort zuzuordnen, was sie normalerweise machte. Die zerbrochenen Kekse zählte sie natürlich nicht mit. Dass sie über eine stinklangweilige Grundsteinlegung für eine neue Turnhalle in Reutlingen berichten sollte, und was das für Verwicklungen nach sich ziehen würde, wusste sie da noch nicht.

# 5

»Geh' und mach' auf!«, blaffte Theophil Trost seinen Bodyguard an, als es an der Wohnungstür klingelte.

Der Immobilienhändler schnippte sich einen imaginären Fussel von seinem maßgeschneiderten dunklen Anzug und rückte seine altrosafarbene Designerkrawatte zurecht. Wer konnte das sein? Außer seiner Sekretärin wusste niemand, dass er sich an diesem Freitag um 10 Uhr in seinem Mietobjekt in der Mühlhaldenstraße 4 in Stuttgart aufhielt. Er fühlte sich unwohl, da er lieber in seinem klimatisierten Büro gewesen wäre, als in der von Renovierungsarbeiten verdreckten Mietwohnung.

»Okay, Boss!«, sagte der Personenschützer und ging in den Flur, um die Wohnungstür zu öffnen.

Dass Lukas Holperdinger, sein langjähriger Bodyguard, absolut zuverlässig war, wusste Trost. Er hatte sich seinem Chef sogar optisch angepasst und trug einen schwarzen Anzug, allerdings ohne Krawatte, der seine muskulöse Gestalt leger umspielte. Nur seine Glatze unterschied ihn von seinem Chef, der volles, graues Haar hatte.

Trost sah nervös auf die Uhr. Er hatte seine Zeit nicht gestohlen. Bis die Wohnung in dem Mehrfamilienhaus für einen Nachmieter akzeptabel war, gab es noch einiges zu tun. Der Installateur hatte sich gestern gemeldet und mitgeteilt, dass der Vormieter einen Heizkörper abgebaut und mitgenommen hatte. Diese Unverschämtheit wollte sich Trost selber ansehen. Er schüttelte den Kopf. So was war ihm in seinen langen Jahren als Immobilienmakler noch nie untergekommen. Ein aufgeregt wirkendes Männlein mit schütteren grauen Haaren stolperte jetzt vor Lukas Holperdinger in den Raum.

»Ah, Gruber, was verschafft mir die Ehre?«, meinte Trost überrascht und abfällig zugleich, »deine Spielschulden bei mir sind zwar Ehrenschulden, aber nicht, wenn man nicht zahlt!«

Der Mann war zwei Tage mit seiner Zahlung überfällig und der Anblick dieses Versagers verschlechterte Trosts Laune sofort gravierend.

»Ihre Sekretärin hat gesagt…«, winselte der, »also ich wollte fragen…, bin momentan nicht flüssig!«

Das hörte sich nicht nach einer schnellen Rückzahlung an. Das schrie nach Überzeugungsarbeit.

»Der liebe Herr Holperdinger wird dir jetzt mal zeigen, dass es für säumige Schuldner sehr ungemütlich werden kann«, sagte Trost in seinem typisch überheblichen Ton.

Trost nickte seinem Beschützer zu. Der verpasste dem Hageren ohne Vorwarnung einen Schwinger in die Magengrube. Ferdinand Gruber krümmte sich und ging leise stöhnend zu Boden. Trost betrachtete ihn wie ein lästiges Insekt. Gruber kam torkelnd wieder auf die Füße. Leichenblass rang er nach Luft. Verzweifelt suchte er nach einem Haltepunkt in dem unmöblierten Raum.

»Ich hab' Ihnen doch als Pfand…« er schnappte nach Luft und setzte wieder an, »… also die Karte von der Höhle mit dem Keltengrab. Das müsste fürs Erste doch reichen.«

Das war der letzte Strohhalm, an den sich Ferdinand Gruber noch klammerte. Bargeld war nicht. Er hatte die Karte bei einer seiner raren Glückssträhnen im Hinterzimmer der Gaststätte »Zum Glück« gewonnen. Sein Gegenspieler war »Der Professor« gewesen. Die Zocker nannten sich am Spieltisch häufig nur beim Vor- oder Spitznamen.

Irgendwann hatte der durchklingen lassen, dass er Professor an der Uni war. Der dunklen Hornbrille und seiner Fliege nach konnte man sich das schon vorstellen.

»Der Professor« war nach seinem dritten Glas Whisky leicht angeheitert gewesen. Bei der Einschätzung des Blattes in seiner Hand lag er voll daneben, wie auch bei der Summe des Bargelds in seinem Geldbeutel. So hatte er Gruber die Karte kurzfristig als Pfand gegeben, um sie so bald wie möglich wieder auszulösen. Er versicherte ihm mit schwerer Zunge, dass es sich bei dem gelblichen Blatt Papier in der Größe eines Schulhefts um ein wertvolles Dokument handle. Gruber meinte einen Lageplan darauf zu erkennen. Ihm war das aber egal, weil er auf Bargeld spekulierte. »Der Professor« war dann frühzeitig aufgebrochen.

Der weitere Abend verlief nicht mehr so erfolgreich. Gruber verlor ständig und stand kurz vor Mitternacht bei Berti mit fast 5.000 Euro in der Kreide. Als es dann zur Abrechnung kam, konnte Gruber natürlich nicht bezahlen. Ein Schuldschein und die Karte als Sicherheit wechselten die Besitzer. Berti gab die Schulden für 2.000 Euro Bares an Trost weiter, der das Eintreiben der vollen Schuld übernehmen würde.

So war Theophil Trost zu der Karte gekommen.

»Meinst du, ich robbe in dunklen, dreckigen Höhlen herum und buddle im Morast nach imaginären Keltenschätzen?«

Theophil Trosts Stimme fraß sich ätzend in Grubers Ohren. Der Immobilienmakler streckte abrupt seine Hand vor und tippte Gruber mit dem Zeigefinger grob auf die Stirn. Gruber zog erschrocken den Kopf ein und sackte noch mehr in sich zusammen.

»Wofür hältst du mich? Theophil Trost, der legendäre Höhlenforscher! Das Spielchen mit der angeblichen Schatzkarte war ganz lustig. Aber jetzt will ich realen Cash, Zaster, Kohle, die 4.827 Euro bar auf die Hand, die du mir schuldest. Na, wollen wir mal auf 4.900 Euro aufrunden. Hast du die oder nicht?«, hämmerten die Worte von Trost in Grubers Kopf.

Wenn er gewusst hätte, dass Trost schon längst einen Schatzgräber, nämlich Carlos Lago, gefunden hatte, der das Robben und Buddeln für ihn übernommen hatte und dass der Wert der keltischen Fundstücke Grubers Spielschulden längst überstieg, wäre der sicher in Tränen ausgebrochen.

»Ich habe mit dem ›Professor‹, von dem ich die Karte habe, vorhin telefoniert. Der bringt mir seine Spielschulden als Cash gleich hier vorbei. Müsste jede Sekunde da sein«, versuchte Gruber Trost zu überzeugen.

»Ich sehe hier aber niemanden und das ist dein Pech!«

Trost war bei Schulden unerbittlich, aber er war auch clever und geschäftstüchtig. Wenn er Witterung aufnahm, verfolgte er seine Geschäftsinteressen knallhart. Diese Karte war ein Glücksfall für ihn, aber das brauchte er diesem Wurm ja nicht auf die Nase binden. Er hatte sich mit dem Objekt genau beschäftigt. Als Mitglied der ›WAF‹, der ›World Art Federation‹ hatte er exzellente Verbindungen zu Spezialisten auf etlichen Gebieten. So kannte er den Keltenexperten Professor Jens-Jürgen Rehstein, genannt Rehlein. Er war an einem Plagiatsvorfall gescheitert und trieb sich jetzt in einer wissenschaftlichen Grauzone herum. Der konnte sowohl den Lageplan des Grabes wie den der Siedlung deuten.

So hatte er zwei Eisen im Feuer. Carlos Lago bekam von ihm Hinweise zur Lage des Keltenschatzes und barg wertvolle Grabbeigaben aus der Höhle und sein Schätzchen Valea Rahmann gab sich als Maklerin aus, damit er an das Grundstück von diesem Hollerer kam, wo man bei Grabungen auf Reste einer keltischen Siedlung stoßen würde.

»Hängst du so wenig an deinen Fingern oder deinen Kniescheiben? Wenn ich kein Geld sehe, solltest du dich schon mal von ihnen verabschieden«, drohte Trost. »Außerdem, seit wann machen Schuldner offizielle Termine bei meiner Sekretärin? Herr Holperdinger zeigt dir mal, was wir davon halten.«

Trost nickte dem Muskelpaket zu und formulierte tonlos »Die harte Tour«. Der Bodyguard nickte, packte Gruber am schmuddeligen Hemdkragen und verpasste ihm einen Kinnhaken. Der Schuldner ruderte verzweifelt mit den Armen und torkelte zurück. Holperdinger schnappte ihn sich noch einmal und ließ einen zweiten Schlag in die Magengrube folgen. Gruber kippte lautlos nach hinten und schlug mit dem Kopf auf die Kante eines marmornen Fensterbretts. Er rutschte an der frisch gestrichenen Wand herunter und blieb reglos an der Stelle des verschwundenen Heizkörpers sitzen.

Lukas sah Trost erschrocken an. Der beugte sich zu Gruber hinunter und tastete nach seinem Puls. Jetzt sickerte Blut aus Grubers Nase und tropfte auf den Boden.

»Lebt!«, stellte Holperdinger kaltschnäuzig fest.

»He, hallo, Gruber, aufwachen!« Er schlug ihm rechts und links ins Gesicht. Blut spritzte an die Wand und hinterließ ein Muster aus rostfarbenen Klecksen. Da würde man nochmals drüber streichen müssen, registrierte der Makler ärgerlich. Langsam kam der Gepeinigte wieder zu Bewusstsein und starrte die beiden aus wässrigen Augen an wie ein waidwundes Reh.

»Ruh' dich noch einen Moment aus und verschwinde dann! Geldübergabe morgen, selbe Zeit, selber Ort!«, befahl Trost sarkastisch.

Er nickte Lukas zu und beide verließen das Zimmer. Als Holperdinger die Wohnungstür hinter sich schloss, klingelte

Trosts Telefon. Der ging ran, meldete sich und sagte dann nur noch, wer, wann, wo? Das Gespräch endete mit: »Interessante Infos, danke!« Dann legte er auf. Er war schlagartig kalkweiß im Gesicht geworden.

»Annedorle ist tot!«, sagte er gepresst zu Holperdinger. »Sie ist in einer Güllegrube auf dem Hof von Hollerer ertrunken.«

»Was? Aber ich habe sie doch gestern …«, begann Lukas und starrte dann vor sich hin.

Jetzt standen beide Männer schweigend im Treppenhaus, um die Tatsache zu verarbeiten.

»Was machen wir jetzt?«, fragte Holperdinger schließlich. »Welches Schwein hat das getan?«

»Das weiß offenbar niemand«, meinte Trost. Er überlegte kurz.

»Aber wir könnten den Vorfall für uns nutzen. Ich habe da schon eine Idee. Pass' auf, wir machen das so.«

Dann weihte er Lukas in seinen Plan ein. Inzwischen versuchte Ferdinand Gruber sich aufzurappeln. Unbeholfen wischte er sich mit dem Jackenärmel das Blut aus dem Gesicht, blieb dann aber benommen am Boden sitzen. Unvermittelt verlor er noch mal das Bewusstsein und kippte zur Seite. Als er wieder aufwachte, gelang es ihm, sich hochzustemmen. Sein Kopf schien zu explodieren. Er tastete sich an der Wand entlang in den Flur. Seine Lage war aussichtslos. Wo sollte er in dieser kurzen Zeit 4.900 Euro auftreiben? Ihm lieh doch keiner mehr was. Bei seiner Mutter war auch nichts mehr zu holen. Auf diesen Professor war auch kein Verlass. Im Geiste verabschiedete er sich schon von seiner Kniescheibe. Ob das sehr schmerzte, wenn die zertrümmert wurde? Er lehnte sich an den Türrahmen zur Klotür, sackte zusammen und wurde wieder ohnmächtig.

# 6

Wotan und seine Mitarbeiter kamen nach ihrer Mittagspause aus der Kantine des Polizeipräsidiums zurück. Heute war, wie immer am ersten Freitag im Monat, »Spanischer Tag«, gewesen. Der Versuch des neuen Küchenchefs Rodriguez Fernandez mehr Abwechslung in die Mahlzeiten zu bringen, kam bei den meisten Kantinenbesuchern gut an. Wotan hatte, genauso wie Wolfgang und Robert, Paella gegessen.

»Ich glaube, mit den Muscheln war etwas nicht in Ordnung, die liegen mir wie Steine im Magen!«, stellte Robert fest.

»Ich glaube eher, dass die zweite Portion Paella dein Problem ist. Aber vielleicht hilft dir ja ein Espresso«, meinte Wolfgang.

»Wir haben jetzt den Obduktionsbericht von unserer Gülleleiche«, sagte Wotan und blätterte in einem Schnellhefter, den er auf seinem Schreibtisch gefunden hatte, »also, die hat eine Kopfverletzung. Ob die von jemandem verursacht wurde oder vom Sturz in die Grube kommt, kann nicht mit letzter Sicherheit festgestellt werden. Auf jeden Fall war die Frau bewusstlos, als sie in die Gülle stürzte, und ist dann in der Scheiße ertrunken. Entschuldigt meine Ausdrucksweise.«

Er trank seinen Espresso aus.

»Also sind wir so weit wie vorher. Der KTU-Bericht sagt, dass an der Leiche keine verwertbaren Spuren gefunden wurden. Kein Wunder bei der Umgebung in der sie lag.

Im Umfeld nur Spuren von Hubertus Hollerer und seinen Mitarbeitern. Aber das war ja zu erwarten. Interessant sind noch die Abdrücke der Schuhe der Toten. Die führen rückwärts auf die Güllegrube zu, was Spekulationen zum Ablauf des Sturzes zulässt. Vielleicht ist sie vor jemanden zurückgeschreckt oder vor jemanden weggelaufen?« Bernadette stocherte im Trüben.

Die Mitglieder der SOKO saßen schweigend am Tisch. Ob sie jetzt das spanische Essen verdauten oder über die vorgetragenen Ergebnisse nachdachten, war nicht zu erkennen.

Plötzlich ging die Tür auf. Ein Polizist, gefolgt von einem bulligen Anzugträger, kam herein.

»Hallo, ich habe hier einen Zeugen im Güllemord für euch«, sagte der Beamte und schob ihn in Richtung der SOKO.

»Danke, setzen Sie sich«, sagte Wotan erfreut zu dem potenziellen Zeugen und nickte Wolfgang und Robert zu. Die erhoben sich wortlos vom Besprechungstisch. Das kannten sie schon, jetzt wollte ihr Chef erst mal mit Bernadette zusammen die Befragung durchführen.

»Darf ich Sie zuerst um Ihren Namen bitten?«, fragte Wotan, nachdem der Hüne sich an den Tisch gesetzt hatte.

»Mein Name ist Lukas Holperdinger und ich bin der Bodyguard von Theophil Trost, der ein Wochenendhaus neben dem Hof von Hubertus Hollerer hat«, begann Holperdinger seinen etwas gedrechselten Satz.

»Aha! Erzählen Sie uns erst mal, was sie beobachtet haben!«

Für Wotan waren das zu viele Namen auf einmal. Sein Namensgedächtnis war nicht das Beste. Häufig half er sich durch Eselsbrücken, was manch komischen Effekt nach sich zog. So wurde aus einem Herrn König ein Herr Kaiser und aus einer Frau Schwertfeger eine Frau Kaminkehrer.

»Ich bin in der besagten Nacht von einem Termin in Tübingen zurückgekommen und war mit dem Auto auf dem Weg zum Wochenendhaus. So gegen halb zwölf bin ich beim Hof vom Hollerer vorbeigefahren. Da hab' ich eine Gestalt gesehen, die aus Richtung Stall kam und ins Haus ging«, sagte Holperdinger mit dem Brustton der Überzeugung.

»Und Sie haben Herrn Hollerer in der Dunkelheit erkannt?«, fragte Wotan skeptisch nach.

»Hundert pro! Das war der Hollerer! Im Hof gibt es eine starke Lampe mit Bewegungsmelder. Die ist angegangen und hat ihn direkt angestrahlt«, bestätigte der Glatzkopf seine Beobachtung.

»Das ist ja sehr interessant. Haben Sie noch jemanden gesehen?«, fragte Wotan. Der Bodyguard schüttelte den Kopf. »Dann wird mein Kollege Wolfgang Schickenrieder Ihre Aussage zu Protokoll nehmen«, sagte Wotan.

Er gab Wolfgang ein Zeichen, worauf der Holperdinger zu sich an den Schreibtisch holte.

»Dann sollten wir noch mal mit dem Herrn Holunder reden!«, meinte Wotan zu Bernadette.

»Hollerer!«, korrigierte ihn Bernadette.

Mist, da hat meine Eselsbrücke mal wieder versagt, dachte Wotan. Er liebte Holundermarmelade. Die seiner Oma war die beste gewesen. Wotan hielt sich für einen außerordentlich fähigen Kriminalbeamten, bis auf sein löchriges Namensgedächtnis.

»Ich schicke Polizisten zu ihm, die ihn vom Hof abholen!«

Bernadette war bereits unterwegs zu ihrem Schreibtisch und begann zu telefonieren.

Eine Stunde später saß Hubertus wieder im Vernehmungsraum 1, Wotan und Bernadette ihm gegenüber, Wolfgang hinter dem venezianischen Spiegel im Beobachtungsraum.

»Herr Holu…, äh, Hollerer, wir haben einen Zeugen, der Sie gegen halb zwölf in der Nacht am Todestag der Frau Annedorle Schräuble auf dem Hof ihres Anwesens gesehen hat. Was sagen Sie dazu?«, war Wotans erste Frage.

»Schräuble, kenn' ich nicht!«, stellte Hubertus fest. Eva hatte ihm noch nichts von dem falschen Namen erzählt.

»Sie kannten Sie unter dem Namen Valea Rahman«, klärte ihn Bernadette auf.

»Jetzt blicke ich überhaupt nicht mehr durch. Die hatte auch noch einen falschen Namen? Das allein muss Ihnen doch sagen, dass da irgendwas nicht stimmt! Ich habe auf jeden Fall nichts damit zu tun. Und was soll das überhaupt für ein Zeuge sein? Um die Zeit war ich schon längst im Bett. Schließlich arbeite ich den ganzen Tag schwer. Ich habe keinen Bürojob, wo ich die Leute von der Arbeit abhalte, weil irgend so ein Typ Blödsinn behauptet! Sind Sie sich klar, dass 150 Kühe in diesem Moment auf mich warten. Wie viel Kühe haben sie denn? Und sich dann beschweren, wenn beim Discounter das halbe Pfund Butter um 2 Cent teurer wird! Wissen Sie, wie lange ich dafür schuften muss? Nein, natürlich nicht!«, schimpfte Hubertus und redete sich in Rage.

»Beruhigen Sie sich wieder! Wir müssen solchen Aussagen nachgehen. Das verstehen Sie doch sicher, Herr Holunder!«, versuchte Wotan ihn zu beruhigen.

»Hollerer! Da haben ja meine Kühe ein besseres Namensgedächtnis! Unverschämtheit!«, Hubertus stand mit geballten Fäusten vor Wotan. Bernadette war auch aufgestanden und versuchte ihren Chef abzuschirmen.

In dem Moment ging die Tür auf und ein korpulenter

Mann im grauen Anzug, August Bellingheim, der Anwalt von Hubertus, kam herein. Jetzt richteten sich alle Augen auf ihn. Man kannte sich von der ersten Vernehmung.

»Guten Tag! Als Anwalt von Herrn Hollerer will ich mit ihm allein sprechen. Ich würde Sie bitten …«, kam er sofort zur Sache.

»Gut, gut! Nehmen Sie Herrn Hollerer mit und besprechen Sie sich mit ihm. Aber nicht hier! Ihr Klient kann gehen!«, meinte Bernadette, die das Ganze langsam nervte.

Hubertus und Bellingheim verließen daraufhin den Vernehmungsraum.

»Das war knapp! Ich weiß nicht, ob ich den hätte halten können, wenn er ausgeflippt wäre. So ein Bauer hat sicher viel Kraft!«, sagte Bernadette und setzte sich wieder hin.

# 7

Eva war auf Weisung ihres Chefredakteurs zur Grundsteinlegung der neuen Turnhalle des Johannes-Kepler-Gymnasiums nach Reutlingen gefahren. Als sie dort ankam, erfuhr sie, dass der Landrat Joachim Walter, der die ganze Zeremonie durchführen sollte, wegen Erkrankung nicht kommen würde. Deswegen wurde die ganze Veranstaltung zügig von Heinz Hoffmann, dem Rektor der Schule, abgehandelt. Eva tippte den Artikel mit geübter Hand im roten Redaktionsauto in ihren Laptop. Nach zehn Minuten schickte sie den Text mit einem Handybild der Grundsteinlegung und einem Gruppenbild des Lehrerkollegiums in die Redaktion.

Was sollte sie jetzt mit dem angebrochenen Donnerstagnachmittag anfangen? Zu Hubertus nach Hause fahren? Der schmuste nur mit seinen Kühen im Stall herum.

Eva überlegte und sah aufs Handy. Es war erst 15 Uhr. Sie könnte mit Berta die neue Wohnung ansehen und anschließend den ersten Drink ihres Mädelsabend im »Fisherman's Pub« nehmen. Das war doch mal eine grandiose Idee!

Eine Dreiviertelstunde später parkte sie direkt vor dem Mehrfamilienhaus in der Mühlhaldenstraße 4 in Stuttgart. Die Adresse hatte sich in ihr merkfähiges Reporterinnen-Gehirn eingeprägt und die Navifunktion ihres Handys hatte die Zielführung übernommen. Die Lage der Immobilie war schon mal nicht schlecht. Ruhige Seitenstraße, viel Grün drum herum und das hellgrau verputzte Haus sah relativ neu aus. Von Berta oder einer Maklerin war allerdings keine Spur zu sehen. Eva stieg aus und spazierte den Gehweg mehrmals auf und ab. Es war ein sonniger, aber kühler Herbsttag. Die Sonne stand zwar schon tief, aber etwas Wärme spendete sie doch noch. Eva überlegte, ob sie ihre wattierte Jacke aufknöpfen sollte, entschied sich dann aber dagegen.

Auf Bertas Handy erreichte sie nur die Mailbox. Hatte sie sich in der Zeit vertan und die Besichtigung war schon in vollem Gange? Eva kramte den Autoschlüssel heraus. Sollte sie die Aktion abbrechen und wieder fahren?

Da öffnete sich die Haustür und eine ältere Frau mit Einkaufskorb kam heraus. Das war die Gelegenheit. Eva schlüpfte durch die sich schließende Tür ins Haus und fuhr mit dem Aufzug in den dritten Stock. Nun war guter Rat aber teuer. Vom Flur gingen rechts und links Türen ab. Vor einer standen Kinderschuhe, vor einer anderen ein Farbeimer und eine Leiter. Das musste die gesuchte Wohnung sein. Das Namensschild neben der Klingel war ohne Namen und die Tür war nur angelehnt. Die Reporterin wollte sie gerade mit dem Ellenbogen aufstoßen und in Eva-Witten-Manier Berta und die Maklerin überraschen, als sie zwei männliche Stimmen hörte. Stopp, da stimmte doch etwas nicht! Das waren nicht die Frauen, die sie da drinnen vermutet hatte. Sie hielt inne und lauschte mit klopfendem Herzen.

»Gruber, ich habe das Geld dabei. Wo ist die Karte?«

Das war geschliffenes Hochdeutsch.

»Mir isch schlechd! Lass' mi!«, hörte sie einen schwäbischen Zungenschlag.

»Sag schon und lass die Ausreden! Ich kann auch anders!«, kam es von der ersten, sehr ungeduldig wirkenden, Stimme. Erst war es totenstill, dann folgte ein lautes Klatschen.

Das war eine saftige Ohrfeige, dachte Eva und hielt sich mitfühlend die Backe.

»Ich ..., Trost hot se! Meine Schulda ...«, der Schwabe war wieder zu hören.

»Trost?«, fragte der andere verwirrt.

»Ja«, röchelte Gruber. Dann kam von dem Schwaben nur noch ein Stöhnen, das dann auch verstummte. Ein Körper fiel zu Boden.

»Hey Gruber, was ist mit dir? Sag was!«

Für einige Sekunden war Stille.

»Was ist mit dir? Steh auf!«

Eva wich automatisch ein paar Schritte zurück. Was war mit dem Schwaben? Was ging hier eigentlich vor? Im selben Moment öffnete sich die Wohnungstür und ein großer Mann kam heraus. Ohne rechts oder links zu sehen, schlug er die Tür hinter sich ins Schloss. Grob rempelte er Eva an und rannte dann mit langen Schritten in Richtung Aufzug.

»He, hallo, was soll denn das?«, rief Eva hinterher.

Aber da hatten sich schon die Aufzugtüren hinter dem Fremden im hellen Trenchcoat geschlossen. Eva fand keine Möglichkeit mehr diesem Rüpel ihre Meinung zu sagen. Die Reporterin stand wie erstarrt und schnupperte. Es roch schwach nach diesem ekligen »Tabac Original«-Rasierwasser. Benutzte denn alle Welt jetzt diesen antiquierten Duft? Sie musste in die Wohnung! Eva drehte sich um und zog und schob an der Türklinke. Keine Chance, zu war zu. Was sollte sie jetzt machen? Polizei? Warten, bis Berta auftauchte? Sie klopfte an die Tür.

»Herr Gruber! Wie geht's Ihnen?«, rief sie und legte ihr Ohr an die Tür. Nichts war zu hören, außer dem Rauschen ihres eigenen Blutes. Da drinnen regte sich nichts.

Grundsätzlich war ihre berufsbedingte Neugier geweckt. Aber ihr Bedarf an Polizei und Verhaftungen war gedeckt.

Außerdem würden doch gleich die Maklerin und Berta hier auftauchen und so war das Schicksal von Gruber auch abgesichert. Am besten sie verschwand so heimlich, wie sie gekommen war. Außer dem Trenchcoat-Mann wusste niemand, dass sie hier gewesen war. Eva ging zum Aufzug, fuhr mit ihm ins Erdgeschoss und spurtete zu ihrem Auto. Dann steuerte sie in Richtung »Fisherman's Pub«. Den Weg dahin kannte sie wie ihre Westentasche. Die Fahrt durch den dichten Berufsverkehr Stuttgarts überbrückte sie mit dem »Klavierkonzert Nr. 27« von Wolfgang Amadeus Mozart. Sie hatte nicht mal Verlangen nach den braunen Keksen. Kurz nach Evas überstürztem Aufbruch kamen Berta und die Immobilienmaklerin Ines Eisele an der Mühlhaldenstraße 4 an.

# 8

Die Maklerin Ines Eisele schloss die Wohnungstür des Mietobjekts im dritten Stock in der Mühlhaldenstraße 4 auf.

»Liebe Frau Schwinghammer, die Wohnung wird Sie begeistern. Sie haben praktisch den ganzen Tag über Sonne. Und der Preis ist bei dieser zentralen Lage ein Schnäppchen. Aber herein! Sehen Sie selbst!«, schwärmte Frau Eisele, eine Angestellte von Immobilen Trost.

Hinter ihr trat die Interessentin über die Schwelle. Es roch nach frischer Farbe. Aber Berta Schwinghammer ließ sich nicht von vollmundigen Versprechungen über den Tisch ziehen. Die Veganerin aus Überzeugung und Reporterin bei den »Stuttgarter Nachrichten« wusste, wie man mit Worten arbeiten, manipulieren, beschönigen und blenden konnte. Sie wollte das Objekt erst einmal selbst inspizieren. Gespräche über Kaution, Miete und Nebenkosten würden folgen, falls nötig.

Berta Schwinghammer knöpfte ihren türkisfarbenen Wollmantel auf. Das mit der Sonne stimmte zumindest. Sie flutete durch ein Südfenster vom Wohnzimmer her durch den gesamten Eingangsbereich. Neugierig machte sie zwei Schritte an Frau Eiseles üppigem Busen vorbei. Da fiel ihr Blick auf etwas, das bestimmt nicht zum Inventar der Wohnung gehörte. Ein Mann lag vor ihr, verkrümmt, bäuchlings, quer im Flur. Sein schütteres Haar stand wirr vom Hinterkopf ab.

»Heiligs Blechle, da liegt ja einer!«

Berta tat einen Schritt zurück.

»Nur die Ruhe! Schauen wir erst mal, was mit ihm ist!«

Frau Eisele war mit allen Wassern gewaschen, was den Wohnungsmarkt anging. Ein schlafender Mann in einer leeren Wohnung konnte sie schon lange nicht mehr erschüttern.

»Hallo Sie, aufstehen!«, forderte sie mit erhobener Stimme und stupste den Mann mit der Fußspitze an.

Nachdem keine Reaktion erfolgte, bückte sie sich schwer atmend zu dem Mann hinunter. Nächste Woche würde sie wieder mal eine Saft-Diät einlegen, beschloss sie in diesem Moment. Der Bund ihres blauen Hosenanzugs spannte unangenehm. Mit spitzen Fingern berührte sie den Hals des Unbekannten, um den Puls zu fühlen. Der Körper war zwar noch warm, hatte aber bestimmt keine 36 Grad mehr. Ines Eisele beugte sich weiter vor und sah, dass Gesicht und Jackenärmel blutverschmiert waren. Wie von der Tarantel gestochen zuckte sie zurück.

»Ich rufe die Polizei!«, stieß sie aus.

Entschlossen wählte sie die Notrufnummer auf ihrem Smartphone, das sie griffbereit am schwarzen Handyband wie eine Tragetasche über der Schulter trug. Berta beobachtete fassungslos die ganze Szene. War sie direkt am Ort eines tödlichen Verbrechens? Der arme Mann tat ihr zwar sehr leid, aber jetzt bestand die einmalige Aussicht, dass sie der Polizei unmittelbar bei ihrer Arbeit über die Schulter schauen konnte. »Reporterin findet Leiche«, wenn das keine Schlagzeile war.

»Ja, die Polizei!«, sagte sie gedankenverloren zu Frau Eisele und setzte ein zufriedenes Lächeln auf, was die etwas überrascht zur Kenntnis nahm. Jetzt war bestimmt keine Zeit für Heiterkeitsausbrüche. Kurz darauf wimmelte es in der Wohnung nur so von Polizisten. Die Pathologin Klara

Heining untersuchte den Toten und die KTU unter Peter Simmerdinger sicherte Spuren.

Hauptkommissarin Luna Emmerdinger bat Frau Eisele und Berta in die Küche und vernahm sie an die Holzfront der Küchenzeile gelehnt, die täuschend echt nach Eiche Natur aussah.

»Danke, das war's dann, Sie können gehen. Aber halten Sie sich zu unserer Verfügung«, war der genormte Abschlusssatz der Polizistin.

Die Maklerin verließ sofort die Wohnung, um ihre Nerven wider besseren Wissens, erst mal mit einem Döner zu beruhigen. Berta drückte sich in der Wohnung herum, sperrte Augen und Ohren auf und bequatschte jeden, der ihr unterkam.

Vor allem interessierte sie sich für die Ergebnisse der Pathologin Klara Heining und der KTU-Mitarbeiter von Peter Simmerdinger. So bekam sie immer mehr Informationen, die sie für ein erstes Bild der Vorkommnisse zusammenbauen konnte. Sie überlegte gerade, ob sie Luna darauf noch einmal ansprechen sollte. Aber die genervte Hauptkommissarin verscheuchte die Reporterin mit der Bemerkung: »Bitte verlassen Sie sofort den Tatort! Wir sind doch hier nicht in einer Daily Soap bei einem Privatsender!«

# 9

Der Mann im hellen Trenchcoat, Professor Dr. Magnus Maria Feinäugle, war von der Mühlhaldenstraße 4 in Stuttgart wie in Trance zurück nach Tübingen gefahren. Hatte er diesen Gruber getötet? Aber er hatte ihm doch nur eine kleine Ohrfeige verpasst! Daran starb man doch nicht. Jetzt musste er sich so unauffällig wie möglich verhalten, beschloss er, tat aber genau das Gegenteil.

Sein Auto stellte er vorsichtshalber nicht auf seinem reservierten Parkplatz vor dem Institut, sondern vor »Boxenstop«, dem Tübinger Automuseum um die Ecke ab. Er hoffte inständig, dass ihn auf dem Weg in sein Büro niemand gesehen hatte, was aber bei dem regen Betrieb auf der Wilhelmstraße, wo sich Studierende, Einheimische und Touristen ein Stelldichein gaben, fast unmöglich war.

In seinem Büro im Hegelbau ließ er erst einmal alle Rollos herunter. Die Dinger klemmten und ratterten, aber schotteten ihn sicher von der Außenwelt an. Er hängte den Mantel an den wackeligen Kleiderständer neben der Tür und ließ sich schwer atmend in seinen Bürosessel fallen. Jetzt wäre ein starker Ostfriesentee recht gewesen. Aber seine Sekretärin, Luise Rupp, war seit einem Monat in Mutterschaftsurlaub. Er musste zugeben, dass er ohne ihre Computerkenntnisse recht hilflos war. Hätte sie für ihn eine Kopie der Schatzkarte in die Cloud hochgeladen, hätte er nicht das Original in der Innentasche seines Jacketts dabeigehabt, als er zum Pokern ging. Seinen Schatz hatte er nicht einfach so im Büro zurücklassen können. Hätte, hätte

Fahrradkette, wie seine Studenten und Studentinnen, die Studierenden, so gerne sagten.

Offenbar hatte er beim Pokerspielen ein Glas Whiskey zu viel getrunken und sein Blatt total überschätzt. Es blieb ihm nichts anderes übrig, als diesem Gruber als Sicherheit die Karte zu überlassen. Der wollte sie zwar zuerst nicht, aber das einfache Gemüt konnte er locker mit seiner ausgefeilten Rhetorik davon überzeugen, dass sie das geschuldete Geld wert war.

Der Professor rückte seine Fliege gerade und stellte den Wasserkocher an. Jetzt musste er erst mal nachdenken. Bei einem Tässchen Tee gelang ihm das am besten. Mit zitternden Händen schaufelte er zwei Teelöffel weißen Kandis in seine blaue Teetasse und übergoss den Teebeutel mit kochendem Wasser. Seine Leidenschaft für Tee war im Institut allgemein bekannt. Seine Pokerleidenschaft, oder seien wir ehrlich, seine krankhafte Spielsucht, hatte er bis jetzt verheimlichen können. Und so sollte es auch bleiben!

Feinäugle zog den Teebeutel aus der Tasse und nahm einen vorsichtigen Schluck. Wunderbar, das half beim Denken! Soweit er Grubers Gestammel verstanden hatte, war Trost jetzt im Besitz der Schatzkarte. Wie das passieren konnte, war ihm schleierhaft. Er kannte Trost, weil er mit diesem Unsympathen schon mehr als einmal gespielt hatte. Was wollte er mit der Karte? Niemals würde der mit seinen manikürten Händen in der Erde nach Schätzen graben, konnte also eigentlich nichts damit anfangen. Er brauchte diese Karte unbedingt von ihm zurück. Seine Reputation hing daran.

Der Professor lockerte seine Fliege. Er sah auf die Uhr. Es war 17 Uhr, da war Lude, der Wirt seiner Zockerkneipe »Zum Glück«, sicher schon am Werkeln. Der Wurstsalat, eine Spezialität des Hauses, musste ja irgendwann vorbereitet werden. Feinäugle beschloss, ihn anzurufen.

»Gaststätte ›Zum Glück‹!«, meldete sich Lude gleich nach dem zweiten Klingeln.

»Hier ist …«, Feinäugle überlegte kurz, »… der Professor. Ich suche den Trost. Ist der heute da?«

»Sein Bodyguard Lukas hat für seinen Chef ›Pietra‹, dessen geliebtes korsisches Kastanienbier, für morgen bestellt. Also wird er höchstwahrscheinlich auch da sein!«, teilte ihm Lude mit.

»Dann werde ich morgen deinem Etablissement auch einen Besuch abstatten«, antwortete Feinäugle, »bis dann!« Aufgelegt.

So eine Portion Wurstsalat hätte ihm jetzt auch geschmeckt. Aber er würde sich die Nummer 341 beim Chinarestaurant »Lotus« bestellen. Je weniger er sich sehen ließ, umso besser.

# 10

Eva versuchte krampfhaft auf der Fahrt ins »Fisherman's Pub« das unangenehme Erlebnis in der Mühlhaldenstraße zu vergessen. Lieber konzentrierte sie sich auf das baldige Treffen mit Berta. Nach diesem gemeinsamen Termin hatten sie lange gesucht, um ihre Zusammenarbeit im letzten Fall zu feiern. Die Ereignisse rund um einen Überfall auf einen Geldtransporter und die brisanten Recherchen dazu hätte sie nicht alleine wuppen können.

Eva parkte schräg gegenüber dem Lokal im Stuttgarter Bohnenviertel und fütterte seufzend die unersättliche Parkuhr. Dann stiefelte sie zur klobigen Eingangstür und überflog kurz die Speisekarte im Glaskasten daneben. Durch ein Sprossenfenster in der Tür konnte man ins Lokal sehen, das ganz im Seemannsstil dekoriert war. Die Kneipe war zu dieser frühen Stunde nur schwach besetzt. Eva drückte die Tür auf, orientierte sich kurz und wählte dann einen Zweiertisch mit einem plüschigen grauen Sofa in der Nähe der Theke.

Es war gut geheizt und Eva schälte sich sofort aus ihrer schwarzen, weich wattierten Levis Steppjacke. Liebevoll strich sie über die Kapuze mit Fellimitat. Das kuschelige Teil hatte sie im Modehaus Zinser in Tübingen probiert, als sie einen Regenguss abwarten wollte und kurz entschlossen gekauft.

Nachdem sie es sich auf dem Sofa bequem gemacht hatte, bestellte sie einen Virgin Sunrise und ließ ihre Blicke über das Ambiente der Kneipe schweifen. An den holzvertäfelten Wänden hingen Fotos von Fischkuttern, Meeresstürmen, Leuchttürmen und Sonnenaufgängen neben Fischernetzen und Plastikfischen.

Wo blieb denn nur diese Berta? Eine Wohnungsbesichtigung konnte doch nicht so lange dauern. Mehrmals checkte sie ihr Smartphone nach Threema-Nachrichten. Aus Langeweile schickte sie Hubertus ein tanzendes Herzchen-Emoji und drückte die Anfrage von Bernd Kohler nach ihrem momentanen Standort weg.

Eva hatte den ersten Drink schon intus, als Berta endlich mit hochrotem Kopf ins Pub stürzte. Man konnte sie nicht übersehen. Heute trug sie zu ihren raspelkurzen, weißblonden Haaren ein blumiges Ohrgehänge, das wie die Bastelarbeit aus einer Kindergartengruppe aussah, aber bestimmt von einer regionalen Designerin kreiert worden war. Auf ihrer Stupsnase thronte eine klobige, grüne Hornbrille. Die mollige Veganerin hatte von Brillen ein ganzes Arsenal zur Auswahl zu Hause.

Mit dem Ausruf »Evchen, endlich!«, umarmte sie ihre Freundin stürmisch, legte dann ihre bunte Sisaltasche auf den Tisch und schälte sich aus dem wadenlangen Wollmantel. Etwas erschrocken zuckte Eva zurück, als ein langärmliges Baumwollkleid mit Urwaldmotiven zum Vorschein kam. Beim Modegeschmack lagen sie einwandfrei nicht auf einer Linie. Farblich jedoch setzte Evas kirschroter Kaschmirpulli noch eins drauf.

»Jetzt brauch ich erst mal einen Drink! Einen Mojito, aber alkoholfrei!«, rief sie der Barfrau zu.

»Virgin Mojito kommt gleich!«, antwortete die und machte sich an den Gläsern zu schaffen.

»Du glaubst nicht, was mir heute passiert ist!«, flüsterte Berta atemlos.

Sie fiel aufs Sofa und sprudelte heraus: »Ich habe eine Leiche gefunden!«

Eva lehnte sich vor.

»Da kann ich locker mithalten! Wir hatten eine Tote in der Güllegrube und Hubertus wurde festgenommen!«, hielt Eva dagegen.

Von ihrem Erlebnis in der Mühlhaldenstraße 4 erzählte sie erst mal nichts. Sie wollte Berta nicht mit den Vorgängen beunruhigen.

Die beiden sahen sich an und mussten über den Wettbewerb lachen, in den sie gerade eingestiegen waren, obwohl die Tatsachen eigentlich nicht zum Lachen waren.

»Du zuerst! Erzähl!« Eva war sofort im Reportermodus.

Berta schob die Ärmel nach oben, wobei ihre rundlichen Unterarme zum Vorschein kamen.

»Mir wird noch heiß und kalt, wenn ich nur daran denke …«

Und dann erzählte sie von ihrem Schockerlebnis bei der Wohnungsbesichtigung. In Eva keimte eine schreckliche Ahnung. War vorhin ein Mörder an ihr vorbei gestürmt? Berta machte nur Pausen, um mit dem Strohhalm in ihrem Virgin Mojito zu rühren oder an ihm zu saugen wie eine Verdurstende. Eva überlegte, ob sie von ihrem nachmittäglichen Erlebnis im Flur etwas erzählen sollte, als sie von einem Mann am Tresen abgelenkt wurde, der lautstark Eis für seinen Black Russian nachorderte.

Sie legte ihre Hand auf den Unterarm von Berta und stoppte damit ihren Redeschwall.

»Schau mal unauffällig zur Theke! Da sitzt der Inhaber der Immobilienfirma, der deine Wohnung vermietet. Der Grauhaarige ist Theophil Trost. Sein Wochenendhaus ist direkt neben dem Bauernhof von Hubertus. Das ehemalige Austragshaus hat früher zum Bauernhof gehört. Hubertus musste es unter Wert verkaufen, um den neuen Stall zu finanzieren.«

Berta drehte den Kopf. Möglichst unauffällig betrachtete sie den Mann im dunklen Anzug auf dem Barhocker. Er schäkerte mit der vollbusigen Barfrau, die Eiswürfel in sein Glas gleiten ließ.

»Ja, den kenne ich von der Webseite seiner Immobilienfirma«, sagte sie dann.

»Vielleicht wartet er auf einen Kunden«, mutmaßte Eva, »aber jetzt erzähl weiter!«

»Die Kommissarin Luna Emmerdinger war jedenfalls gleich mit ihrer ganzen Mannschaft vor Ort. Der Tote, laut Ausweis heißt er Ferdinand Gruber, scheint mit dem Hinterkopf auf ein Fensterbrett geknallt zu sein. Die Spusi hat dort blutige Haare entdeckt. Ich bin da noch ein wenig rumgeschlichen und habe meine Ohren gespitzt.«

Berta nippte an ihrem Cocktail.

»Hat ihn vielleicht jemand geschubst? Man knallt doch nicht einfach so ans Fensterbrett«, mutmaßte Eva.

»Stimmt, da könnte jemand nachgeholfen haben.«

Berta sah Eva triumphierend an, als ob sie ihr im nächsten Satz den Mörder präsentieren würde. Hoffentlich hat mich niemand im Haus gesehen, dachte Eva, sonst komme ich noch unter Verdacht.

»Du wirst doch nicht dort wohnen wollen, wo jemand gestorben, schlimmer ermordet, worden ist«, lenkte Eva ab.

»Wäre aber ein Prachtstück die Wohnung, günstig gelegen, das Pressehaus ist fußläufig zu erreichen, vom Balkon aus schaut man ins Grüne, keine lärmenden Nachbarn über mir und der Preis würde auch in Ordnung gehen. Hey, hörst du mir überhaupt zu? Hallo! Erde an Eva!«

Berta war etwas irritiert.

»Entschuldige, aber an der Theke tut sich was. Es hat sich jemand zu Trost gesetzt. Ob du es glaubst oder nicht, den kenne ich auch!«

Berta versuchte sich in eine andere Sitzposition zu bringen, da sie mit dem Rücken zur Theke saß.

»Den Typen kenne ich von dem Überfall auf den Geldtransporter. Einer der Räuber hat sich damals in seinem portugiesischen Laden versteckt, und ist dort ermordet worden. Das ist der Besitzer Carlos Lago!«, flüsterte Eva aufgeregt.

»Ich erinnere mich! Was hat der mit dem Trost zu schaffen?«, flüsterte Berta zurück.

»Keine Ahnung! Auf jeden Fall hat er ihm gerade etwas gegeben. Könnte Schmuck oder ein Gegenstand aus Gold gewesen sein. Die mauscheln bestimmt etwas«, sinnierte Eva. Sie hätte zu gerne gewusst, was da lief.

Da aber nichts mehr Aufregendes passierte, wandten sich die beiden Frauen wieder ihrem Gespräch zu.

»Ich werde nachher die Immobilienmaklerin Frau Eisele anrufen und mein Interesse bekunden. Gute Wohnungen sind sehr dünn gesät, das weißt du«, zog Berta ein Resümee.

»Aber, wie war das mit deiner Leiche in der Güllegrube?«, fragte sie dann.

Nun war Eva mit ihrem Bericht an der Reihe. Sie erzählte alles vom Wecken durch die Kommissare bis hin zur Verhaftung von Hubertus.

»Heute Nachmittag haben sie Hubertus zum zweiten Mal abgeholt und verhört. Angeblich gibt es einen Zeugen, der Hubertus zur Tatzeit am Tatort gesehen hat«, schloss sie ihre Erzählung.

»Mach dir keine Sorgen, das kann nur ein Irrtum sein«, beruhigte sie Berta und es entstand eine Gesprächspause.

»Ich sollte doch bei Frau Schräuble, der Mutter von der Annedorle, alias Valea Rahman, recherchieren«, nahm Berta das Gespräch wieder auf. »Die Adresse konnte ich gut mit der U-Bahn erreichen. Frau Schräuble wohnt ganz oben im vierten Stock eines alten Mietshauses. Ich musste zu Fuß raufkeuchen, Lift war nicht in dem ollen Gemäuer. Oben stand die Wohnungstür sperrangelweit offen und ich konnte direkt ins Wohnzimmer sehen. Dort waren hauptsächlich alte Frauen, ganz in Schwarz gekleidet, versammelt. Das allein wäre schon eine Reportage wert gewesen. Die Gruppe saß auf Teppichen auf dem Boden und rezitierten Gebete in einem fremdländischen Singsang. Überall brannten Kerzen. Die grauhaarige Frau auf dem Sofa mit dem verheulten Gesicht schien mir die Mutter der Toten zu sein. Die Schräuble muss dem Namen nach, einen Deutschen geheiratet haben, denn sie sah nicht nach einer Urschwäbin aus.«

Berta machte eine Pause und saugte an dem Strohhalm ihres Drinks.

»Konntest du mit ihr sprechen?«, fragte Eva gespannt.

»Klar«, erwiderte Berta und kicherte, »ich zeigte der jungen Frau an der Tür meinen Presseausweis so, dass man das Wort Presse nicht sehen konnte. Sie hielt mich für eine Polizistin in Zivil. Ich bat sie, die trauernde Mutter unauffällig in den Flur zu holen.«

»Und dann hast du gesagt, ›Grüß Gott Frau Schräuble, erzählen Sie mir alles über ihre ermordete Gangstertochter.‹«

Eva kicherte ebenfalls.

»Ganz genau so war es«, antwortete Berta mit ernster Miene und Schalk in den Augen.

»Aber Spaß beiseite! Sie hat mir stockend berichtet, dass ihre Tochter eine eigene Wohnung hatte, aber keiner geregelten Tätigkeit nachging. Annedorle hätte sich mit Leuten rumgetrieben, die sie finanziert haben.«

»Hat sie Namen genannt?«, fragte Eva.

»Sie hat von einem Luk und Theo geredet. Oder Berti? Auf jeden Fall ist sie dann schnell wieder zurück zum Totengebet. Ich hoffe, du kannst etwas damit anfangen«, schloss Berta ihren Bericht ab.

»Mal seh'n! Der Trost heißt Theophil und sein Bodyguard Lukas mit Vornamen, das könnte passen. Hubertus und ich haben sowieso schon gemutmaßt, dass diese Valea nur eine Strohfrau war. Wäre also durchaus möglich, dass da auch der Trost die Finger im Spiel hat«, meinte Eva nachdenklich.

»Aber nun genug der Morde!«

Eva sah zur Theke hinüber, Trost und Carlos waren schon gegangen. Eva erzählte von ihrem Afrika-Urlaub und schwärmte von Hubertus. Gegen 23 Uhr gingen sie mit dem Versprechen auseinander, nicht wieder so viel Zeit bis zum nächsten Treffen vergehen zu lassen. Sie sollten sich in nächster Zeit öfter sehen, als sie jetzt vermuteten. Berta fuhr mit der U-Bahn und Evas Parkuhr war schon lange abgelaufen. Sie dankte dem Universum, dass sie keinen Strafzettel bekommen hatte.

# 11

Am Abend desselben Tages rief die Pathologin Klara Heining bei Luna Emmerdinger an.

»Ich wollte dich schnell über die neuesten Erkenntnisse im Fall Ferdinand Gruber informieren, bevor ich hier Schluss mache. Er hat noch Hämatome in der Magengegend und am Kinn. Er wurde also verprügelt und ist dann aufs Fensterbrett gefallen. Gestorben ist er an einer Hirnblutung«, dozierte Klara.

»Er hat also nach seinem ersten Sturz noch gelebt«, vermutete Luna.

»Ja, etwa zwei bis drei Stunden. Er ist noch mal aufgestanden und in den Flur getorkelt und dann, Exitus!«, meinte Klara.

»Also auf jeden Fall Totschlag! Zeitpunkt?«, fragte Luna.

»Die ersten Schläge so gegen 11 Uhr und der Tod so gegen 16 Uhr«, meinte Klara. »Jetzt wünsche ich dir aber einen schönen Abend!«

»Danke und ebenfalls schönen Abend!«, antwortete die Kommissarin.

Das war ja interessant und rundete ihr Bild ab.

Da die Leiche in einer Wohnung der Firma Immobilien Trost gefunden worden war, hatte sie schon nachmittags dort angerufen und mit der Assistentin der Geschäftsleitung, Frau Specht, gesprochen.

»Wissen Sie, wer heute in der Wohnung in der Mühlhaldenstraße 4, dritter Stock, war?«, fragte Luna nach kurzer Vorrede.

»Soweit ich weiß, nur der Chef. Sein Bodyguard war sicher auch dabei. Die waren da wegen eines geklauten Heizkörpers. So was hatten wir noch nie! Unglaublich das!«, war die Antwort von Frau Specht.

Das bedeutete für Luna, dass sie auf jeden Fall mit Theophil Trost sprechen musste.

»Wissen Sie, wo sich Ihr Chef momentan aufhält?«, wollte Luna dann wissen.

»Der ist übers Wochenende in seinem Häuschen in Hagelloch bei Tübingen«, war die Auskunft von Frau Specht gewesen.

Luna hatte sich bedankt und nachdenklich aufgelegt. Zusammen mit der Information der Pathologin klang das sehr verdächtig.

Sie beschloss, den befreundeten Kommissar Wilde von der Tübinger Polizei um Amtshilfe zu bitten. Luna zögerte kurz und überlegte, ob es schon zu spät war Wotan am Freitagabend im Büro anzurufen. Aber schließlich ermittelte sie in einem Mordfall, und da war keine Zeit zu verlieren. Die ersten 24 Stunden waren bekanntermaßen entscheidend!

Wotan hob schon nach einem Klingeln ab.

»Hallo Luna, schön von dir zu hören. Was kann ich für dich tun?«

Wotan hatte sie an der Anzeige im Display erkannt.

»Hallo Wotan, so spät an einem Freitag noch im Büro?«, begann Luna.

»Wir haben hier einen Mord! Und du weißt doch, die ersten 24 Stunden sind da entscheidend. Wir sind hier alle am Rotieren!« Wotan sagte ihr nichts Neues.

»Ich mach's kurz. Wir haben auch einen Todesfall, der eventuell ein Mord oder Totschlag sein könnte. Der Verdächtige, ein Theophil Trost, hält sich in der Nähe von Tübingen auf«, begann Luna voller Elan.

»Und wir sollen den jetzt befragen. Dir ist schon bewusst, dass es Freitagabend ist?«, holte sie Wotan auf den Boden der Tatsachen zurück.

»Ja, das ist mir klar! Ich geb' auch einen aus, wenn du mal wieder hier in Stuttgart bist«, versuchte sie ihn zu ködern, »und stell dir einen unwiderstehlichen Augenaufschlag von mir dazu vor.«

»Da kann ich natürlich nicht widerstehen.« Wotan lachte.

»Ich schicke dir die Akte per E-Mail. Und wenn du noch Fragen hast, kannst du mich ja anrufen. Melde dich nach der Befragung, auch gerne am Samstag. Und vielen Dank vorab«, sagte Luna dankbar.

»Gut, dann mal her mit den Unterlagen! Wir werden eine Samstagsbefragung einschieben. Schönen Abend noch!«, wünschte Wotan und legte auf. Er war Nachtarbeit und kurze Wochenenden gewohnt.

»Wer hat Lust, mich morgen zu einer Befragung zu begleiten?«, rief er in den Raum.

Seine Truppe war schon im Feierabend-Aufbruchsmodus. Die Computer waren runtergefahren, die Kaffeemaschine ausgeschaltet und Bernadette zog sich gerade ihre Jacke über. Wotan sah in die leeren Gesichter seiner Mitarbeiter. Alle schwiegen, wichen seinem Blick aus und versuchten in der Erde zu versinken.

»Wenn es keine Freiwilligen gibt, Wolfgang, wie wäre es mit uns zwei?«

Wotan wusste, dass er hier am wenigsten Widerstand zu erwarten hatte.

Wolfgang ergab sich auch sofort in sein Schicksal.

»Nur, wenn es eine gratis Currywurst gibt!«, versuchte er zu handeln.

»Da gibt es einen neuen Imbiss bei mir in der Nähe,

›Sam's Döner 2‹. Ist zwar Döner, aber das ist ja praktisch die griechische Currywurst«, schlug Wotan vor.

»Hast mich schon überredet! Ich hol dich ab«, sagte Wolfgang grinsend.

Wotan nickte.

# 12

Kurz vor Mitternacht traf Eva nach ihrem Treffen mit Berta auf dem Hollerer Hof ein und parkte den alten Fiat hinter dem Toyota von Hubertus. Trotz der späten Stunde fühlte sie sich glasklar im Kopf, aufgekratzt und keinesfalls bettreif. Gedankenverloren schaltete sie die »Streichserenade E-Dur« von Edvard Grieg aus und blieb noch eine Weile sitzen. Eva wunderte sich, dass im Flur das Licht brannte. Hubertus war doch bestimmt schon im Bett.

Da vorne, neben dem Güllebecken, hatten gestern die sterblichen Überreste von Valea Rahman gelegen. Das Szenarium mit der verdreckten Leiche auf der Plastikplane erschien vor ihrem geistigen Auge. So sehr sie sich mühte, sie wurde das Bild der Frau mit dem einzelnen Schuh am Fuß nicht los. Jetzt stellte sich zwingend die Frage, wo der zweite Schuh war. Der war doch nicht einfach so verschwunden. Außer, der Täter war ein Fetischist und hatte ihn für seine Sammlung linker Schuhe mitgenommen. Oder hatte ihn die KTU gefunden? Die waren sicher nicht in der Gülle herumgetaucht.

Eva stieg aus und schloss behutsam die Autotür. Hubertus sollte nicht geweckt werden und seine geliebten Kühe schon gar nicht. Als sie sich der Güllegrube näherte, reagierte der Bewegungsmelder und der Strahler über dem Tor zum Stall ging an. Es war von den Spuren des Verbrechens nichts mehr zu sehen. Alles war wie immer. Es roch nach Kuh und Silage. Der Hof war sauber gekehrt, die Fahrzeuge aufgeräumt und der Güllesee glänzte im Sternenlicht. Dieses stinkende Zwischenlager war Eva schon lange ein Dorn im Auge. Hubertus hatte ihr versprochen, dass er es bald auflösen würde. Bis jetzt brachte er alle paar Tage die Gülle im Tankanhänger zum neuen, großen Becken, das einige Hundert Meter entfernt war und auch eine Abdeckung hatte.

Aber da schwamm doch etwas auf der ekligen Pampe! Eva trat ganz nach vorne an die Kante der alten Grube. Sie rieb sich die Augen. Tatsächlich, der vermisste Pumps dümpelte mit abgeknicktem Absatz mitten im Teich. Er war aus den unergründlichen Gülletiefen wieder aufgetaucht. Wenn sie sich auf den Bauch legte und eine Mistgabel zur Hilfe nahm, könnte sie ihn sich vielleicht angeln. Ha, ha, Evchen, dafür sind deine neue Jacke und deine helle Hose die beste Einsatzkleidung. Hubertus sollte den Schuh morgen früh, nein, es war ja schon heute früh, aus dem Becken holen. Eva nickte sinnend. Ja, das war wohl am vernünftigsten.

Klick, die Beleuchtung ging aus. Ein schwarzer Schatten stand bewegungslos in der Dunkelheit und überlegte. Was hatte ihre Oma immer gepredigt? »Was du heute kannst besorgen, das verschiebe nicht auf morgen!«

Entschlossen drehte sich Eva um. Mit ein paar Schritten war sie an der Tür zur Kleiderkammer, die sich neben dem Büro im Stall befand. Wie ein Kobold schlüpfte sie hinein und tauschte Jacke, Hose und Stiefeletten gegen einen Arbeitsoverall und Gummistiefel. Das mussten die Sachen von Norman sein, der war der kleinste der Angestellten. Der Overall schlotterte trotzdem um ihren Körper, aber sie wollte auch schließlich nicht damit auf den Laufsteg. Eine Mistgabel lehnte griffbereit außen an der Stalltür. Eva schlurfte in den zu großen Gummistiefeln an das Becken, ging in die Hocke und ließ sich vorsichtig auf den Bauch gleiten. Den Gabelstiel hielt sie so weit wie möglich am hinteren Ende und robbte mit dem Oberkörper über die stinkend verklebten Randsteine des Beckens. So musste es bei Teufels in der Hölle riechen, nach Schwefel und Ammoniak. Lange würde sie den Gestank nicht aushalten. Eva versuchte durch den Mund zu atmen.

Mit einer Hand klammerte sie sich am Rand der Grube fest, um das Gleichgewicht zu behalten. Eva durfte nicht daran denken, welchen Schmodder sie da gerade anfasste. Shit, sie hatte vergessen, Arbeitshandschuhe überzuziehen. Mit der Gabel stocherte sie ungeschickt nach dem Zielobjekt, das wie zum Hohn wenige Zentimeter vor den Zinken auf der Teufelssuppe tanzte.

Scheiß Schuh fluchte sie innerlich. Ihr Oberkörper streckte sich noch etwas, kippelte und der Holzstiel tauchte samt rechter Hand in die Brühe. Zapp, jetzt ging auch noch die Beleuchtung aus. Mit äußerster Willenskraft robbte Eva so lange rückwärts, bis die Mistgabel über den Teer im Hof kratzte. Zapp, jetzt ging das Licht wieder an. Nach dieser grandiosen Aktion stank sie nur grausam und fühlte sich furchtbar dreckig.

Schlotternd vor Kälte zog sie sich in der Dusche neben der Kleiderkammer aus und band ihre Haare hoch. Das würde das erste und letzte Mal sein, dass sie neben einem Kuhstall duschte. Anschließend wusch sie ihre Hände mehrmals mit Speickseife und cremte sie nach dem Abtrocknen mit dem original Murmeltierfett ein, auf das Hubertus schwor. Es stank stechend nach Kampfer. Vom olfaktorischen her, war dieser Abend eine echte Herausforderung. Die Leihklamotten hängte Eva ordentlich wieder zurück. Niemand durfte von dieser blamablen Aktion erfahren. Erschöpft warf sie einen Blick auf ihr Handy. Es war mittlerweile kurz vor ein Uhr. Jetzt fühlte sie sich wie gerädert und sehnte sich nach einem weichen Bett. Mit schweren Schritten ging sie zum Haus und schloss die Tür auf.

Schon im Flur hörte sie, wie jemand einen ganzen Wald zersägte. Merlin wuselte um ihre Beine und hoffte auf einen späten Imbiss. Etwas irritiert roch er an ihren Händen.

Der Hund tappte mit ins Bad und beobachtete sie beim Zähneputzen. Eva hielt ihm einen Schaumbatzen auf dem Finger hin. Der Hund schleckte kurz daran und trollte sich dann beleidigt in die Küche. Offenbar wollte ihn sein Frauchen vergiften.

Ein blasses Gesicht starrte Eva aus dem Badezimmerspiegel entgegen. Warum konnte sie nur nicht abschalten? Die Sache mit der unechten Maklerin und dem Toten in der Wohnung rotierte in ihrem Gehirn. Mechanisch füllte sie den Zahnputzbecher mit Wasser und trank ihn leer. Sie schlich leise ins Schlafzimmer, um ihren Schatz nicht zu wecken, zog sich aus und streifte ihr geliebtes pink und weiß gestreiftes Nachthemd über. Beim Lichtausschalten grübelte sie halblaut: »Und wer hat Valea Rahman wirklich in die Grube gestoßen?«

Sie legte sich auf den Rücken, zog die Satinbettwäsche über sich und kombinierte haarscharf. Ihrem Liebsten sollte ein Mord untergeschoben werden! Plötzlich wurde ihr einiges klar. Trost hatte die Fake-Maklerin auf ihn angesetzt! Nachdem das gescheitert war, hatte er einen Zeugen gekauft, damit Hubertus für den Mord in den Knast kam und er das Anwesen billig kaufen konnte. So musste es gewesen sein! Da würde sie weiter recherchieren müssen, auf diesen Wilde mit seiner Gurkentruppe war doch kein Verlass. Wer Ferdinand Gruber auf dem Gewissen hatte, wollte sie gar nicht wissen. Sie strich den Nachmittag und die Mitternachtsaktion aus ihrem Gedächtnis, kuschelte sich an den warmen Körper von Hubertus und schlief sofort ein.

# 13

Hauptkommissar Wolfgang Schickenrieder ließ am Samstagmorgen das Frühstück ausfallen und stand pünktlich um halb zehn vor Wotans Haus. Bereits um zehn Uhr biss er herzhaft und mit Genuss in einen »Döner mit alles«, während Wotan mit einem Becher Kaffee unter dem Vordach von »Sam's Döner 2« stand. Er bevorzugte ein Marmeladenbrot zum Frühstück, Knoblauch und Zwiebeln um diese Zeit waren nicht sein Ding.

Das Herbstwetter zeigte sich von seiner schlechtesten Seite. Es war kalt und nieselte leicht. Wolfgang zog seine Kapuze über den Kopf: »Scheiß Wetter!«, das war sein einziger Kommentar. Seinen Appetit ließ er sich aber deshalb nicht nehmen.

Kurze Zeit später erreichten sie das Wochenendhaus von Trost in Hagelloch im Friedensweg, parkten hinter einer S-Klasse und stiegen aus.

»Würde mir auch gefallen so ein Häuschen«, meinte Wolfgang.

Wotan rümpfte die Nase.

»Zu viel Landluft hier! Das ist doch gleich neben dem Hof von diesem Holunder und seiner Gülleleiche. Ob das etwas zu bedeuten hat?«

»Wie meinst du das?«, wollte Wolfgang wissen.

»Im Umfeld von diesem Trost passieren etwas zu viele Verbrechen. Das ist doch verdächtig«, meinte Wotan.

»Der Verdacht liegt nahe, aber wir sollten unvoreingenommen an die Sache herangehen«, wiegelte Wolfgang ab.

Das Haus lag direkt neben dem riesigen Freilaufstall. Auf der Vorderseite hatte es zwei raumhohe Balkontüren, die auf eine Terrasse mit Terrakottafliesen und einer weißen Apollostatue führte. Im Swimmingpool schwamm buntes Eichenlaub, herübergeweht aus dem nahen Waldstück.

Es war zwar frisch gestrichen, aber auf alt und gemütlich getrimmt. Die beiden Polizisten liefen den gepflasterten Weg zur Haustür hoch. Wotan klingelte. Es dauerte etwas, dann öffnete ein bulliger Typ im Anzug die Tür. Seine Glatze glänzte dezent.

»Was kann ich für Sie tun?«, fragte er ohne Begrüßung.

»Hallo, Herr Holperdinger! Lange nicht gesehen«, versuchte Wotan witzig zu sein, »wir hätten gerne Ihren Chef gesprochen.«

»Dann kommen Sie doch rein! Wir freuen uns immer über Besuch von Freunden.«

Der Mann hat Sinn für Humor, dachte Wotan. Sie folgten ihm durch einen dunkel gefliesten Flur bis zu einer offenen, raumhohen Schiebetür. Von dort sah man ins Wohnzimmer mit weißem Hochflorteppichboden. In der Mitte des Zimmers stand eine ebenfalls weiße Ledersitzgarnitur, davor ein Couchtisch mit Chromgestell und Glasplatte. Eine Wand wurde von einem abstrakten Gemälde in grellen Rot- und Schwarztönen dominiert. Der Mann auf dem Sofa trug lässige Jeans und ein weißes Hemd mit aufgekrempelten Hemdsärmeln. Er blätterte in einer großformatigen Zeitung.

»Die Herren von der Polizei wollen Sie sprechen, Boss«, sagte der Bullige.

»Grüß Gott, die Herren, nehmen Sie doch Platz. Wie kann ich Ihnen helfen?«

Trost legte die Zeitung auf den Tisch und machte eine einladende Handbewegung. Er gab ganz den höflichen Lebemann.

»Herr Trost, ich bin Hauptkommissar Wotan Wilde und das ist Hauptkommissar Wolfgang Schickenrieder. Wir sind hier nach einer Anfrage der Hauptkommissarin Emmerdinger der Polizei Stuttgart. Es macht Ihnen sicher nichts aus, wenn wir unser Gespräch für unsere Kollegen aufnehmen.«

Wotan stellte ein kleines Aufnahmegerät auf den Couchtisch, nachdem Trost kurz genickt hatte.

»Um was geht es eigentlich?«, wollte Trost nach dieser Vorrede wissen.

»Es geht um ihre leere Wohnung in der Mühlhaldenstraße 4, dritter Stock«, begann Wotan, nachdem er sich in einen frei schwingenden weißen Ledersessel, Trost gegenüber, gesetzt hatte. Wolfgang Schickenrieder hatte in dem zweiten Designersessel Platz genommen. Auf so einem teuren Sitzmöbel hatte er noch nie gesessen. Der kostete bestimmt so viel wie seine gesamte eigene Wohnzimmereinrichtung.

»Die gehört meiner Firma. Das Objekt wird gerade renoviert und wir suchen einen neuen Mieter«, stellte der Geschäftsmann sachlich fest.

»Gut, auf jeden Fall haben wir dort einen Toten gefunden«, konfrontierte Wotan Trost mit den Tatsachen.

»Davon weiß ich nichts.«

Trost sah demonstrativ auf seine Rolex. Er hatte seine Zeit nicht gestohlen, wollte er damit wohl ausdrücken. Lukas, der hinter Trost stand, verschränkte die Arme vor der Brust. Dass dieser Gruber noch Ärger machen würde, hatte er gleich im Urin gehabt.

»Der Mann ist aber weder an einem Herzinfarkt noch an Krebs gestorben, sondern an einer Hirnblutung infolge eines Sturzes auf eine Fensterbank. Da war Fremdeinwirkung im Spiel. Fahrlässige Tötung nenn' ich das«, machte Wotan weiter.

»Sehe ich so aus, als ob ich jemanden tätlich angreifen würde.«

Trost fuhr sich kurz über die makellose Frisur und betrachtete dann seine frisch manikürten Fingernägel.

»Sie vielleicht nicht, aber Ihr breitschultriger Beschützer«, mutmaßte Wolfgang und nahm Lukas ins Visier.

Der schob sein goldenes Armkettchen zurück und blieb bei seinem Pokerface. Ihm konnten sie rein gar nichts nachweisen.

»Wir haben Spuren, die wir auswerten werden. Deshalb brauchen wir auf jeden Fall Fingerabdrücke und DNA-Proben von Ihnen beiden«, stellte Wotan fest.

»Fingerabdrücke und DNA werden Sie sicher von mir und Lukas in der Wohnung finden. Ich leugne ja nicht, dort gewesen zu sein. Aber wir haben niemanden umgebracht!«, beteuerte Trost und lachte auf.

»Und das kann sicher auch ihr Bodyguard bezeugen«, mutmaßte Wolfgang.

Lukas nickte.

»Da liegen Sie völlig richtig. Wer ist eigentlich der Tote?«

Trost fühlte sich offenbar sicher.

»Ein Ferdinand Gruber, kannten Sie den?«, fragte Wolfgang.

Trost schüttelte den Kopf.

»So, so! Die Kollegen in Stuttgart haben aber ermittelt, dass Sie mit Gruber gepokert haben. Und Sie wollen mir erzählen, dass Sie den Toten nicht kannten«, stellte Wotan fest und zeigte Trost ein Bild des Toten.

»Wenn Sie mich so fragen. Dass der Mann Gruber hieß, war mir aber nicht bekannt!«, log Trost.

»Dann geben Sie also zu, dass Sie geschäftliche Beziehungen zu Gruber hatten«, fragte Wolfgang.

»Das leugne ich nicht. Der Mann hatte Schulden bei

mir, aber die hat er bereits bezahlt. Zwar etwas spät, aber immerhin.« Trost nickte zufrieden.

»Darüber gibt es vermutlich keine Nachweise«, wollte Wotan wissen.

»Das war ein Geschäft unter Freunden, da macht man nichts Schriftliches.«

Trost versuchte ein Lächeln aufzusetzen, was ihm aber nur teilweise gelang. Wotan sah Wolfgang an, der wusste, was er von ihm wollte.

»Ich werde jetzt ihre Fingerabdrücke und DNA-Proben nehmen«, sagte Wolfgang und holte den portablen Fingerabdruckscanner und zwei Forensik-Abstrichtupfer aus der Jackentasche. Zuerst scannte er die Fingerabdrücke, dann nahm er von beiden den Rachenabstrich mit den Wattestiel-Tupfern. Alles ging, bis auf kurze Anweisungen, schweigend über die Bühne.

Schon im Aufbruch meinte Wotan: »Noch eine Frage! Kennen Sie eigentlich die Mutter von Ferdinand Gruber?«

»Nie gesehen!«, antwortete Trost achselzuckend.

Es wurde Zeit, dass dieser unangenehme Samstagsbesuch verschwand. Mit einem kurzen »Schönen Samstag noch!«, verließen die Kommissare das Haus.

»Wieso hast du gefragt, ob er die Mutter kennt?«, fragte Wolfgang Wotan, während sie zu ihrem Auto zurückgingen.

»Das wollte Luna wissen. Frag mich nicht!«, antwortete Wotan.

Auch Theophil Trost beschäftigte diese Frage.

»Wir sollten uns mit Frau Gruber mal unterhalten«, sagte Trost zur gleichen Zeit zu seinem Leibwächter. »Wir müssen herausfinden, was sie der Polizei erzählt hat.«

»Mache ich gerne, Chef!«, meinte Holperdinger und grinste. Diese Art von Arbeit war ihm am liebsten, »aber erst am Montag! Heute Abend ist erst mal Poker angesagt.«

Als Selma, eine Mitarbeiterin von Luna Emmerdinger, am Montag das File mit der Vernehmung abhörte, fragte sie erstaunt, warum Wotan nach der Mutter von Ferdinand Gruber gefragt hatte.

»Das war nur so ein Gefühl«, meinte Luna. »Wer hat Frau Gruber eigentlich die Todesnachricht überbracht?«

»Das waren Petra und ich«, meinte Selma.

»Habt ihr sie nach der Kopie einer Karte gefragt, die wir bei Gruber gefunden haben?«, wollte Luna wissen.

»Nein! Das wussten wir zu diesem Zeitpunkt noch nicht.«

»Dann solltet ihr da noch mal hin und das nachholen. Nein, das mache ich selbst. Mich interessiert diese Frau Gruber und was sie über ihren Sohn zu erzählen hat«, stellte Luna fest. Manche Sachen musste sie einfach selbst in die Hand nehmen, um sich ein eigenes Bild zu machen.

# 14

Samstagabend war normalerweise der Pokerabend für Professor Dr. Magnus Maria Feinäugle. Diesmal war das nicht so. Heute wollte er nur seine Schatzkarte von Trost zurück. Er saß im Hinterzimmer der Kneipe »Zum Glück« auf der Eckbank neben einem glatzköpfigen Hünen und beobachtete Theophil Trost beim Pokern. Feinäugle schätzte den Geschäftsmann als total empathielos und kalt berechnend ein. Welch hervorragenden Eigenschaften für einen Spieler! Er selbst konnte seine Gesichtszüge beim Bluffen schwer beherrschen und schwitzte im Spielstress wie ein Schwein. Da half auch die größte Dosis »Tabac Original«-Deospray kaum.

Der Professor war abgehetzt ins Hinterzimmer gekommen, da ein Student unangemeldet in sein Büro geschneit war und unbedingt über die Literaturliste zu seiner Seminararbeit mit ihm sprechen wollte. So hatte die Spielrunde schon begonnen. Auf diese Weise konnte er vor seinem Gespräch mit Trost noch etwas durchschnaufen. Nervös rutschte er auf der Bank hin und her und wartete darauf, dass die Spieler eine Pause machten. Er schwitzte in seiner blauen Steppjacke und hätte am liebsten seine gepunktete Freizeitfliege heruntergerissen, um mehr Luft zu bekommen. Alternativ rückte er sie gerade und knöpfte die Jacke auf.

Es juckte ihn in den Fingern, als er die Karten über den Tisch wandern sah. Dann endlich, nach einer geschätzten Ewigkeit, erhob sich der Kleine mit den fettigen schwarzen Haaren. Voller Ekel hatte Feinäugle die Schuppen auf dem schwarzen T-Shirt betrachtet. Eddie, wie er von allen genannt wurde, forderte eine Pinkelpause ein. Alle standen auf und lockerten ihre Glieder, beziehungsweise verschwanden auch auf der Toilette. Lukas stellte seinem Chef eine neue Flasche »Pietra« auf den Tisch und öffnete den Kronkorken zuvorkommend. Trost setzte die Flasche an und trank die Hälfte auf einen Zug leer. Er wischte sich mit dem Handrücken über den Mund und fixierte Feinäugle.

Der stand auf und ging zu ihm hinüber.

»Ich weiß, dass Sie die Karte von Gruber haben!«, begann er ohne lange Vorrede.

»Aha, der Herr Professor! Was soll ich haben?«, fragte Trost mit einem Unterton, der das Gegenteil vermuten ließ.

Der glatzköpfige Hüne stand wie aus dem Nichts plötzlich neben Trost, um ihn zu beschützen.

»Lukas, ist gut, der Professor ist harmlos, wir kennen uns«, sagte sein Chef zu ihm.

»Die Karte! Eigentlich gehört sie mir, ich habe sie Gruber nur als Pfand gegeben. Und jetzt, da er tot ist, will ich sie zurück!«, insistierte Feinäugle.

Trost knipste ein zuvorkommendes Lächeln an.

»Bedauere! Ich kenne keinen Gruber und von einer Karte weiß ich nichts!«, sagte Trost.

Feinäugle rückte jetzt so nahe, dass er den unangenehmen Bier-Atem des Immobilienfuzzis roch: »Geben Sie mir die Karte, jetzt sofort!«

»Lukas, der Mann will gehen!«, sagte daraufhin Trost.

»Komm, wir gehen mal eine rauchen!«, bemerkte der, fast kumpelhaft. Er packte Magnus mit eisernem Griff am Arm und schob ihn durch die Gaststube Richtung Ausgang.

»Zweihundert und mir fällt vielleicht was zu der Karte

ein!«, sagte der Bodyguard draußen zu Feinäugle. Er lehnte sich lässig an die Hausmauer, vor der Feinäugle seinen Wagen geparkt hatte. Dann nestelte er eine Zigarette aus einer Packung, zündete sie mit einem vergoldeten Feuerzeug an und begann in tiefen Zügen zu rauchen.

»Ich weiß nicht, ob ich noch so viel dabei hab!«, erwiderte der Professor und kramte hektisch in seinem Geldbeutel.

»Zweihundert«, wiederholte Holperdinger seelenruhig und blies seinen Rauch in Richtung Magnus.

Der Professor würde ihm zu einem kleinen Taschengeld verhelfen. Soweit er wusste, hatte sein Chef mit der Karte irgendein Ding am Laufen. Magnus zog ein paar Scheine aus seiner Brieftasche und gab sie dem Bodyguard.

»Das sind nur 190 Euro, mehr hab' ich nicht!«, sagte er mit einem Zittern in der Stimme.

»Auch gut! Die Immobilienmaklerin Valea Rahmann, Elise-Späth-Straße 7 in Seelberg hier in Stuttgart. Das ist eine Angestellte von Trost und er hatte auch mal was mit ihr«, meinte der Leibwächter und machte eine eindeutige Handbewegung.

Er rollte die Geldscheine zusammen und steckte sie grinsend in die Hosentasche.

»Danke!«, rief Magnus in überflüssiger Höflichkeit. Er entriegelte mit der Fernbedienung sein Auto, stieg ein und drückte mechanisch auf den Starterknopf.

Professor Dr. Magnus Maria Feinäugle sah die Karte greifbar nahe vor sich. Seine Umgebung nahm er kaum wahr. Dann bewegte er den Automatikwählhebel und gab Gas.

Das Auto machte einen heftigen Satz nach hinten. In seiner Verwirrung hatte der Professor den Rückwärtsgang eingelegt. Der graue Mercedes stieß mit dem Kofferraum gegen etwas Weiches und presste einen Körper mit Wucht gegen die Steinmauer. Der Fahrer merkte davon nichts. Er sah weder in den Seiten- noch in den Rückspiegel. Schließlich fand er die D-Stellung, bog in die Alte Stuttgarter Straße ein und raste los.

Lukas Holperdinger, der durchtrainierte Hüne, hatte den unerwarteten Angriff des Mercedes-E-Modells nicht überlebt. Mit einem verwunderten Ausdruck im Gesicht rutschte er an der Mauer zu Boden, kippte zur Seite und blieb dann reglos liegen. Die Zigarette verglomm langsam auf den Pflastersteinen.

An der nächsten roten Ampel kam der Professor wieder zu sich und ihm eine Idee. Bei dieser Frau würde er jetzt sofort vorbeifahren. Wenn er schon mal in Stuttgart war! Schnell tippte er Elise-Späth-Straße 7 in sein Navi ein. Hinter ihm hupte ein Taxi, da er die Grünphase nicht nutzte. Mit laut schimpfendem Fahrer fuhr das Taxi an ihm vorbei. Feinäugle realisierte das nicht.

Die Adresse gab es nicht! Der Typ hatte ihn reingelegt! 190 Euro in den Wind geschossen. Das würde er sich nicht gefallen lassen. Er musste sofort zurück und mit dem Bodyguard reden. Stinksauer wendete er sein Auto und fuhr in Richtung zur Kneipe »Zum Glück«.

Als er bei der Kneipe ankam, standen dort ein Rettungswagen und zwei Polizeiautos. Der Bereich um die kleine Seitenstraße, wo er geparkt hatte, war mit Flatterband abgesperrt. Feinäugle manövrierte sein Auto schief in eine Parklücke und ging zu den Leuten, die neugierig auf der Straße standen.

»Was ist denn hier los?«, fragte er einen Passanten.

»Da haben sie so einen toten Typ gefunden«, sagte der.

»Und wie ist das passiert?«, wollte Feinäugle wissen.

»Keine Ahnung, auf jeden Fall ist er tot!«, stellte der Gaffer fest.

Feinäugle wollte sich nicht verdächtig machen und verzichtete darauf mit einem Polizisten zu reden. Hatte Trost seinen Bodyguard umgebracht, weil der mit ihm geredet hatte? Zuzutrauen war es ihm. Magnus lief ein Schauer über den Rücken. Jetzt wagte er keine weitere Nachfrage bei Trost mehr. Der Mann war brandgefährlich. Er stand unschlüssig an seinem Auto, öffnete es dann mit seiner Fernbedienung und stieg ein. Der Abend war ja nicht sehr erfolgreich gewesen. Er brauchte erst mal einen Drink! Zu Hause hatte er diesen Danne's Gärschda Malz, einen schwäbischen Single Malt Whisky, den würde er köpfen.

# 15

Berta Schwinghammer hatte, wie jeden Montagmorgen, einen kleinen Umweg in Kauf genommen und sich bei »Alnatura« eine frische Brezel gekauft. An ihrem Schreibtisch zog sie das Gebäck aus der Papiertüte und sog den frischen Laugengeruch ein. Sie legte die vegane Brezel neben die Tastatur und goss Kaffee aus einer Thermoskanne in ihre rote Bürotasse. Sie liebte dieses Ritual. Dann nahm sie einen großen Schluck, biss herzhaft von der knusprigen Brezel ab und fuhr ihren Laptop hoch.

So ließ es sich leben. Sogar in diesem riesigen, zehnstöckigen Betonklotz am Stadtrand von Stuttgart, dem Pressehaus. Wie Eva Witten arbeitete sie in einem Großraumbüro, was sie aber gar nicht so schlecht fand. Hatte man doch schnellen Zugriff auf die Kollegen und konnte mit ihnen auch mal einen Kaffee trinken. Den ständigen Geräuschpegel in der Etage hatte sie schon ausgeblendet. Berta saß in der zweiten Reihe zum Fenster und hatte so einen beruhigenden Blick auf die Wälder östlich von Stuttgart. Wie Eva nervten sie aber die kleinen Besprechungsecken, die ihrem Bewegungsdrang nicht den nötigen Raum gaben.

Nach einer halben Stunde knüllte sie die leere Bäckertüte zusammen und wischte die Krümel in den Papierkorb. Sie starrte unkonzentriert auf den Bildschirm und las die wenigen Zeilen, die sie schon geschrieben hatte, zum zehnten Mal. Mit dem Artikel über die Feinstaubmesswerte in Stuttgart kam sie einfach nicht voran. Der Leichenfund am

Freitag und ihr Treffen mit Eva ließen ihr keine Ruhe. Enttäuscht dachte sie über das Telefonat nach, das sie gerade geführt hatte. Es war schlicht und ergreifend sinnlos gewesen. Die Telefonnummer von Luna Emmerdinger hatte sie seit ihrer ersten Begegnung vor Jahren an einem Tatort.

»Einen schönen guten Morgen, Frau Emmerdinger! Haben Sie mal ein paar Minuten für mich?«, begann Berta sehr zuvorkommend.

»Guten Morgen, Frau Schwinghammer! Bin zwar im Stress, aber wenn's schnell geht!«, antwortete Luna.

»Wir, das heißt meine Kollegin Eva Witten und ich, sind den Fall Gruber noch einmal durchgegangen und glauben mit ziemlicher Sicherheit, dass dieser Theophil Trost und sein Bodyguard da ziemlich tief drinstecken«, begann Berta.

»Liebe Frau Schwinghammer, darauf sind wir auch schon gekommen und haben ihn deshalb auch schon befragt«, meinte Luna etwas von oben herab. »Herr Trost hat ein hieb- und stichfestes Alibi von seinem Bodyguard für den Freitagvormittag bekommen. Und jetzt hab' ich zu tun. Adele!«

Dann hatte sie aufgelegt. Das konnte Berta Schwinghammer natürlich so nicht stehen lassen. Das war doch eine Frechheit. Da wollte man der Polizei helfen und die wimmelte einen derart unfreundlich ab. Dann musste sie eben selbst in die Ermittlungen einsteigen. Entschlossen speicherte sie den halb fertigen Text und suchte anschließend im Internet nach einem Ferdinand Gruber. Erstaunlicherweise fand sie tatsächlich eine Adresse in Vaihingen, Mörikestraße 3. Da sollte sie sofort hin und etwas schnüffeln. Vielleicht wohnte da jemand oder sie konnte mit den Nachbarn reden. Also auf!

»Bin mal kurz weg!«, rief sie ihrer Sitznachbarin Lisa Klotz zu.

Die U-Bahn zur Mörikestraße fuhr fast direkt vor dem Pressehaus ab. Nach 40 Minuten stieg sie am Schillerplatz in Vaihingen aus und lief die paar Querstraßen zur Zieladresse.

Die Mörikestraße stellte sich als eine eher heruntergekommene Wohngegend heraus. Nummer drei war ein trostlos aussehendes Einfamilienhaus in einem verwahrlosten Garten. Der dunkelgraue Putz platzte an verschiedenen Stellen ab und die Fenster hätten einen Anstrich vertragen. Die Dachziegel waren vermoost und einige verrutscht. Die gelbstichigen Gardinen an den Fenstern waren bestimmt seit Jahren nicht gewaschen worden. Die Straße lag wie ausgestorben. Also das mit den Nachbarn konnte sie schon mal vergessen. Berta straffte sich, atmete tief durch und stieß das windschiefe Gartentörchen im Jägerzaun auf. Zwischen den verdreckten Platten des Gartenwegs wucherte Löwenzahn. Vor der Eingangstür, deren rissige Oberfläche nach Farbe schrie, verharrte sie einen Augenblick.

»E. und F. Gruber« stand auf einem vergilbten Schild über der Klingel. Berta drückte den Knopf und wischte sich dann den Finger am Wollmantel ab. Ein schnarrendes Geräusch war im Haus zu hören. Kurz darauf näherten sich schlurfende Schritte. Die Haustür wurde zögerlich geöffnet. Im Türrahmen erschien eine schmächtige Frau. Wässrige blaue Augen starrten die Reporterin aus einem knittrigen Gesicht an. Um den Körper ein abgetragener lila Veloursshausanzug und das halblange Haar klebte fettig an ihrem Schädel. Berta schätzte sie auf Ende sechzig. Die Alte sah Berta stumm an. Die hatte sich für diesen Besuch extra eine neue Identität zugelegt und beinahe ihren zurechtgelegten Text vergessen.

Nach einer gefühlt endlosen Gesprächspause begann sie: »Guten Tag Frau Gruber«. Berta pokerte, da sie vermutete, dass es sich um die Mutter des Toten handelte.

»Ja!«, war die erschöpfende Antwort.

»Schwinghammer mein Name. Ich komme vom Sozialamt, ich muss mit Ihnen über ihren verstorbenen …«, sie sah die Frau fragend an.

»Sohn«, vervollständigte die Alte mit erstaunlich klarer Stimme. Das war schon mal geklärt.

»Über Ihren verstorbenen Sohn reden. Kann ich reinkommen?«, fragte Berta und stellte den Fuß in die Tür.

»Gut, wenn's sein muss!«

Elvira Gruber zog die Tür jetzt ganz auf und drehte sich dann abrupt um. Wie in Zeitlupe schlurfte sie einen dämmrigen Flur entlang, der mit alten Zeitungen, Schuhen und Gerümpel zugemüllt war. Gott sei Dank hat sie nicht nach einem Ausweis gefragt, dachte Berta und hielt sich kurz die Nase zu. Es stank penetrant nach Kohl und Katzenpisse.

Sie folgte der Frau in die Küche. Die Einrichtung bestand aus abgenutzten Möbeln, einem alten Herd und einem antiquierten Kühlschrank. Überall stand benutztes Geschirr herum, dazwischen Gläser, leere Flaschen und Dosen mit Katzenfutter. Der Gestank war hier noch stärker. Am liebsten hätte Berta das Fenster sperrangelweit aufgerissen. Aber sie beherrschte sich, und blieb in der Rolle der Frau vom Sozialamt. Eine getigerte Katze flüchtete von der Eckbank und schoss durch den Flur ins Freie.

»Nehmen Sie Platz«, sagte Elvira Gruber mit einer Handbewegung und räumte einen Stapel alter Zeitungen von der Eckbank. Ein schmutziges, eingerissenes Sitzkissen kam zum Vorschein.

»Nein, danke, ich muss gleich weiter. Es geht auch ganz schnell!«, antwortete Berta hastig.

»Welcher Tätigkeit ging ihr Sohn Ferdinand zuletzt nach?«, fragte sie.

Berta kramte in ihrer Sisaltasche und brachte einen Block

und einen Kuli zum Vorschein. Dann tat sie so, als ob sie Notizen machte, um einen amtlichen Anschein zu erwecken.

»Er war arbeitslos. Aber das steht doch sicher in seinen Akten. Sie vom Amt müssten das doch wissen. Haben Sie so was wie einen Ausweis?«, fragte Elvira Gruber schroff.

Nach dieser langen Rede nahm sie einen kräftigen Schluck aus einer Bierflasche. Die Alte wischte sich mit dem Handrücken über den Mund und sah Berta misstrauisch an.

Berta ignorierte die Frage nach dem Ausweis. Sie musste das hier möglichst schnell zu Ende bringen. Den Geruch konnte sie nicht mehr lange ertragen.

»Hat er anderweitig Geld verdient? Vielleicht am Bau, für einen Bauunternehmer, einem Herrn Trost?«, fragte Berta und beobachtete gespannt, wie die Alte auf den Namen reagierte.

Aber die nahm ungerührt noch einen weiteren Schluck aus der Bierflasche.

»Mein sauberer Sohn hat nie gearbeitet. Hat nur gezockt, in seinem Stammlokal dem ›Goldenen Adler‹, aber das heißt jetzt ›Zum Glück‹. Von wegen Arbeit, Schulden hat er gemacht, der Idiot. Er war früher ein so netter Junge, der Ferdi, aber er hat es einem nicht leicht gemacht. Hat mich beklaut und das bei meiner kleinen Rente!«

Elvira stand auf und tappte auf ausgelatschten Plüschpantoffeln zum Küchenregal. Sie nahm eine Flasche »Doornkaat« heraus und schenkte sich ein Wasserglas halb voll.

»Wollen Sie auch was?«, fragte sie Berta.

Die schüttelte den Kopf. Ihr wurde immer schummeriger von dem Geruch in der Küche.

Elvira kippte den Schnaps in einem Zug hinunter. Sie

hatte ohnehin nicht damit gerechnet, dass diese Spielverderberin mittrinken würde. War sich wohl zu fein, für einen kleinen Schluck zum Frühstück. Sofort füllte sie das Glas wieder.

»Danke für die Auskunft! Adele, und einen schönen Tag noch!«, verabschiedete sich Berta hastig.

Dass diese Frau keinen haben würde, da war sie sich ganz sicher. Berta drehte sich um und hastete den Gang entlang. Beinahe wäre sie über ein versifftes Katzenklo gestolpert. Wieder im Garten, sog sie erleichtert die frische Luft ein. Das Schicksal dieser Frau würde sie niemandem wünschen. Die Reporterin schritt so eilig die Straße entlang, dass ihr grüner Wollmantel nur so wehte. Was konnte sie mit diesen Informationen anfangen? Im Gehen wurde ihr klar, dass zwingend ein Besuch im ehemaligen »Goldenen Adler«, dem jetzigen Spielerparadies »Zum Glück«, anstand.

Alleine traute sie sich aber nicht in die Höhle des Löwen. Von Kartenspielen oder sonstigen Glücksspielen hatte sie zudem nicht die geringste Ahnung. Manchmal hatte sie als Kind bei Mau Mau geschwindelt. Das war doch mal eine gute Voraussetzung. Berta, das Pokerface! Spontan setzte sie sich auf eine freie Bank in dem kleinen Park vor der U-Bahn-Station. Es war zwar kalt, aber wolkenlos und in der Sonne konnte man es durchaus aushalten. Trotzdem zog sie den Alpakaschal und den Mantel enger um den Körper. Ein leises Lächeln umspielte ihre Lippen, als sie ihr Smartphone aus der Tasche holte.

Sie würde Eva aktivieren. Zwei Reporterinnen inkognito in einer Spielhölle. Das würde eine richtige Challenge werden.

»Witten!«, meldete sich eine aufgekratzte Stimme. Im Hintergrund fiedelten Geigen.

»Hallöle! Berta hier! Hast du kurz Zeit?«, fragte sie.

Eva schaltete das Geigenkonzert von J. Sibelius in d-Moll aus und lauschte wortlos Bertas Bericht von dem Besuch bei Elvira Gruber und dem angedachten Ausflug in den »Goldenen Adler«. Für eine Knaller-Story tat diese Berta wirklich alles. Aber das war genau ihre Kragenweite. In eine Spielhölle wollte sie außerdem schon immer.

»Klasse, da bin ich dabei!«, antwortete sie, ohne weitere Erklärungen abzuwarten.

»Komm um 18 Uhr zu mir! Wir müssen, wie abgehalfterte Zockerinnen aussehen. Bring Klamotten mit, die man in so einer Spelunke tragen würde. Schau mal in deinen Fundus!«, meinte Berta zum Abschluss und kicherte wie ein Schulmädchen.

Endlich tat sich was Spannendes, dachte Eva, als sie aufgelegt hatte. Das würde Nervenkitzel pur werden.

Berta saß nach dem Gespräch noch ein paar Minuten auf dem Bänkle. Jetzt brauchte sie dringend einen veganen Latte macchiato. Das war einen Umweg über Denns Biomarkt wert. Außerdem würde sie sich einen köstlichen Apfel-Knusper-Muffin gönnen, bevor sie mit der U-Bahn wieder ins Pressehaus zurückfuhr.

# 16

Als Berta um 18 Uhr ihre Wohnungstür in Stuttgart öffnete, hätte sie ihre Freundin Eva beinahe nicht wiedererkannt. Vor ihr stand eine schlanke Frau in einer viel zu weiten, ausgebeulten Jeans. Die verwaschene Jeansjacke endete über dem Nabel und der zerknitterte rosa Rollkrangenpulli reichte darunter bis zum Po. Die Erscheinung trug flache, schmutzig weiße Ledertreter. Die kinnlange Pagenfrisur leuchtete feuerrot. Das war mal eine Ansage! Neben ihr stand ein kräftiger, schwarzbrauner Hund und wedelte mit dem Schwanz. Beide Frauen begannen schallend zu lachen. Die sonst so durchgestylte Eva sah aus wie eine rothaarige Schlampe. Diesen unbewachten Augenblick nutzte Merlin und stürmte bellend an Berta vorbei in die Wohnung.

»Merlin ist ein ganz braver, nur keine Angst!«, sagte Eva ihr Sprüchlein auf.

»Ob das meine zwei Katzen auch so sehen, wird sich zeigen!«, rief Berta und sauste hinterher.

Merlin war inzwischen im Wohnzimmer verschwunden. Schon stoben zwei fauchende Fellknäuel über den Flur und verschwanden im Schlafzimmer. Berta konnte Merlin gerade noch am Halsband fassen, bevor er die verängstigten Katzen weiter verfolgte.

»Ich dachte, ich nehm' ihn als Schutzhund bei unserer Aktion mit«, rechtfertigte sich Eva.

»Prima Idee, da fühl ich mich gleich sicherer«, entgegnete Berta. Vielleicht war ihre spontane Idee zu der Aktion doch keine so gute gewesen.

»Außerdem hab' ich Klamotten für dich dabei«, fuhr Eva fort, und hielt eine große Plastiktüte hoch.

Sie parkten Merlin in der Küche, versorgten ihn mit einem Schälchen Trockenfutter für Katzen und Eva nahm sich eine Dose Bier aus dem Kühlschrank. Berta trank einfach Leitungswasser. Im Hintergrund hörte sie Merlin laut schmatzen, als Eva den Inhalt der Tüte auf die Wohnzimmercouch leerte. Berta hielt ein Kleidungsstück nach dem anderen mit spitzen Fingern hoch.

»Davon krieg ich ja Ausschlag und Atemnot!«, meinte sie unglücklich, als sie in einem langen Polyesterrock mit Blumenmuster und dem hellblauen Synthetikrolli vor dem Spiegel stand.

»Jetzt wird mir erst klar, warum ich so was normalerweise nicht trage«, stellte sie fest.

Nach einigem Hin und Her legte sich Berta schließlich auf einen verfilzten grauen Angorapulli zu einer fusseligen dunkelblauen Wollhose fest. Darüber zog sie ihren alten Parka und die knöchelhohen Boots an, die sie aus der hintersten Ecke ihres Kleiderschrankes holte. Dann stülpte sie sich eine blonde Langhaarperücke über. Vor Jahren hatte sie die an Fasnet als Loreley getragen.

»Steht dir gut, deine neue Frisur. Wir sind ein tolles Paar!«, verkündete Eva. Sie zog Berta zu sich und machte ein Selfie.

»Als Erinnerung an unsere Zockerkarriere«, meinte sie lachend.

Anschließend schüttete sie sich einige Tropfen Restbier auf die Hose.

»Geruch und Optik topp!«, meinte Berta aufgekratzt, obwohl ihr schon etwas mulmig war.

So gestylt gingen sie zu Evas Auto, während Merlin aufgeregt an ihnen schnüffelte. Er war es nicht gewohnt, dass sein Frauchen nach Bier und ungewaschenen Klamotten roch.

»Gasthof ›Goldener Adler‹, Alte Stuttgarter Straße 22«, kommandierte Berta, nachdem sie eingestiegen waren.

Eva gab die Adresse ins Navi des Toyotas ein. Sie suchte und aß ein »G« und ein »A« für »Goldener Adler« aus der Russisch-Brot-Tüte zur Stärkung. Berta konnte nichts hinunterbringen und kaute angestrengt auf ihrem veganen Pfefferminz-Kaugummi herum.

Die Fahrt dauerte länger als erwartet, da sie in einen Stau gerieten. Eine halbe Stunde später parkte Eva das Auto in einer kleinen Seitenstraße zur Alten Stuttgarter Straße.

»Du bist etwas blass um die Nase, meine Liebe«, meinte Berta mit einem Blick auf ihre Freundin.

»Und du kaust so angestrengt wie die Kühe von Hubertus«, konterte Eva.

Sie tätschelte Merlins Kopf und legte ihm die Leine an.

»Du bist jetzt unser Beschützer!«, befahl sie.

So selbstverständlich wie möglich schlenderten beide auf die Gaststätte zu.

»Sieht ja echt gut aus«, meinte Berta überrascht.

Tatsächlich sah das hellblau gestrichene, einstöckige Gebäude einladend und gepflegt aus. Die Fenster hatten weiße Fensterläden mit braunem Rand. Die Blumenkästen davor waren mit Geranien bepflanzt, die sogar noch vereinzelt blühten. Über der Tür stand in blauer Schnörkelschrift »Goldener Adler« an der Wand. Daneben war anscheinend erst vor Kurzem die Leuchtschrift »Zum Glück« angebracht worden. Der Lack der schwarzen Holzeingangstür glänzte frisch gestrichen.

Die beiden sahen sich wortlos an. Das sollte eine verruchte Spielhöhle sein? Sie hatten eine abgewrackte Kneipe in einem heruntergekommenen Vorkriegsbau erwartet. Eva zuckte mit den Schultern, drückte die Tür auf und sie standen unvermittelt in einem kleinen Gastraum, der einladend und gemütlich wirkte. An rustikalen Holztischen saßen mehrere Gäste vor ihrem Bier. Einige ließen sich Riesenportionen Wurstsalat schmecken. Der war hier anscheinend die Spezialität. Weder Spielkarten noch Spielautomaten waren zu sehen. Die Menschen im Gastraum nahmen keine Notiz von den Neuankömmlingen. Merlin knurrte verstimmt, als ihm beißender Zigarettenrauch in die Nase stieg.

»Was kann ich für euch tun?«, fragte sie ein dicker Mann mit Brille, der hinter dem Tresen stand.

Er trug ein graues Flechtzöpfchen zur Stirnglatze und polierte Biergläser.

»Der Ferdi Gruber hat uns dieses Lokal empfohlen!«, Eva senkte die Stimme, »wir sind nicht hungrig, wollten nur etwas Spaß haben und pokern.«

Merlin zog an der Leine und Berta nickte.

»Ja, der Ferdi war schon lange nicht mehr hier. Ist ein alter Stammgast. Ich bin übrigens der Lude, der Wirt von diesem Etablissement«, witzelte er und füllte ein Pilsglas sorgfältig mit Bier aus einem Zapfhahn.

»Der Ferdi macht einen Schweigeurlaub«, warf Berta frech ein. Sie wusste selbst nicht, wie sie auf diesen Quatsch kam.

»Mit den Schulden, die der hat, würde ich auch schweigen!«, grinste der Dicke.

Die Stämmige mit der Loreleyfrisur und der Hornbrille hatte genau seinen Humor getroffen.

»Geht durch, im Nebenraum sind schon ein paar Leute am Zocken!«

Er deutete mit einem roten Wurstfinger auf eine unauffällige weiße Tür, auf der WC stand. Als die beiden noch unschlüssig davorstanden, kam der Wirt mit dem Tablett voller Getränke vorbei und stieß mit dem Ellenbogen die Tür auf.

»Immer rein, wenn's kein Schuster ist!«, sagte er und lachte laut auf.

Dann servierte er seelenruhig weiter. Eva zitterte innerlich wie Espenlaub, als sie den Raum betraten, in dem gepokert wurde. Warum hatte sie sich nur auf diesen Blödsinn eingelassen? An einem runden Tisch spielten vier Männer Karten.

»Tach!«, sagte Eva betont lässig in die Stille des Raums. Niemand beachtete sie, als sie zielstrebig auf einen leeren Stuhl am Tisch zustrebte und sich setzte. Merlin ließ sich zu ihren Füßen nieder.

Die spielenden Männer sagten nichts, und blickten nur kurz von ihren Karten auf. Ihr blieb nichts übrig als zu warten, was nach dem Ende der Spielrunde passierte. Berta setzte sich auf eine Eckbank und unterstützte Eva moralisch. Inzwischen hatten die Männer am runden Tisch ihr Spiel beendet. Der mit der dicken Rolex und den unzähligen Goldketten über dem weißen Shirt hielt den Kartenstapel in der Hand.

»Wir spielen Texas Hold'em. Ist das okay?«, fragte er Eva, und als die nickte, »lass erst mal deinen Einsatz sehen!«

Als Eva einen Stapel 10-Euro-Scheine auf den Tisch legte, begann der Mann die Karten zu verteilen. Gott sei Dank hatte sie daran gedacht, kleine Scheine bei der Bank zu holen. Außer dem Rolex-Mann saßen am Tisch noch ein italienisch aussehender Typ, ein Mann, der offenbar Bluthochdruck hatte, und dessen Backen rot glühten, und ein eher distinguiert aussehender Endfünfziger mit dunkler Hornbrille. Sein hellblaues Hemd hatte dunkle Schwitzflecken unter den Achseln und die weiß gepunktete Fliege saß schief am Hals. Die Flüssigkeit in seinem Glas sah nach

Whisky aus, während die anderen Wassergläser neben sich stehen hatten.

Eva schnupperte und stellte fest, dass hier schon wieder jemand nach »Tabac Original« roch. Sie hatte den Mann mit dem Whisky im Verdacht. Er kam ihr irgendwie bekannt vor. Dann begann schon das nächste Spiel.

Bei Eva lief es schlecht. Sie verlor und fühlte sich wie durch eine Glasscheibe von Berta getrennt. Das hier am Tisch war ein eigenes Universum. Ihr Geld schmolz dahin. Die Männer saßen mit verkniffenen Gesichtern vor ihren Karten. Ein Gespräch war unmöglich anzukurbeln. Eva brach der Schweiß aus allen Poren. Der rosa Pulli klebte an ihrem Rücken und unter den Achseln. Das lief hier alles aus dem Ruder. Reflexartig kraulte sie Merlin am Kopf. Der hatte sich aufgerichtet und saß in Wachhundepose erstaunlich ruhig neben ihr. Das gab ihr etwas Zuversicht. Zwischendurch wuffte er wie auf Kommando. Was sollte das? Dieses Verhalten zeigte er zu Hause nie. Roch er Betrügerschweiß, nahm er unmerkliche Gesten ihrer Zockerkumpane wahr, die auf Bluff und Betrug hindeuteten. Ihr Spiel war mittlerweile fahrig und willkürlich. Sie hatte jegliche Strategie verloren.

Als letzten Strohhalm konzentrierte sie sich jetzt nur noch auf die Lautäußerungen ihres Hundes. Eva und ihr Wunderhund! Das wäre eine tolle Überschrift für einen Weihnachtsartikel, fuhr es ihr durch den Kopf. Langsam hatte sie das Gefühl, dass sie irgendwie zusammenarbeiteten. Er gab Laut, wenn es brenzlig wurde.

»Schaff einer mal das Vieh hier raus!«, meinte zwischendurch der Italiener.

»Lass doch!«, antwortete der mit dem Bluthochdruck. Dann herrschte wieder Stille am Tisch. Tatsächlich wendete sich das Blatt. Als sie vier Runden nacheinander gewann, wurden die Männer misstrauisch. Der mit den Goldketten meinte lapidar: »Ist genug für heute!« Dann packte er die Karten ein.

# 17

Eva atmete erleichtert auf als sie das hörte. Sie wollte nur noch weg hier. Zudem hatte sie in der Zockerrunde kein Gespräch in Gang gebracht und deshalb nichts Relevantes erfahren. Merlin bekam eine Extraportion Leckerli, die der laut schmatzend verschlang.

Eva und Berta waren schon auf dem Weg nach draußen, als der Schwarzhaarige mit dem exakt gestutzten Schnauzbart sich neben sie schob. Eva hielt ihn für einen Italiener.

»Gut gespielt, Kleine«, sagte er, »Ich bin der Toni und ein langjähriger Kumpel vom Ferdi. Lude hat mir erzählt, dass der euch unsere kleine Runde empfohlen hat.«

Worauf will der hinaus, dachte Eva. Sie wusste nicht so recht, was sie sagen sollte.

»Habe den Ferdi schon lange nicht mehr gesehen. Wisst ihr, was mit dem ist? Haben ihn sich die Bullen gegriffen?«, fragte er dann.

»Ich bin die Eva und habe eine schlechte Nachricht für dich. Der ist tot, weißt du das nicht?«, sagte Eva und beobachtete den Italiener dabei genau.

Toni wurde kurzzeitig blass, fing sich dann aber schnell wieder.

»Das wird dem Trost aber nicht gefallen! Bei dem hatte er noch einige Schulden«, sagte er dann mehr zu sich selbst.

»Ja, um den sollte man lieber einen Bogen machen. Unangenehmer Zeitgenosse«, meinte Eva.

Langsam begann das Gespräch, interessant zu werden.

»Wenn's bei euch mal eng wird«, er machte die Geste

des Geldzählens mit dem Fingern, und senkte dabei die Stimme, »ich hab' einen guten Draht zum Theophil, kann da vermitteln. Schmuck und Münzen, der kauft alles …«

»Danke für den Hinweis! Hab' schon manchmal kleine Finanzierungslücken«, meinte Berta grinsend.

»Gern geschehen! Man sieht sich, Ciao!«, sagte Toni dann und verließ die Gaststätte.

Die beiden anderen Mitspieler setzten sich an einen Tisch in der Gaststube. Nur noch der Lange stand hinter ihnen. Er trug sein Sakko über dem Arm und wirkte leicht angetrunken. Irgendwo hatte Eva ihn schon mal gesehen. Während sie noch rätselte, sprach der sie an.

»Du kennst den Gruber? Der hat was, das mir gehört!«, sagte er plötzlich, »und der ist tot, wie ist das denn passiert?«

Eva sah den Mann mit großen Augen an: »Wusste ichs doch, ich kenne dich von dem Vortrag im Hegelbau und unserem extrem kurzen Treffen in der Mühlhaldenstraße! Dass Gruber tot ist, solltest du deshalb eigentlich wissen!«

Der Mann wurde noch eine Spur fahler und strich sich dann unschlüssig über die sorgfältig zurückgekämmten Haare. Er griff sich an den Hals, um seine Fliege zurechtzurücken. Das gab ihm scheinbar wieder etwas Halt.

»Hegelbau, Mühlhaldenstraße? Das musst du mir genauer erklären!«, er räusperte sich.

»Ich war für das ›Tübinger Tagblatt‹ bei deinem sehr anregenden Vortrag über die Kelten in Tübingen und die Angerempelte im Gang in der Mühlhaldenstraße«, half Eva nach und beobachtete ihr Gegenüber genau.

»Du warst die Frau, die mir den Weg zum Aufzug versperrte? Aber die hatte keine roten Haare, das wäre mir aufgefallen.«

»Das ist eine Perücke!«, flüsterte Eva und liftete leicht ihr Haarkleid.

»Setzen wir uns mal lieber, wir stehen hier ziemlich auffällig rum«, warf Berta ein.

Eva steuerte auf einen Tisch in der Ecke neben einer Tür mit der Aufschrift »PRIVAT« zu. Merlin trottete hinterher und legte sich erstaunlich brav unter den Tisch. Sofort stand Lude neben ihnen.

»Wurstsalat ist die Spezialität des Hauses!«, verkündete er lautstark.

Er legte die folierte Speisekarte auf den Tisch, die neben sechs verschiedenen Variationen von Wurstsalat nur noch Salate umfasste. Ohne lange zu überlegen, bestellte Magnus einen Schweizer Wurstsalat, Eva einen mit Schwarzwurst und Berta einen griechischen Salat ohne Schafskäse. Als der Wirt eine Flasche Mineralwasser und drei Gläser gebracht hatte, begann endlich die Vorstellungsrunde.

»Vorab, wir duzen uns hier alle. Du weißt ja, dass ich Magnus Maria Feinäugle und Professor am Naturhistorischen Institut in Tübingen bin. Dich kenne ich aber nicht«, stellte sich Magnus vor.

»Ich bin Eva Witten und Reporterin und das ist Berta Schwinghammer von der ›Stuttgarter Zeitung‹«, klärte Eva den Professor auf.

»Du hast übrigens den Gruber nicht umgebracht. Der ist an einer Gehirnblutung gestorben«, schob sie nach.

Der Professor goss sich sein Glas randvoll und lehnte sich dann zurück.

»Und ich dachte kurz, der Backenstreich hat ihn umgebracht«, gestand Feinäugle. »Obwohl, das kam mir gleich sehr unwahrscheinlich vor.«

Während Eva noch über das altmodische Wort Backenstreich sinnierte, sie hätte Ohrfeige gesagt, kamen drei monströse Teller mit den Salaten. Berta gabelte sich sofort eine Olive und begann nach einem herzhaften »Mahlzeit«

zu essen. Der Unterhaltung der beiden konnte sie sowieso nicht richtig folgen.

Eva wickelte das Besteck aus der Serviette und fragte: »Und der Tote hatte die Karte von dir?«, wollte Eva wissen.

»Ja, das ist alles etwas kompliziert. Sein letzter Hinweis war, dass Trost sie hat. Ich hab mit ihm gesprochen. Er leugnet alles und sein Bodyguard hat mich auf eine falsche Spur geführt. Leider ist der am Samstag gestorben«, erzählte Magnus mit Grabesstimme und spießte den ersten Bissen Käse mit Lyoner auf die Gabel.

»Hast du den auch gekillt? Langsam wirst du mir unheimlich«, meinte Eva. Die Schwarzwurst schmeckte köstlich. Sie klaubte einige Stücke heraus und schob sie Merlin, dem Wunderhund, unter den Tisch.

»Blödsinn! Wahrscheinlich war das auch Trost«, wiegelte Magnus ab.

»Wir vermuten ja, dass Trost doch in der Wohnung war, als Gruber sich seine Kopfverletzung geholt hat. Sein Bodyguard musste ihm natürlich ein Alibi geben!«, mischte sich Berta ins Gespräch ein. Sie riss eine Ecke von der Weißbrotscheibe, die leider etwas altbacken war. Dann sah sie die Scheibe an und wurde sich offenbar bewusst, dass sie nicht vegan war. Angewidert legte sie sie zurück.

»Aber kein Mensch bringt seinen Schuldner um, dann bekommt er doch kein Geld mehr von ihm.«

Berta nickte, da hatte Eva recht. Einige Minuten herrschte Ruhe am Tisch. Jeder war mit seinem Essen und Nachdenken beschäftigt.

»Wie machen wir jetzt weiter?«, fragte Berta, nachdem sie den Salat bis auf einen Berg Zwiebelringe verputzt hatte.

Der Professor stutzte kurz. Anscheinend wurde er jetzt von den Damen bei der Suche nach der Karte unterstützt. Warum nicht?

»Wir sollten der Elvira Gruber noch einmal einen Besuch abstatten und sie mit den neuen Tatsachen konfrontieren. Die weiß bestimmt mehr, als sie bisher erzählt hat. Das mit dem ›Zum Glück‹ hat sie schließlich auch preisgegeben. Ich glaube, die macht nur auf vertrottelte Alkoholikerin«, mutmaßte Berta.

»Wohnt die Frau Gruber in Stuttgart?«, fragte Feinäugle und betrachtete seinen noch halb vollen Teller. Bei dieser Portionsgröße musste er passen.

»Wir könnten ja morgen zu dritt zu Frau Gruber gehen, wenn es dich interessiert«, schlug Eva vor.

»Gerne, bräuchte nur noch die Adresse«, sagte Feinäugle.

»Mörikestraße 3, hier in Stuttgart«, antwortete Berta, »Wir treffen uns um 8.30 Uhr direkt dort. Ist das okay?«

Das würde er vor seinem Termin an der Uni schaffen.

»Das ist okay. Ich verabschiede mich jetzt, die Nacht ist kurz«, meinte Magnus, »guten Abend die Damen!«

Er stand auf und zog das braune Tweed-Sakko über. Dann bezahlte er am Tresen und weg war er.

»Was machen wir beiden Hübschen jetzt mit dem angebrochenen Abend? Übernachte doch bei mir, dann hast du es nicht so weit, wenn wir morgen früh Frau Gruber besuchen wollen«, schlug Berta vor.

»Super Idee! Hast du noch ein Absackerbier?«, wollte Eva wissen.

»Klar«, meinte Berta. Alkoholfreies Bier hatte sie immer vorrätig.

Die Katzen würden sich wohl weniger über den Hundebesuch freuen. Eva gab Merlin noch den Rest Schwarzwurst. Auch sie hatte die Portion nicht ganz geschafft. Sie schrieb noch eine kurze App an Hubertus, verzierte sie mit tanzenden Herzchen und zwei Kühen. Die Zockerin war froh, wenn sie diese juckende Perücke endlich loswurde.

# 18

Um 8.25 Uhr am nächsten Morgen, einem regnerischen Dienstag, saßen Berta und Eva in Hubertus' Toyota vor dem heruntergekommenen Haus in Vaihingen und warteten auf den Dritten im Bunde, Professor Feinäugle. Berta sah etwas übernächtigt aus. Beide hatten lange gequatscht und viel gelacht. Eva hatte Hubertus am Morgen einen Guten-Morgen-Gruß auf WhatsApp mit vielen Küsschen und Herz-Emojis geschickt. Die Antwort war eine Horde Kühe und traurige Gesichter gewesen. Zum Trost würde sie ihm ein Stück Donauwelle, seinen Lieblingskuchen, vom Bäcker Mitterer mitbringen. Merlin hatte zum Frühstück die Näpfe der Katzen geleert, die sich nicht sehen ließen. Nach einem kurzen Spaziergang mit ihm waren sie aufgebrochen.

Es hatte aufgehört zu regnen. Jetzt blies nur noch ein eisiger Nordwind das Laub über die Straße. Es war die richtige Entscheidung gewesen, bei diesem Wetter nicht mit der U-Bahn, sondern mit dem Auto zu fahren. Eva naschte die letzten Gummibärchen aus der Tüte im Handschuhfach und hatte sich von Berta anhören müssen, dass es inzwischen schon vegane Bärchen gab. Die kaute schon wieder auf einem veganen Pfefferminz-Kaugummi herum.

Pünktlich um 8.30 Uhr hielt ein grauer Mercedes hinter Evas Auto. Der Professor stieg aus, ordnete seine hellen Trenchcoat und rückte seine dunkelblaue Fliege zurecht. Dann ging er zum Toyota und klopfte gegen das Fenster der Fahrertür.

»Guten Morgen, die Damen«, begrüßte er die beiden, als sie ausstiegen.

»Sie sind ja superpünktlich! Das ist man als Reporterin gar nicht gewöhnt. Und guten Morgen«, meinte Eva.

»Ich bin der Meinung, dass man den Leuten Zeit stiehlt, wenn man zu spät kommt«, antwortete Magnus.

Nachdem sich Berta und Feinäugle auch begrüßt hatten, stapfte die Gruppe über den Plattenweg zum Haus. Merlin hatten sie im Auto gelassen, da eine Gruppe von Amtsmenschen mit Hund bestimmt etwas befremdlich gewirkt hätte. Es sah alles so trostlos aus, wie bei Bertas erstem Besuch. Sie klingelten. Berta nahm ihren Laptop aus der Umhängetasche.

»Das gibt mir einen offizielleren Touch!«, behauptete sie.

Frau Gruber öffnete die Tür in einem fleckigen lila Bademantel. Die zerzausten Haare standen von ihrem Kopf ab und sie hatte dicke Augenringe im blassen Gesicht.

»Sie schon wieder! Was wollten Sie? Und gleich zu dritt, was habe ich getan?«, krächzte sie.

»Einen schönen guten Morgen, Frau Gruber, wir hätten da noch ein paar Fragen!«, sagte Berta zuckersüß und ging nicht auf ihre Frage ein.

»Kommen Sie rein, wenn ich Sie anders nicht loswerde«, antwortete Frau Gruber, ohne auf Eva und Feinäugle zu achten. Die Frau drehte sich um und lief den dämmrigen Flur entlang. Der Geruch von Bratwurst konnte den Geruch von Katzenpisse kaum überdecken. Eva unterdrückte einen Würgereiz, Magnus hielt sich ein Taschentuch vor die Nase, nur Berta schien den Geruch zu ignorieren. Am Küchentisch standen leere Teller und ein Topf mit verkochtem Gemüse. Frau Gruber schenkte sich ein halbes Wasserglas Schnaps ein und wollte es austrinken. Das verhinderte Eva, indem sie ihren Arm festhielt.

»Das lassen wir jetzt erst mal. Wir brauchen Sie bei klarem Verstand. Danach können Sie sich wieder besaufen!«

Eva sah die Alte streng an. Die zog ein unglückliches Gesicht, stellte aber das Glas wieder auf den Tisch.

»Was wollten Sie von mir? Ich habe Ihrer Kollegin schon alles gesagt, was ich weiß!«, grummelte die alte Frau und verschränkte die Arme vor der Brust, »reicht es nicht, dass ich meinen Sohn verloren habe, müssen Sie mich auch noch mit ihren blöden Fragen quälen? Was geht das eigentlich alles das Sozialamt an?«, fragte sie misstrauisch.

Berta ging auf die Fragen nicht ein: »Hatte Ihr Sohn Schulden bei jemanden?«

»Was interessiert Sie das?«, Frau Gruber versuchte wieder ihren Schnaps zu trinken. Eva verhinderte das ein weiteres Mal.

»Wir müssen von den Schulden unserer Klienten wissen«, antwortete Berta geistesgegenwärtig, »hat er schon etwas zurückbezahlt, sonst könnten Forderungen auf den Staat zukommen.«

Heimlich griff Elvira Gruber wieder zum Glas. Es gelang ihr, es auszutrinken, bevor sie Eva daran hindern konnte.

»Und die Karte, was ist mit der Karte?«, Feinäugle konnte sich nicht mehr zurückhalten. Eva hätte ihm am liebsten den Ellenbogen in die Rippen gerammt, sah ihn aber nur vernichtend an.

»Welche Karte?«, Frau Gruber sah Feinäugle misstrauisch an, fuhr dann aber fort, »circa 5.000 Euro Schulden hatte er bei diesem Halsabschneider Trost, dem Ekelpaket. Er wollte am Freitag zu ihm in diese Mühlstraße und ihn um Aufschub bitten! Hat extra die Specht, die Sekretärin von Trost, angerufen. Hab' ich auch noch nicht gehört, dass man mit seinem Gläubiger einen Termin ausmacht!« Frau Gruber machte eine Pause und sah die Flasche »Dornkaat«

sehnsüchtig an. Offenbar wagte sie es nicht mehr, sich etwas einzuschenken.

Dann lachte sie kehlig: »Obwohl …« Frau Gruber brach mitten im Satz ab und sah dann gegen die Decke. Offenbar hatte sie es sich anders überlegt mit dem Satz.

»Obwohl was?«, bohrte Berta nach und sah Frau Gruber durchdringend an. Die alte Frau kniff die Lippen zusammen und knetete ihre Hände.

»Der gierige Trost wird sich das Geld bei Ihnen holen. Er hat seine Geldeintreiber, und die sind nicht zimperlich. Beim Amt wird er es sicher nicht beantragen. Ist Ihnen das bewusst?«

Eva rüttelte an der Schulter der Alten. Es tat ihr leid, dass sie sie so unter Druck setzen mussten, aber anders würden sie wohl nicht an Informationen kommen, das war ihnen klar. Frau Gruber saß schweigend da und sah nicht so aus, als ob sie reden wollte. Eva sah Berta an und zuckte die Schultern. Sie wusste momentan nicht weiter.

»Frau Gruber«, begann dann Berta, »ich schlage Ihnen etwas vor. Wir gehen zusammen zur Polizei und Sie sagen gegen Trost aus, der wandert ins Gefängnis. Sie haben ihn los. Und Sie sagen uns, was hinter dem ›obwohl‹ steckt.«

»Die Karte! Fragen Sie sie nach der Karte!«, zischte Feinäugle in Richtung Berta. Eigentlich wollte er sich auf die Rolle des Zuhörers beschränken, um die Frau nicht völlig zu verwirren.

Frau Gruber sah die beiden Frauen und den Mann an. Seltsames Personal hatten die beim Sozialamt. Dann gab sie sich einen Ruck und richtete sich auf. Sie schien erleichtert.

»Das würden Sie machen? Wirklich? Das würde ich Ihnen ewig danken!«

Frau Gruber wirkte wie erlöst. Sie legte ihre runzlige

Hand vertrauensvoll auf Bertas Arm im grünen Wollstoff. Die ignorierte das und forderte: »Klar, und jetzt das ›obwohl‹!«

»Obwohl Ferdinand dem Trost die Karte als Pfand für seine Schulden gegeben hat! Ja, es gab eine Karte! Sind Sie jetzt zufrieden?«, die alte Frau schaute Feinäugle an, als ob jetzt alles klar wäre.

»Also hat Trost doch die Karte!«, sagte der erleichtert, »ich wusste es!«

Elvira schenkte sich ein zweites Glas Doornkaat ein und kippt es auf ex. Gleich klärte sich ihr Blick und sie wurde wieder gesprächig.

»Ferdi hat, als er mal beim Pokern gewonnen hat, von einem Mitspieler die Karte einer Höhle irgendwo auf der Alb bei Tübingen bekommen. Fragen Sie mich nicht, wie der andere dazu gekommen ist. Angeblich war da so ein wertvolles Grab drin.«

Elvira Gruber schaute unsicher von einer Frau zur anderen.

»So ein Kaltes Grab oder so was«, legte sie nach.

»Ein Keltengrab!«, korrigierte sie Feinäugle.

»Ja, so könnte es geheißen haben.«

Die alte Frau schaute zufrieden und goss ihr Glas wieder halb voll.

»Und die Karte hat immer noch Trost?«, fragte Eva.

»Schätze ja! Er hat sie Ferdi nicht zurückgegeben, obwohl er gesagt hat, dass das alles Mumpitz ist, mit dem Schatz und so.«

Elvira Gruber schien genug Alkohol intus zu haben und rutschte halb vom Stuhl. Berta legte ihren Laptop auf den Küchentisch, zog die Gruber hoch und setzte sie wieder gerade hin. Schnaps und Aufregung waren einfach zu viel für sie. Sie wirkte plötzlich uralt und zerbrechlich.

»Ich glaube, wir wissen, was wir wissen wollten!«, sagte Eva leise zu Berta.

»Danke für Ihre Hilfe!«, sagte die zum Abschied, aber Frau Gruber bekam nichts mehr davon mit. Sie hatte den Kopf auf den Tisch gelegt und schnarchte vor sich hin. Die beiden Frauen und Feinäugle verließen das Haus.

»Kommen Sie, wir setzen uns noch kurz ins Auto!«, bot Eva Feinäugle an, als sie den Plattenweg entlang gingen. Sie war vom Poker-Du wieder ins Alltags-Sie abgerutscht. Eva schnappte sich die Plätzchentüte vom Rücksitz damit der Professor sich neben Merlin setzen konnte. Der machte keinen Millimeter Platz, schließlich war das sein Revier. Der Professor versuchte trotzdem, einen Sicherheitsabstand zu halten. Mit Hunden dieser Größe hatte er als Kind schlechte Erfahrungen gemacht.

»Was denken Sie? Hat Trost wirklich noch die Karte?«, wollte Magnus von den Frauen wissen.

»Mir ist da drin schlagartig einiges klar geworden, beziehungsweise, ich vermute, was abläuft«, sagte Eva.

Sie zerknüllte die leere Plätzchenpackung. Immer im entscheidenden Moment waren diese blöden Kekse zu Ende. Es war zum Kotzen.

»Mir ist nichts klar geworden, klär mich auf!«

Berta war fast etwas beleidigt.

»Du erinnerst dich doch an Carlos, den wir im ›Fisherman's Pub‹ zusammen mit Trost gesehen haben. Ich bin mir fast sicher, dass Trost dem die Karte gegeben hat. Der hat Carlos als seinen Schatzgräber engagiert.«

Eva sah Berta und Feinäugle triumphierend an.

»Das klingt logisch!«

Berta runzelte die Stirn und massierte sich die Schläfen. Sie hatte plötzlich Kopfschmerzen und das Denken fiel ihr schwer. Feinäugle rückte seine Fliege gerade und warf einen Blick auf seine Uhr. Er musste um 10 Uhr im Seminar sein. Das »akademische Viertel« von 15 Minuten gab ihm allerdings einen kleinen Zeitspielraum.

»Wer ist dieser Carlos? Ich verstehe überhaupt nichts! Wie machen wir jetzt weiter?«, trieb Feinäugle das Gespräch voran.

»Carlos ist ein alter Bekannter von uns und ein zwielichtiger dazu! Passt auf, wir gehen folgendermaßen vor. Du gehst zu deiner Mondfrau«, schlug Eva vor. Berta sah sie fragend an.

»Du meinst Luna Emmerdinger«, sagte Berta grinsend.

»Genau, und erzählst ihr alles, was wir von Trost und Ferdinand wissen, aber ohne die Karte zu erwähnen«, ordnete Eva an.

»Ich habe es jetzt eilig. Ich muss mich in der Redaktion blicken lassen, sonst flippt mein Chef aus. Inzwischen bin ich ja schon mehr in Stuttgart als in Tübingen. Aber wenn die Höhle in der Nähe von Tübingen liegt, wäre das natürlich eine klasse Story für meine Zeitung. ›Unbekanntes Keltengrab in Höhle‹, ich sehe schon die Schlagzeile. Du kommst natürlich auch vor.«

Eva sah Berta an.

»›Reporterin überführt Immobilienmogul‹, das ist meine Schlagzeile!«

Eva und Berta lachten glücklich und sonnten sich schon in ihrer Berühmtheit.

»Darf ich die Damen aus ihren Träumen reißen? Wie geht's jetzt weiter?«, wollte Feinäugle ungeduldig wissen.

»Ich ruf' Sie an, wenn ich wieder Luft habe, und dann statten wir Carlos gemeinsam einen Besuch ab«, schlug Eva vor.

»Aber ich brauche die Karte!«

Feinäugle wirkte frustriert. Ihm dauerte das alles viel zu lange.

»Das geht einfach jetzt nicht schneller!«, stellte Eva fest.

»Eile mit Weile!«, setzte Berta noch einen drauf.

»Fortes fortuna adiuvat«, warf der Professor ein.

»Dem Mutigen hilft das Glück« passte in diesem Zusammenhang zwar nicht, dachte der Professor. Es hörte sich aber sehr gewichtig an. Die Frauen übergingen aber den Einwurf und taten so, als wären sie der lateinischen Sprache mächtig.

»Gut, dann fahre ich jetzt. Bis hoffentlich bald, Frau Witten!« sagte Magnus, verließ das Auto und ging zu seinem Benz.

»Kann ich dich an der U-Bahn-Station absetzen?«, fragte Eva.

»Klar, werde schon heim finden.«

»Ich habe noch einen Schirm im Kofferraum, den kannst du haben!«, bot Eva an, denn gerade setzte ein Regenschauer ein.

»Ich bin doch nicht aus Zucker, das halte ich schon aus«, meinte Berta. Ein Regenspaziergang würde ihrem Kopf guttun und das Denken anregen. Kurz darauf erreichten sie die U-Bahn-Station. Berta stieg aus und lief auf das U-Bahn-Schild zu. Da fiel ihr plötzlich ein, dass ihr Laptop noch bei Frau Gruber auf dem Küchentisch lag. Es war ein Fehler gewesen, ihn auf dem klebrigen Tisch abzulegen. Mist! Sie drehte sich um, Eva war schon weg. Da blieb ihr wohl nichts anderes übrig, als zu Frau Grubers Haus zurückzulaufen. Was man nicht im Kopf hat, muss man in den Beinen haben, dachte sie und lächelte.

# 19

»So, Frau Schwinghammer, Endstation!«, rief die Kommissarin Luna Emmerdinger, als sie ihr Auto im Parkhaus des Polizeipräsidium Stuttgart abstellte. Eine unselige Verkettung von Zufällen hatte die beiden Frauen in der Mörikestraße 3 zusammengeführt.

Dort ging es zu wie im Taubenschlag.

Nachdem Eva und Berta die schlafende Frau Gruber verlassen hatten, war dort Atessa Wäschle, Trosts neue Leibwächterin, aufgetaucht. Der hatte sich nach dem unerwarteten Hinscheiden von Lukas für eine Frau entschieden und sie sehr schnell aus seinem Pool von Personenschützern rekrutiert.

Man sah ihr an, dass ihr Vater aus Stuttgart und ihre Mutter aus Kenia kamen. Ihr dunkler Teint wurde nur von ihrem pechschwarzen Haar übertroffen, das sich in üppigen Locken kräuselte. Sie trug es meist als Pferdeschwanz zusammengebunden. Ausdauer, Zähigkeit und Muskelkraft hatte sie sich im jahrelangen Triathlon-Training angeeignet. Sie betonte ihren durchtrainierten Körper gerne mit figurnah geschnittenen schwarzen Hosenanzügen.

Atessa sollte aus der unglücklichen Frau Gruber herausbekommen, was sie der Polizei über die Schatzkarte erzählt hatte. Die Frau in der vermüllten Wohnung zu finden war einfach. Eine schlafende Betrunkene zu wecken, fast unmöglich. Frau Gruber hatte nur kurz den Kopf gehoben und sie aus glasigen Augen angestarrt. Dann hatte sie sinnloses Zeug von ihrem Ferdi gebrabbelt. Atessa zog sie von ihrem Stuhl in der Küche hoch und wollte sie mit einem Schlag ins Gesicht etwas zum Reden animieren. Doch da sackten der Alten die Füße weg. Sie ging bewusstlos zu Boden und blieb vor dem Herd liegen. Fluchtartig verließ Atessa daraufhin das Haus. Gleich ihr erster Auftrag war blöd gelaufen und sie musste sich eine einigermaßen glaubhafte Ausrede überlegen, warum sie ohne Informationen zurückkam. Zu ihrem Glück verfehlte sie knapp die Kriminalkommissarin Luna Emmerdinger, die kurz nach ihr eintraf, und den reglosen Körper in der Küche vorfand.

Luna kniete noch neben der besinnungslosen Frau und wollte gerade den Rettungsdienst verständigen, als Berta in die Küche stolperte, um ihren Laptop zu holen. Um dem unerträglichen Gestank im Haus und den eintreffenden Sanitätern zu entgehen, beschloss die Kommissarin Berta zur Befragung mit aufs Präsidium zu nehmen. Schweigend gingen die beiden Frauen jetzt auf der langen Verbindungsbrücke vom Parkhaus zum Bürogebäude der Polizei Stuttgart. Im zweiten Stock lagen die Amtszimmer der Abteilung Gewaltverbrechen.

Ins Lunas Büro wurden sie neugierig von den anderen drei Mitarbeitern der Abteilung gemustert.

»Ich habe aber nur ganz kurz Zeit«, wandte Berta ein, als ihr Luna einen Platz am Besprechungstisch anbot. Luna nickte und winkte Oberkommissarin Petra Würzburger zu sich, die sich zu ihnen setzte und eine Tasse Kaffee für Berta mitbrachte.

»Milch, Zucker?«, fragte sie freundlich.

Berta schüttelte den Kopf. Bevor sie sich auf eine Diskussion über veganen Milchersatz und die Zuckerproblematik einließ, trank sie ihren Kaffee lieber schwarz. Luna Emmerdinger kam gleich zur Sache.

»Die Situation ist sehr unklar«, stellte sie in den Raum,

»also, Sie waren mit Eva Witten bei Frau Gruber, haben sie niedergeschlagen und sind dann abgehauen. Da stellen sich mir zwei Fragen. Was wollten Sie von der armen Frau und warum haben Sie sie niedergeschlagen?«

Berta verdrehte die Augen und schnaufte tief durch. Diese Polizistin hatte null Durchblick. Sie nahm einen Schluck von dem lauwarmen Kaffee.

»Als Eva und ich gingen, war Frau Gruber zwar etwas angetrunken, aber wohlauf. Ich bin zurückgekommen, weil ich meinen Laptop auf dem Küchentisch vergessen hatte«, stellte Berta klar.

»Und was wollten Sie eigentlich von Frau Gruber, ein Interview zu Katzenhaltung oder zum Alkoholkonsum?«, fragte Luna süffisant.

Ihr ging dieser verworrene Fall total auf die Nerven. Da war ihr eine anständige Verfolgungsjagd oder ein flotter Schusswechsel schon lieber. Jetzt holte Berta weit aus. Hier war es nicht mit einem einfachen Ja oder Nein getan. Sie berichtete von ihrem Ausflug ins Spielermilieu, den Schulden von Ferdinand Gruber und ihrem Verdacht, dass der Bodyguard gelogen hatte und Trost am Tod von Ferdinand Gruber beteiligt war. Nur die Info über die Schatzkarte ließ sie aus. Die Kommissarin würde diese Piratengeschichte sowieso nicht ernst nehmen, dachte sich Berta. Luna Emmerdinger nickte während ihres Vortrags immer wieder und notierte alles in ihrem Laptop.

»Interessant! Ich werde Ihnen mal glauben, dass Sie mit dem Angriff auf Frau Gruber nichts zu tun haben«, sagte sie abschließend, »wir werden in die Richtung aber weiter ermitteln! Sie können dann gehen.«

Sie würde diesen Fall ganz hinten in der Cloud ablegen und einfach vergessen. In dem Moment trat Polizeikommissarin Selma Nilsson an den Tisch: »Frau Gruber ist bereit zur Abholung aus der Ambulanz des Katharinenhospitals.«

Luna warf ihr einen vernichtenden Blick zu und deutete mit dem Kopf auf Berta. Selma verstand den Wink mit dem Zaunpfahl. Das waren doch Interna, die sie da so locker ausplauderte.

»Sorry!«, sagte sie leise und verzog sich.

»Diese Information haben Sie nie bekommen!«, warnte Luna Berta.

»Natürlich!«, Berta war innerlich schon fast im Hospital, »ich geh' dann jetzt!«

Sie stand auf und verließ eilig das Büro. Luna Emmerdinger sah ihr nach und seufzte. Sie wusste genau, was die Reporterin jetzt vorhatte.

»Wir müssen vor ihr dort sein!«, rief Luna Selma zu.

Sie griff sich den Schlüssel des Dienstwagens und hastete im Eilschritt aus dem Büro. Die Reporterin war der Polizei nur eine Nasenlänge voraus. Noch auf der Treppe googelte Berta den Plan der öffentlichen Verkehrsmittel. Mit der U12 würde sie 21 Minuten zum Hospital brauchen. Luna und Selma benötigten rein theoretisch zehn Minuten mit dem Auto. Aber der Weg ins Parkhaus plus Stadtverkehr plus Parkplatzsuche würde dann doch länger dauern.

»Weißt du was?«, sagte Luna zu Selma, als sie schwer atmend im Auto saßen, »wir machen uns gar keinen Stress und fahren gleich zu Grubers Haus. Ich glaube, das macht mehr Sinn.«

Selma verstand den Sinn zwar nicht, aber Lunas kriminalistische Intuition hatte sich schon häufig bewährt. Unterdessen irrte Berta schon durch die Gänge im Katharinenhospital. Schließlich entdeckte sie Frau Gruber in einem Warteraum vor der Notaufnahme. Mit dem weißen Kopfverband hätte sie die Alte beinahe nicht erkannt. Sie glitt auf den freien Stuhl neben ihr, strich ihr leicht über die Hand und fragte: »Hallo Frau Gruber, wie geht's Ihnen?«

»Kopfschmerzen, ich habe Kopfschmerzen!«, klagte die Frau gequält.

»Sind Sie schon entlassen?«, wollte Berta wissen.

»Ja, ich warte auf die Polizei, die mich abholt«, flüsterte sie.

Berta konnte sie kaum verstehen.

»Ich bringe Sie heim, Gott weiß, wie lange die Polizisten brauchen!«, bot Berta spontan an.

Ohne eine Antwort abzuwarten, half sie der Patientin hoch und führte sie zu den Aufzügen. Die war gar nicht überrascht, dass sich die Frau vom Sozialamt um sie kümmerte. Unten verfrachtete Berta Frau Gruber in ein Taxi, das direkt vor dem Eingang stand, auf den Rücksitz. Sie nahm auf dem Beifahrersitz Platz.

»Mörikestraße 3«, sagte sie zum Fahrer. Dann wandte sie sich an die Alte, die zusammengesunken auf der Rückbank kauerte.

»Liebe Frau Gruber«, meinte sie einfühlsam, »wer hat Sie denn so zugerichtet?«

Die Frau befühlte erst mal ihren Verband, schloss dann die Augen und atmete flach. Berta hatte schon Angst, dass keine Antwort käme. Doch dann straffte Frau Gruber ihre Schultern und begann: »Das war so eine Frau ganz in Schwarz mit so kleinen Löckchen im Haar. Erst hat sie mich gefragt, ob ich jemandem von der Schatzkarte erzählt habe, dann hat sie plötzlich einfach zugeschlagen. Ich weiß gar nicht, was die eigentlich von mir wollte«, murmelte Frau Gruber.

Das könnte die neue Bodyguardin oder wie sollte sie sagen, Personenschützerin von Trost gewesen sein, ging es Berta durch den Kopf. Sie musste sofort mit Eva telefonieren und besprechen, was zu tun wäre. Als das Taxi vor das Haus in der Mörikestraße hielt, standen da schon Luna und Selma an ihr Auto gelehnt und erwarteten sie mit grimmigen Mienen.

»Soll ich Sie jetzt festnehmen, wegen Behinderung polizeilicher Ermittlungen?«, bellte Luna Berta an.

Die half Frau Gruber in aller Ruhe aus dem Auto.

»Ich habe nur eine alte, einsame Frau aus dem Krankenhaus nach Hause gebracht«, antwortete Berta mit Samariterstimme.

»Ich übergebe Sie jetzt in die fürsorglichen Hände unserer Polizei«, bemerkte sie dann zu Frau Gruber, die verwirrt abwechselnd zu den beiden Polizistinnen und zu Berta blickte.

»Gut, wir kümmern uns. Auf Wiedersehen!« Luna war sichtlich aufgebracht.

»Schönen Tag auch!«, antwortete Berta unbeschwert und ging in Richtung U-Bahn-Haltestelle. Dabei dachte sie nach. Dann setzte sie sich auf ein kleines Mäuerchen, griff zum Telefon und wählte Evas Nummer.

»Witten!«, meldete sich Eva.

»Hier Berta«, antwortete Berta verschwörerisch und berichtete Eva in Kurzform von den Ereignissen.

»Ich glaube, es war die neue Bodyguardin von Trost, die die alte Frau niedergeschlagen hat«, endete sie. Erst herrschte Stille am anderen Ende der Leitung.

»Hallo, bist du noch dran?«, rief sie verunsichert.

»Erstens gibt es das Wort Bodyguardin nicht, du Genderin. Zweitens bin ich grad am Nachdenken. Ich habe heute Morgen Trosts Angeberschlitten vor seinem Wochenenddomizil bei uns draußen gesehen. Dann ist auch die Personenschützerin, beziehungsweise Leibwächterin«, Eva sprach die beiden Worte betont langsam aus, »nicht weit.

Ich sollte heute Abend mal einen Nachbarbesuch machen. Da werde ich auch die Falschaussage gegen Hubertus aufs Tableau bringen.«

Jetzt war bei Berta Funkstille. Sollte sie ihre Freundin begleiten?

»Du brauchst nicht zu kommen, Berti. Im Notfall hol ich Hubertus dazu«, kam ihr Eva zuvor.

»Sei aber vorsichtig! Das könnte gefährlich werden«, warnte Berta noch.

»Bin ich immer! Du kennst mich doch!« Eva lachte schrill und legte auf.

# 20

Berta hatte für den Anruf bei Eva einen ungünstigen Moment erwischt. Sie stand gerade im Flur vor Bernd Kohlers Büro im Redaktionsgebäude und war auf dem Weg zu einem neuen Auftrag. Sie sollte zur Wellpappenfabrik »Wellgut« fahren.

»Das 50-jährige Firmenjubiläum der Firma ›Wellgut‹ kommt auf die Titelseite. Die Firma ist einer unserer besten Anzeigenkunden«, hatte ihr Chefredakteur Kohler mit Nachdruck am Ende eines unerfreulichen Gesprächs erklärt.

Anschließend hatte Eva im Auto eine Packung Buchstabenkekse aufgerissen und aus Frust alle »Bs« verspeist. Dieser Bernd Kohler war aber auch zu nervig. Insgeheim nannte sie ihn »Bernd, das Brot«, nach der gleichnamigen Kinderserie. Das kompensierte etwas ihren Frust.

Bernd hatte ihr an den Kopf geworfen, dass sie sich aus Privatvergnügen um Dinge kümmere, die nichts mit ihrem Job bei der Zeitung zu tun hätten. Leider musste sie ihm insgeheim Recht geben und konnte sich deshalb diesem Pappe-Auftrag nicht entziehen. Aber danach würde sie sich Trost zur Brust nehmen.

Der verbrachte gerne die Wochenenden in dem sanierten, ehemaligen Austragshaus in Hagelloch, wo die Großeltern und Eltern von Hubertus bis zu ihrem Tod gewohnt hatten. Durch den Bau des neuen Freilaufstalles war Hubertus in finanzielle Nöte geschlittert. Schweren Herzens hatte er das Haus an Theophil Trost verkaufen müssen. Als Eva gegen 17 Uhr nach Hause kam, stand die weiße Mercedes-S-Klasse des Immobilienmaklers vor dem Nachbarhaus. Auch ein schwarzer Golf parkte in der Auffahrt. Der Makler hatte das alte Gebäude wenig sensibel, dafür umso aufwendiger, renoviert. Er hatte es, bis auf den Keller, vollständig entkernt. Riesige Panoramafenster gaben jetzt die Sicht zum pflegeleichten Garten und einem Pool vor der Terrasse frei. Der alte Bauerngarten war einem englischen Rollrasen und einem Mähroboter mit eigener Garage und Ladestation gewichen.

Eva stellte den Toyota ab und ging ins Haus. Hubertus war nirgends zu finden. Auch der Hund war weg. Da sie keine Lust hatte, das gesamte Anwesen und den Stall nach den beiden abzusuchen, schrieb sie eine App »Wo bist du?« und erhielt mehrere Kuh-Emojis als Antwort. Also war Hubertus jetzt nicht zu sprechen und nur für seine Rindviecher da. Frustriert schaltete sie das Handy aus, da sie bei ihrer folgenden Mission nicht gestört werden wollte.

Für den kleinen Hunger holte sie sich ein Stück Emmentaler aus dem Kühlschrank, und stellte zufrieden fest, dass der Teig für den Flammkuchen zum Abendessen schon vorbereitet war. Ihr Hubsi war doch ein Schatz! Während sie an dem Käsekanten knabberte, beschloss sie, ihren ungeliebten Nachbarn sofort aufzusuchen. Sollte sie Hubsi informieren? Sie entschied sich dagegen. Nach einem kurzen Gespräch mit Trost würde sie zum Belegen des Flammkuchens wieder da sein. Hubertus würde gar nicht merken, dass sie weg gewesen war.

Eva schlüpfte in ihre kuschelige weiße Icepeak-Flauschjacke und machte sich auf den Weg. Unter dem Vorwand eines nachbarschaftlichen Besuches würde sie Trost ein Gewitter von Fragen entgegenschleudern. Hätte sie eine Flasche Täleswein aus den Beständen von Hubertus mitnehmen sollen? Im selben Moment verwarf sie den Gedanken wieder. Sie machte keinen freundschaftlichen Antrittsbesuch, sondern war auf einer Mission.

Eva betrat das Nachbargrundstück über die Auffahrt, marschierte über den Natursteinweg zur Haustür und klingelte. Es dauerte nicht lange, da wurde die Tür, von einer ihr unbekannten Frau geöffnet. Das musste die neue Leibwächterin sein. Wow, die hätte sie sich als weiblichen James Bond gut vorstellen können. Doch das hielt sie von ihrem Vorhaben nicht ab.

»Hallo! Ich würde gerne mit Herrn Trost sprechen!«, sagte Eva selbstbewusst.

»Wen darf ich melden?«, wollte Atessa Wäschle wissen.

»Eva Witten vom ›Tübinger Tagblatt‹ und ihre Nachbarin«, posaunte Eva mit einem genervten Augenaufschlag.

»Kommen Sie rein, die Presse und nette Nachbarn sind uns immer willkommen!«, Atessa war sehr aufmerksam. Wie man ein Lächeln an- und ausknipste, hatte sie in der kurzen Zeit bei ihrem neuen Chef schon gelernt.

Du wirst dich noch wundern, dachte Eva. Der Anlass ihres Kommens war ja nicht direkt erfreulich. Sie folgte ihr durch den Flur. Hier war es dem Innenarchitekten gelungen, alt und neu perfekt zu kombinieren. Die Bohlen der dunklen Holzdecke passten erstaunlich gut zu den dunkelbraunen Bodenfliesen.

Durch eine raumhohe Glastür betrat sie hinter Wäschle das Wohnzimmer. Hier dominierte die Farbe Weiß. Akzente setzten dunkle Holzschränke und Deckenbalken. Eva lief wie auf Wolken über den weißen Hochflorteppich. Ein abstraktes Gemälde in Rot- und Schwarztönen nahm eine ganze Wand ein. Trost saß breitbeinig auf dem Sofa. Er hatte die Krawatte gelockert, den Hemdkragen aufgeknöpft und hielt ein Whiskyglas in der Hand. Er blickte Eva entgegen, als hätte er sie erwartet.

»Frau Witten! Was verschafft uns die Ehre? Wollen Sie auch etwas trinken? Das ist ›Danne's Gärschda Malz‹, ein schwäbischer Single Malt Whisky!«, fragte er.

»Nein danke, ich habe nicht vor, lange zu bleiben«, antwortete Eva und setzte sich ungefragt in einen der beiden freischwingenden Sessel. Atessa Wäschle trat hinter Trost und beobachtete aufmerksam das Szenario.

»Schön haben Sie es hier!«, eröffnete Eva das Gespräch.

Der Immobilienhai ging nicht darauf ein und schwieg.

»Gut, wir sind hier nicht bei einer Reportage für ›Schöner Wohnen‹«, fuhr Eva fort, »Informationen, nur deswegen bin ich hier.«

Sie hüstelte nervös. Ihre Stimme kam ihr etwas zittrig vor. Hatte sie jetzt etwa doch Muffensausen? Trost blickte sie an wie ein seltenes Insekt, schwieg weiter und leerte dann sein Glas. Diese Taktik kannte sie schon. Die Leute nervös machen und nichts sagen. Es blieb ihr also nichts anderes übrig, als in die Offensive zu gehen.

»Es geht um eine Schatzkarte, einen Schuldner und dessen Mutter«, warf Eva in den Raum.

Trost beugte sich vor, stellte das Whiskyglas auf den Couchtisch und sagte gedehnt: »Tja, das sagt mir erst mal gar nichts. Gesetzt den Fall mir fällt dazu doch noch etwas ein, was haben Sie im Gegenzug zu bieten?«

»Einiges!«, sagte Eva, jetzt mit fester Stimme.

»Okay, dann legen Sie mal los! Mal sehen, was Ihre Informationen wert sind«, forderte sie der Makler auf und lehnte sich demonstrativ auf dem Sofa zurück.

Hastig spulte Eva ihr Wissen über den Totschlag in der Wohnung Mühlhaldenstraße, über die Übergabe von Schätzen in der Kneipe und den Anschlag auf Frau Gruber ab. Atessa hörte interessiert zu, wusste sie doch von alldem nichts, bis auf das mit der Frau Gruber.

»Anstiftung zu Körperverletzung ist genauso strafbar wie die Ausführung«, beendete Eva ihre Anschuldigungen.

Trost schwieg und zog jetzt erst mal die Hemdmanschetten gerade. Dann sah er sie durchdringend an und lächelte dabei.

»Sie sind eine sehr engagierte Reporterin, Frau Witten, mit umfangreichem Wissen. Trotzdem wird eine große Anzahl von Menschen sehr froh sein, wenn Sie aus ihrem Leben verschwinden.«

Er schnippte mit dem Finger und Atessa schenkte ihm ein zweites Glas Whisky ein. Er trank es auf einen Zug aus und sah Eva mitleidig an.

»In den Keller mit ihr und ich rufe die Cleaner!«, sagte er zu Atessa gewandt.

»Hauptkommissar Wilde weiß, wo ich bin!«, stieß Eva hervor und stand auf.

»Das glauben Sie doch selber nicht. Ich weiß, wie das Reporterpack tickt. Informationen sammeln und nichts nach außen geben. Und, sie werden nie hier gewesen sein, dafür werde ich sorgen!« Trost war überheblich wie immer.

»Ich und mein Freund Hubertus wissen, dass Sie für den Tod von Frau Schräuble verantwortlich sind!«, kiekste Eva und versuchte sich an Wäschle vorbei, aus dem Zimmer zu mogeln.

Die packte ihren Oberarm und hielt sie fest wie in einem Schraubstock.

»Halt Atessa! Das interessiert mich jetzt doch«, bremste Trost den Bodyguard ein.

»Was wissen Sie über Annedorle?«, fragte er rasch.

»Sie war Ihr Werkzeug und sollte in Ihrem Auftrag den Hof von Hubertus kaufen. Sie wussten genau, dass er ihn Ihnen niemals überlassen würde!«

Eva zog ihre Flauschjacke gerade. Sie stellte sich möglichst aufrecht hin, soweit das ihre zitternden Knie, ermöglichten. Ha, jetzt hatte sie wieder Oberwasser.

»Bullshit!«, kam es von Trost, aber es klang nicht sehr überzeugend. Er zögerte einen Augenblick, als ob er noch etwas hinzufügen wollte, dann nickte er Atessa kaum sichtbar zu. Die packte Eva und warf sie locker über die Schulter, obwohl sie nur wenig größer als Eva war. Die wehrte sich tapfer. Dass ihr Handy dabei aus der Tasche rutschte und in einer Sofaritze verschwand, bemerkte niemand.

»Sie sind am Arsch! Sie, Sie, Immobilienfuzzi!«, schrie Eva und trommelte mit den Fäusten auf den Rücken von Atessa. Ungerührt verließ die mit ihrer Beute das Wohnzimmer und tappte auf der Kellertreppe nach unten.

Trost sprach inzwischen in sein Telefon: »Eine Person bei mir im Wochenendhaus, aber kommt nicht vor Mitternacht!«

Dann legte er auf.

Eva fand sich derweil in einem Kellerraum wieder. Ihre Mission war zu einem unrühmlichen Ende gekommen. Sie stöhnte und rieb sich das Hinterteil. Atessa hatte sie unsanft in den Raum befördert.

»Merde, Merde, Merde!«, imitierte Eva den Lieblingsfluch von Wotan Wilde. Da war sie ja voll in der Scheiße gelandet.

# 21

Der Kellerraum war früher offenbar als Küche genutzt worden. Ein alter Herd stand an einer Längsseite. Auf den Regalen gegenüber stapelten sich alte Zeitungen, leere Flaschen, blinde Bilderrahmen und ein schmiedeeiserner Kerzenständer mit einer halb heruntergebrannten roten Kerze. Am Boden standen Pappkartons mit Altpapier neben einem Knäuel Verpackungsholzwolle. In der Mitte waren um einen abgewohnten braunen Holztisch vier wackelige Küchenstühle gruppiert. Durch zwei vergitterte Fensterchen fiel diffuses Abendlicht herein. Eva rüttelte an der Klinke der massiven Holztür, die ein großes Metallschloss hatte. Natürlich abgesperrt! Wäre ja auch zu schön gewesen.

Mit dem Handrücken wischte sie sich die Tränen aus dem Gesicht, die wie von selbst rannen. Warum hatte sie sich nur mit diesen gefährlichen Leuten eingelassen? Lernte sie denn nie dazu?

»Hilfe!«, schrie sie, verstummte dann aber sofort wieder. Schreien brachte hier nichts, wurde ihr schnell bewusst. Es war niemand in der Nähe, der kommen und sie retten würde. Wer wohl diese Cleaner waren? Sie wagte nicht weiter zu denken, obwohl sie einen Verdacht hatte. Eins war klar, sie musste so schnell wie möglich aus diesem Keller verschwinden. Sie versuchte, Evchen, du schaffst das, zu sagen, aber ihre Kehle war wie zugeschnürt.

Da war ihr ihr übersteigertes Ego mal wieder ganz schön in die Quere gekommen. Warum nur hatte sie nichts für

Hubertus hinterlassen? Aber für Selbstvorwürfe war es jetzt zu spät. Sie würde Hubertus anrufen! Erleichtert fuhr sie mit der Hand in die Jackentasche. Nichts! Anscheinend hatte sie ihr Handy bei dem Kampf mit dem Bodyguard im Wohnzimmer verloren. Eva nahm ein leeres Einweckglas vom Regal, drehte den Wasserhahn an der Spüle auf, füllte es bis zum Rand und trank es zur Hälfte leer. Jetzt war ihre Kehle wieder geschmiert.

Sie trommelte gegen die Tür und rief: »Mein Freund weiß, wo ich bin!« Sie lauschte. Nichts, außer ihrem eigenen, schnellen Herzschlag, war zu hören.

Frustriert setzte sie sich auf einen der Küchenstühle und starrte in die Dämmerung. Aus, Ende, Eva Witten würde bald Geschichte sein. Eine Möchtegernheldin, die an einem Herbstabend sang- und klanglos verschwand. Hubertus würde nach angemessener Zeit eine Grabplatte am Kuhstall als Erinnerung an sie befestigen. »Bernd, das Brot« den Krempel von ihrem Schreibtisch räumen und in den Müll werfen und Berta Räucherstäbchen mit Patschuligeruch anzünden. Magnus Maria Feinäugle würde eine lateinische Gedenkschrift verfassen und von seiner Sekretärin in die Cloud hochladen lassen.

Die Gefangene sackte zusammen und ließ ihren Kopf auf den Tisch fallen. So saß sie eine gefühlte Ewigkeit. Dann knurrte ihr Magen lautstark und erinnerte sie an den leckeren Flammkuchen, der in ihrer Küche, unerreichbar für sie, wartete. Es war inzwischen finster geworden. Hier musste doch irgendwo ein Lichtschalter sein. Eva stand auf und ging in die Richtung, wo sie die Tür vermutete, die Arme ausgestreckt. Nach einigen Schritten konnte sie Holz erfühlen. Dann tastete sie die Wand rund um den Türstock nach dem Lichtschalter ab. Tatsächlich, mit einem Seufzer der Erleichterung betätigte sie den Kippschalter. Eine schwache Deckenlampe hüllte den Raum in schummeriges Licht. Die Glühbirne flackerte. Vorsorglich stellte Eva den schmiedeeisernen Kerzenständer mit der halb heruntergebrannten Kerze auf den Tisch. Die Kerze wackelte bedrohlich, aber sie drückte sie wieder in den Haltedorn zurück. Nach einigem Suchen entdeckte sie in einer Schublade eine Schachtel Streichhölzer und legte sie neben den Ständer. Falls die Deckenbeleuchtung schlappmachte, hatte sie jetzt eine Notbeleuchtung.

Begeistert klopfte sie sich auf die rechte Schulter. Eva, du bist einfach ein Superhirn, lobte sie sich. Sie trank das Einweckglas leer. Jetzt würde sie eine systematische Suche nach einem Ausbruchswerkzeug starten. Akribisch überprüfte sie die Regale, machte den Backofen auf, schaute unter Tisch und Stühle. Nichts! Sämtliche Krimis, die sie in ihrem Leben gelesen hatte, zogen an ihr vorüber. Diese Helden schafften es immer, sich am eigenen Schopf aus den aussichtslosesten Situationen herauszuziehen. Oder war das der Lügenbaron Münchhausen gewesen?

Eva befürchtete jeden Moment von dubiosen Cleanern oder von Atessa geholt zu werden. Sie versuchte die Fenster zu öffnen, was ihr nicht gelang. Nervös tigerte sie im Raum hin und her. Bei jeder Runde kam sie an der Tür vorbei.

Schließlich blieb sie vor einem weiß überstrichenen Kasten an der Wand neben der Tür stehen. Abgenutzte Schalter und Knöpfe befanden sich auf einem Metalldeckel und ein gelochter Einsatz schloss ihn nach oben ab. Im Rektorat ihres alten Gymnasiums hatte der Schulleiter so eine Anordnung auf seinem Schreibtisch gehabt. Er nutzte die Anlage für seine enorm wichtigen Durchsagen. Auf die Schalter heftete sie immer ihren Blick, wenn sie wieder mal zu einer Standpauke vorgeladen war, was nicht selten vorkam. Ein flüchtiges Lächeln huschte über ihr Gesicht.

Wer baute eine Sprechanlage in eine Kellerküche? Nein, viel spannender war die Frage, wo befand sich die Gegenstelle?

Die Glühbirne an der Decke flackerte und erlosch wie von Geisterhand. Eva tastete nach den Streichhölzern und zündete die Kerze an. Mit dem Kerzenständer leuchtete sie das Kästchen an. Dann drückte sie mit der freien Hand nacheinander alle Knöpfe an der potenziellen Sprechanlage. Kein Laut war zu hören, außer ihrem eigenen Keuchen. Die Knöpfe rasteten ein und beim nächsten Drücken sprangen sie wieder heraus. Eva drückte die Eins und den verblichenen roten Knopf darüber. Kurze Zeit vergaß sie sogar ihre Panik. Dann, bei der Nummer fünf, hörte sie plötzlich leise Musik.

»Hilfe! Aua!«, brüllte sie dann plötzlich. Die Kerze war vom Haltedorn gekippt und zu Boden gefallen. Heißes Wachs ergoss sich über ihren Handrücken. Jetzt rollte die Kerze unbeaufsichtigt und brennend in Richtung Regal.

Kühlen, kühlen! War Evas erster Gedanke. Sie raste zum Waschbecken und drehte den Wasserhahn auf. Ein eiskalter Strahl ergoss sich über die schmerzende Stelle.

»Verdammte Scheiße!«, fluchte sie vor sich hin. Plötzlich roch sie Rauch. Panisch drehte sie sich um. Eine Stichflamme schoss aus der Holzwolle, die neben einem Karton am Boden lag. Die Kerzenflamme hatte sie entzündet. Hektisch füllte sie das Wasserglas und schüttete den Inhalt in die Flammen. Das meiste Wasser landete aber auf dem Boden davor.

»Hilfe, Feuer!«, brüllte sie. Sie packte ein zerschlissenes Stuhlkissen und drückte es auf Nase und Mund. Sie würde ersticken, verbrennen, sterben! Die Flammen fraßen sich inzwischen in den Karton neben der Holzwolle. Ersticken, war das Stichwort. In höchster Not sah sie sich um. Dann packte sie eine kleine Zinkwanne, die neben der Spüle stand, und stülpte sie über den Brandherd. Sie riss sich ihre Flauschjacke vom Körper und warf sie zusätzlich darüber.

Im Kellerraum war es plötzlich stockdunkel. Eva sank hustend auf einen Stuhl. Würde sie jetzt an einer Rauchvergiftung sterben? Sie fühlte sich schon schwindlig, Hustenreiz peinigte sie.

»Hilfe, Feuer! Helft mir!«, krächzte sie. Aber niemand hörte sie. Sie war faktisch doppelt tot. Erstickt und von Cleanern beseitigt! Wie viele konnten so etwas vorweisen?

Nicht einmal ein Testament hatte sie gemacht. Ihre tollen Kleider und Schuhe sollten nicht in die Kleidersammlung. Die hatten neue Auftritte mit einer würdigen Erbin verdient. Berta käme dafür mit ihren veganen Klamotten nicht infrage, aber vielleicht Bernadette von Hohenstein bei der SOKO. Die würde ihre Klamotten sicher zu würdigen wissen. Ihre Gedanken schlugen Purzelbäume. Resigniert legte sie den Kopf auf die verschränkten Arme auf den Tisch und begann zu schluchzen.

Hubertus hatte in seiner Küche unterdessen ein großes Stück Flammkuchen abgeschnitten und es Merlin gegeben. Da er Eva nicht gefunden hatte, hatte er den Teig ausgerollt und belegt. Er selbst hatte überhaupt keinen Appetit. Eva war wie vom Erdboden verschluckt. Das Auto stand zwar vor der Tür, ihre Tasche mit dem Laptop lag auf dem Küchentisch, ihr Handy war aber ausgeschaltet. Jetzt dudelte das Radio, damit er sich nicht so einsam fühlte. Er musste etwas essen und dann würde er eine Suchaktion starten. Gerade schob er sich einen Happen in den Mund, als eine Stimme aus dem Besenschrank ertönte: »Hilfe, Feuer! Helft mir!« Hubertus zuckte zusammen, bekam den Bissen in die falsche Kehle, hustete, nieste und rang nach Luft. Als er wieder zu Atem kam, durchzuckte ihn ein Verdacht. Konnte es sein, dass Evas Stimme aus der alten Sprechanlage kam? Er hatte als Kind oft damit gespielt und die Großeltern durch seltsame Geräusche im Keller des Austragshauses erschreckt. Er sprang auf und schob den Schrank zur Seite. Mit zitternden Fingern drückte er die, ihm wohlbekannte rote Taste.

»Eva, bist du das?«, keuchte er in den Lautsprecher, der auch als Mikrofon diente. Dann lauschte er angespannt und wagte kaum zu atmen.

Jetzt hörte er ein Geräusch, wie von einem umgefallenen Möbel. Eva war in ihrem verqualmten Kellergefängnis so plötzlich aufgesprungen, dass der Stuhl krachend auf den Boden polterte. Ihr Liebster hatte sie gehört!

»Hubertus, hier bin ich! Hol mich hier raus!«, brüllte sie hysterisch in Richtung Lautsprecher. Während sie vor Erleichterung lachte, liefen ihr gleichzeitig Tränen übers Gesicht.

# 22

»Eva, bist du verletzt? Was ist mit dem Feuer?«, fragte Hubertus panisch.

»Kein Feuer mehr, habe ich gelöscht und verletzt bin ich auch nicht! Aber im Keller im Austragshaus eingesperrt! Man will mich umbringen! Hilf mir!«, röchelte Eva im Telegrammstil.

»Was machst du denn da drüben? Wer will dich umbringen? Eigentlich …«, rief Hubertus. Er war völlig außer sich.

»Hol' mich hier raus! Berichte alles später!«

Eva war verzweifelt. Hier ging es um Leben und Tod und Hubertus wollte Konversation machen.

»Ich eile und fliege!«, antwortete Hubertus knapp.

»Schnell, Hubsi, schnell!«, krächzte Eva. Sie hob den Stuhl auf und kauerte sich darauf zusammen.

Hubertus war schon fast aus der Tür, als ihm einfiel, dass er nicht allein die Befreiungsaktion starten sollte. Polizei! Die Polizei musste her! Irgendwo hatte er noch die Karte von dem Kommissar. Nach seinem Verhör hatte er sie ihm gegeben. Er durchsuchte alle Taschen der Klamotten, die er angehabt hatte, und verlor wertvolle Zeit. In der Innentasche seines Parkas entdeckte er das Kärtchen. Hubertus gab die Nummer in sein Smartphone ein. Hubertus schwitzte Blut und Wasser. Endlich hob der Kommissar ab und meldete sich mit einem schläfrigen: »Wilde!«

»Eva Witten ist in Lebensgefahr! Schnell! Hagelloch, Friedensweg 1a!«, brüllte Hubertus in sein Telefon. Er hatte schon fast aufgelegt, als er noch anhängte: »Hier ist Hubertus Hollerer!«

»Aber ich verstehe nicht...«, setzte Wotan an, hörte dann aber nur noch das Freizeichen. Die Adresse kannte er doch. Da war er am Samstag mit Wolfgang gewesen. Er hatte schon geahnt, dass er bald wieder mit Theophil Trost zu tun bekommen würde. Nach kurzem Überlegen wählte er die Nummer von Nadal Grenado, dem Chef des SEKs.

Hubertus hatte den Griff der Haustür schon in der Hand. Ohne Waffe sollte er sich aber nicht in die Höhle des Löwen begeben! Er machte kehrt und hastete die Kellertreppe hinunter. Als langjähriger Jäger mit eigenem Revier hatte er im Vorratsraum seinen Waffenschrank. Hinter dem Regal mit den Konservendosen hing der Schlüssel. Mit steifen Fingern fummelte er ihn ins Schloss und riss die Schranktür auf. Er packte sein Jagdgewehr Blaser R8, steckte das Magazin, das auf der Kiste mit der Munition lag, in die zugehörige Halterung und rannte die Treppe wieder hoch. Merlin war ihm stets auf den Fersen.

»Aus jetzt!«, befahl er dem völlig verdatterten Hund, schob ihn ins Klo und schloss die Tür. Er würde ihn später mit einem Leckerli belohnen.

Da Hubertus auf keinen Fall aus dem Nachbarhaus gesehen werden wollte, verließ er sein Haus durch die Hintertür. Obwohl er noch Filzschlappen trug, rannte er in langen Schritten hinter dem Stall vorbei zum Nachbargebäude. Dort herrschte in allen Räumen Festbeleuchtung. Im Wohnzimmer konnte er einen Mann und eine Frau auf dem Sofa erkennen, die sich unterhielten. Einer davon war Trost, die Frau kannte er nicht.

Gut, die beiden waren erst mal mit sich beschäftigt.

Da er seit seiner Kindheit mit dem Austragshaus vertraut war, kannte er alle geheimen Zugänge. An der Rückseite unter dem Klofenster befand sich ein Lichtschacht, der mit einem Metallgitter abgedeckt war. Hubertus schlich um das Haus herum. Offenbar hatte Trost diese Schwachstelle beim Umbau nicht entdeckt. Hubertus stemmte das Gitter hoch und stieg in den Schacht hinunter. Er verfluchte sich, weil er keine Taschenlampe mitgenommen hatte. Den Fenstergriff fand er trotzdem mit traumwandlerischer Sicherheit. Alles war wie früher. Offenbar war die Renovierung an diesem Teil des Gebäudes vorbeigegangen.

Hubertus drückte das Fenster auf und zwängte sich hindurch. Jetzt musste er im ehemaligen Kohlenkeller sein. Es staubte auch noch, als er auf den Boden sprang. Von hier war es nicht mehr weit zur alten Küche mit der Sprechanlage. Sie lag neben der Waschküche. Dort hatte seine Oma immer die Kartoffeln für die Schweine gedämpft und die Würste aus den Hausschlachtungen zubereitet und gekocht. Er hatte diesen leckeren Geruch geliebt. Jetzt stieg ihm ein unangenehmer Rauchgeruch in die Nase. Vorsichtig öffnete er die Tür des Kohlenkellers, schlüpfte auf den Flur und stand nach wenigen Schritten vor der Küchentür. Sachte drückte er die Klinke. Verschlossen! Zaghaft klopfte er.

»Eva! Bist du da drin? Bist du okay?«, flüsterte er und lauschte.

»Hubertus, endlich! Gott sei Dank«, tönte es von innen.

»Ich hol dich da raus, Liebste!«

Hubertus zuckte zusammen, das war schon fast zu laut gewesen. Hoffentlich hatte ihn niemand gehört!

»Mach schnell!«, kam es zurück.

»Halte durch, Evchen!«, flüsterte er.

Ihm wurde abwechselnd heiß und kalt. Diese Tür mit dem massiven Eisenschloss war unüberwindbar, das wusste er noch von früher.

Er musste ins Wohnzimmer und den Schlüssel von den beiden Verbrechern organisieren. Adrenalin schoss durch seine Adern. Hubertus, der Rächer, kam. Nehmt euch in Acht! Entschlossen straffte er die Schultern und lud sein Gewehr durch. Stufe für Stufe tastete er sich die Steintreppe zum Erdgeschoss hoch, die nur spärlich von oben aus der Lampe im Flur beleuchtet wurde. Oben hörte er den Mann und die Frau im Wohnzimmer reden und lachen. So leise wie möglich schlich er durch den Gang. Mit den Filzschlappen gelang das ganz gut. Trotzdem, ein gezielter Überraschungsangriff war seine einzige Chance. Auf die Ankunft der Polizei konnte und wollte er nicht warten. Die Sorge um sein Evchen riss ihm schier das Herz aus seiner Brust. Hubertus spähte durch die Glasscheibe der Wohnzimmertür und versuchte sich auf sein Vorhaben zu konzentrieren.

Jetzt kam der Terminator vom Hubertushof! Er hatte genügend Filme mit Arnold Schwarzenegger gesehen. Entschlossen riss er die Waffe hoch und stieß die Tür auf.

»Auf den Boden! Gegenwehr ist sinnlos!«, brüllte er. Der Angreifer machte einen großen Schritt vorwärts in den Raum und schlüpfte dabei aus dem linken Schlappen. Er strauchelte, fing sich aber gleich wieder. Atessa Wäschle nutzte diesen kurzen Moment. Sie befand sich jetzt an der Bar direkt neben der Tür. Sie packte blitzschnell den Gewehrlauf und zog ihn nach oben. Mit einem ohrenbetäubenden Knall löste sich ein Schuss. Die Designer-Deckenlampe zerbarst und ein Glassplitterregen wirbelte zu Boden. Die Kugel blieb in der Holzdecke stecken.

Die durchtrainierte Bodyguardin griff den linken Arm von Hubertus und drehte ihn schmerzhaft auf dessen Rücken. Mit der anderen Hand entriss sie ihm das Gewehr. Man hörte jetzt nur das verzweifelte Schnaufen von Hubertus, der sich zu befreien versuchte.

»Wen haben wir denn…« setzte Trost an, als ein lautes Krachen aus dem Flur zu hören war.

Ein Rammbock durchbrach die Haustür und ein Pulk schwarz gekleideter Männer mit Sturmhauben und Helmen stürmte ins Haus, die Maschinenpistolen im Anschlag. Offenbar hatten die Männer vor der Tür gelauert und der Schuss war das Signal zum raschen Zugriff gewesen.

»Polizei! Ergeben Sie sich!«, brüllten sie mehrstimmig.

Sie scharten sich um die beiden Kämpfenden und den Makler. Der war aufgesprungen, hielt die Hände hoch und hatte noch immer ein Glas Whisky in seiner Hand. Jetzt trat Hauptkommissar Wotan Wilde in den Raum.

»Nette Versammlung!«, stellte der fest, »und da haben wir ja auch Hubertus Hollerer!«

»Eva ist im Keller eingesperrt! Einer der beiden hat den Schlüssel!«, rief der mit hochrotem Kopf und versuchte, sich aus dem Griff der Polizisten zu befreien. Grenado nickte den Männern zu und die ließen ihn frei. Die SEKler durchsuchten Atessa und entdeckten den leicht angerosteten Küchenschlüssel in ihrer Jackentasche.

»Holt die Frau! Herr Hollerer, Sie zeigen ihnen den Weg!«, befahl Grenado.

»Und dann bringen wir erst mal alle ins Präsidium!«, Wotan nickte verärgert. Diese irre Eva Witten würde ihnen eine lange Nacht bescheren. Eigentlich sollte er sie noch etwas länger da unten schmoren lassen. Der Frau war nicht zu helfen. Immer wieder manövrierte sie sich in solche Situationen. Nur, dass diesmal er und die SEK die Leidtragenden waren.

Wenig später saß eine derangierte, nach Rauch stinkende Eva neben einem abgekämpften Hubertus. Ihre angekokelte Kuscheljacke hatte sie schweren Herzens im Keller zurücklassen müssen. Jetzt trug sie die alte Wolljacke von

Hubertus, deren Ärmel ihr bis über die Finger reichten. Die vom Wachs gerötete Stelle am Handrücken brannte unangenehm.

Mit am Tisch saßen Wotan Wilde und seine Assistentin Bernadette im Vernehmungsraum 1 der SOKO Gewaltverbrechen im Polizeipräsidium Tübingen. Im Zimmer nebenan, dem Vernehmungsraum 2, waren Trost und sein Bodyguard platziert worden.

»Kann ich jetzt mal aufs Klo und meine Haare richten?«, fragte Eva.

Seit sie das Austragshaus betreten hatte, war sie nicht mehr auf der Toilette gewesen. Zudem wollte sie sich den Ruß aus dem Gesicht waschen und die Hand kühlen.

»Zweite Tür links!«, meinte Bernadette. Sie war froh, dass die Quelle des Rauchgestanks das Zimmer verließ.

Kurze Zeit später berichtete die Reporterin die haarsträubende Geschichte ihrer Geiselnahme in einem Rutsch. Wotan schüttelte immer wieder fassungslos den Kopf. Bei der Erwähnung einer Schatzkarte und der Schilderung des Besuchs bei Frau Gruber verfinsterte sich Wotans Miene zusehends. Als sie dann die Verbindung des Immobilienmaklers Theophil Trost zu Annedorle Schräubles Tod konstruierte, reichte es dem Kommissar endgültig.

»Wissen Sie was auf Behinderung von Mordermittlungen steht? Das ist kein Kavaliersdelikt mehr. Bis zu fünf Jahre! Ich werde dafür sorgen, dass Sie die Zeit absitzen, Frau Witten! Mal abgesehen davon, wie absolut schwachsinnig Sie gehandelt haben, als Sie alleine mit diesen gefährlichen Leuten sprechen wollten. Sie haben ihr eigenes und das Leben der Einsatzbeamten gefährdet, Frau Witten!«

Wotan war aufgesprungen und so laut geworden, dass man ihn im angrenzenden Vernehmungsraum 2 hörte. Bernadette räusperte sich. Ihrer Meinung nach ging ihr Chef doch etwas zu grob mit Eva um.

Leise flüsterte die Reporterin mit gesenktem Kopf: »Entschuldigen Sie und vielen Dank auch für die Befreiung!«

Sie sah ein, dass sie mit dieser Aktion wirklich zu weit gegangen war. Aber sie hatte doch keine andere Möglichkeit gehabt. Und wer hätte schon ahnen können, dass das alles so enden würde. Kurz überlegte sie, diese Argumente zu bringen, als sie aber ins Gesicht von Wilde sah, ließ sie das lieber. Der setzte sich wieder.

»Können wir dann gehen?«, wollte Hubertus wissen. Er hatte einen Blick auf seine Uhr geworfen und festgestellt, dass er eigentlich schon bald wieder aufstehen musste.

»Ja, aber ich nehme an, da kommt noch einiges auf ihre Freundin zu! Jetzt machen wir erst mal das Protokoll.«

Bernadette stand auf und winkte einen Polizeibeamten zu sich, der im Hintergrund gewartet hatte.

»Schöne Restnacht noch!«, verabschiedete sie sich und folgte Wotan in ihr Büro.

»Diese verdammte Witten ist einfach unglaublich! Am liebsten hätte ich …«, Wotan beendete den Satz nicht.

»Wir müssen die Kollegen aus Stuttgart in die Vernehmung von Trost mit einbeziehen, zumindest, wenn es um den Toten in Stuttgart geht. Ich rufe die heute früh gleich an und wir benachrichtigen sie von der Festnahme«, schlug Bernadette vor und nahm ihren Mantel vom Garderobehaken.

»Gute Idee! Es ist jetzt zwei Uhr. Es hat keinen Sinn mehr, diese Verbrecher jetzt zu vernehmen. Lass ihn und die Frau in je eine Zelle bringen. Ich verabschiede mich!«

Mit diesen Worten zog Wotan seine Jacke an und ging. Bernadette telefonierte noch kurz und verließ dann auch das Büro. Eva und Hubertus waren inzwischen von der

Polizei wieder nach Hause gebracht worden. Sie saßen in der Küche und Eva schmiegte sich an Hubertus.

»Danke noch mal! Du bist mein Held. Hast du eine Brandsalbe in der Hausapotheke? Ich bin schließlich schwer verletzt!«, Eva grinste schief.

»Nein, aber ich habe eine brandgefährliche Freundin«, antwortete Hubertus und küsste sie.

# 23

Pünktlich um 10 Uhr am Mittwochmorgen saßen Wotan und Bernadette müde im Vernehmungsraum 1 und rührten in ihrem Kaffee. Ihnen gegenüber hatte ein leicht verknitterter Trost mit Dreitagebart Platz genommen, neben ihm seine Leibwächterin Atessa Wäschle. Er rührte angewidert mit einem Holzstäbchen in einem Plastikbecher mit dünnem Automatenespresso. Atessa hatte ihr Haar heute nicht zusammengebunden. So verschwand ihr schmales Gesicht fast im Lockengewirr.

»Das werden Sie noch bereuen. Das ist Freiheitsberaubung! Mich über Nacht in eine Zelle zu stecken, wie einen Schwerverbrecher. Mein Anwalt …«, beschwerte sich Trost.

Der Makler trank den Kaffee mit Todesverachtung aus, knüllte dann den Becher zusammen und warf ihn, in Ermangelung eines Papierkorbs, unter den Tisch.

»Klappe, Herr Trost!«, blaffte ihn Wotan an.

Verstimmt verschränkte der die Arme vor der Brust und sah sich im Spiegel an der Wand gegenüber an. Seine Überheblichkeit war der Skepsis gewichen.

»Gut, dann wollen wir mal anfangen! Was da gestern Abend in Ihrem Haus passiert ist, können Sie nicht leugnen. Sie haben Frau Witten im Keller festgesetzt. Was hatten Sie mit ihr vor? Lösegeld erpressen? Sie an ein Bordell verkaufen? Die Verbindungen dafür hätten Sie sicher!«, schloss Wotan und sah Trost fragend an.

Der schüttelte stumm den Kopf.

»Sie spinnen doch!«, meinte er dann abfällig.

»Gut, dann werde ich mal aus dem Protokoll von Frau Witten zitieren. Pech für Sie, dass Sie eine Reporterin mit sehr gutem Gedächtnis erwischt haben. Sie haben Folgendes gesagt ›Sie sind eine sehr engagierte Reporterin, Frau Witten. Trotzdem werden alle sehr froh sein, wenn Sie aus ihrem Leben verschwinden‹ Wie haben Sie das gemeint?«, der Kommissar sah Trost fordernd an.

Der schwieg und fixierte das Mikrofon in der Mitte des Tisches.

»Gut, dann haben wir hier noch ein schönes Zitat«, fuhr Wotan fort, »›In den Keller mit ihr und ich rufe die Cleaner!‹. Was Cleaner sind, wissen wir alle. Sie wollten also Frau Witten beseitigen, auch das können Sie nicht leugnen. Frau Wäschle, was sagen Sie dazu?«

Trost warf ihr einen vernichtenden Blick zu. Atessa kaute daraufhin auf ihrer Unterlippe und schwieg.

»Ohne meinen Anwalt sage ich jetzt nichts mehr!«, meinte Trost mit fester Stimme, lehnte sich zurück und verschränkte abweisend die Arme.

»Das ist ihr gutes Recht!«, stellte Wilde fest. »Aber Sie wissen genauso wie ich, dass das als Mordversuch gilt. Viel Spaß die nächsten 15 Jahre im Gefängnis. Dann kommt es ja nicht auf einen weiteren Mord an.«

»Da bin ich ja gespannt, was Sie sich da noch zusammengesponnen haben!«, Trost grinste überheblich und wippte auf seinem Stuhl.

»Gut, dann kommen wir doch jetzt zu Frau Schräuble, Herr Trost. Es steht einwandfrei fest, dass Sie in ihrem Auftrag versucht hat, Hubertus Hollerer seinen Hof abzuluchsen«, stellte Wotan fest. Er war sehr stolz, dass er den Namen Hollerer ohne Problem aus seinem Namensspeicher hatte abrufen können.

Bei dem Ankauf der Immobilie fühlte sich der Unternehmer anscheinend auf sicherem Terrain. Offenbar meinte er, hier nichts zu verbergen zu haben.

»Das leugne ich nicht. Ist ja auch nicht verboten. Herr Hollerer selber hat mir gegenüber vor Längerem erwähnt, dass die Milchpreise und die Preise für Rindfleisch stetig sinken würden, und dass der ganze Hof langsam zum Zuschussgeschäft würde. Der Boden war also für Verhandlungen bereitet. Ich habe vor, dort ein Golfressort zu bauen. Mit seinen landwirtschaftlichen Flächen wäre der Platz hervorragend geeignet. Das Problem ist aber, dass er mit mir nie gesprochen hätte. Er fühlte sich noch von seinem Verkauf des Austragshäusles über den Tisch gezogen. Angeblich hätte ich seine finanzielle Notlage ausgenutzt. Blödsinn, Geschäft ist Geschäft. Da habe ich Annedorle eingeschaltet. Die kannte ich privat sehr gut und sie war eine hervorragende Verhandlungsführerin. Warum sollte ich mein Schnucki-Dorle umbringen? Das war doch eine Win-win-Situation für uns beide!«, Trost sah triumphierend in die Runde.

»Vielleicht war Ihre Geduld zu Ende. Die Verhandlungen zogen sich hin, beziehungsweise hatte sie Herr Hollerer komplett abgebrochen. Ihre versteckten Drohungen dessen Stall abzufackeln, seine Rinder zu töten oder seiner Freundin etwas anzutun, schienen nicht zu fruchten. Das hat Herr Hollerer zumindest so ausgesagt«, stellte Wotan in den Raum.

»Von solchen Machenschaften hatte ich keine Kenntnis. Ich arbeite nicht mit solchen Erpressermethoden«, stritt Trost alles energisch ab.

»Vielleicht haben Sie Frau Schräuble getötet oder töten lassen, um Herrn Hollerer ins Gefängnis zu bringen und dann seinen Hof aufzukaufen«, versuchte Wotan Trost aus der Reserve zu locken.

Der schloss kurz die Augen und fuhr sich mit beiden Händen durch die Haare. Dann setzte er an: »Sie sollten auf meiner Seite sitzen, Herr Hauptkommissar! Sie haben bedeutend mehr verbrecherische Fantasie als ich. Vielleicht hat Lukas damals etwas zusammen mit Dorle ausgeheckt. Ich weiß davon jedenfalls nichts!« Der Makler versuchte offensichtlich, seinen toten Bodyguard zu belasten.

»Der wird uns wohl nichts mehr dazu sagen können!«, warf Wotan ein. Er sah Trost sinnend an. »Vielleicht sollten wir uns über dessen Tod auch einmal unterhalten. Laut Kommissarin Emmerdinger wurde er mit einem Auto getötet. Aber nein, das ist deren Fall!«

Niemand sagte nach diesen Verdächtigungen etwas. Dann setzte Wotan neu an.

»Also, was passierte mit Annedorle Schräuble? Was hat sie nächtens im Stall gemacht?« wollte Wotan nun von Trost wissen.

»Keine Ahnung. Wahrscheinlich haben Holperdinger und sie irgendwas gedreht.« Trost zuckte die Schultern, »Geldgierig waren beide.«

»Ich war zwar nicht dabei, aber unter den Personenschützern geht da so ein Gerücht herum«, meldete sich jetzt unverhofft Atessa Wäschle, »die Schräuble hat sich ein spezielles Serum besorgt, Paralose oder so ähnlich. Das hat Lukas bei einem Studenten abgeholt. Mehr hat er nicht gemacht, soviel ich weiß!«

Wieder trat Stille ein.

Nur Bernadette flüsterte zu Wotan: »Welches Serum?«

Der zuckte mit den Schultern. Es entstand eine neue Pause.

»Von welchem Serum ist hier die Rede?«, fragte plötzlich Bernadette laut.

»Ich weiß nichts von einem Serum«, stellte Trost fest.

»Wahrscheinlich meint sie ›Paratuberkulose‹, das ist eine unheilbare Infektionskrankheit bei Rindern!«, las Bernadette von ihrem Handy ab, »vermutlich wollte sie die Kühe von Hollerer infizieren, um ihn unter Druck setzen zu können. Wissen Sie, was Sie damit losgetreten hätten, Herr Trost?«

Jetzt schien auch der Makler wieder interessiert. Anscheinend überdachte er das mögliche Szenario im Stall.

»Dann ist doch klar, was passiert ist! Sie ist in der Nacht mit ihren Stöckelschuhen im Stall gestolpert. An diesen Dingern hatte sie einen Narren gefressen. Dann ist sie ausgerutscht und ›Platsch‹ in die Grube gefallen. Ihre Kollegen von der KTU sollten mal in der Scheiße tauchen und nach dem Serum oder besser, der Spritze mit dem Serum, suchen. Viel Spaß!«, Trost grinste vor sich hin.

Wotan und Bernadette tauschten Blicke aus. War es wirklich nur ein Unfall gewesen? Es lag im Bereich des Möglichen. Wotan räusperte sich.

»Nach dem jetzigen Stand der Ermittlungen könnte es tatsächlich ein Unfall ohne Fremdeinwirkung gewesen sein. Wir werden das noch endgültig überprüfen«, stellte Wotan fest.

Bernadette zuckte mit den Schultern. Da musste die Spurensicherung wohl noch mal ran.

»Gegen mich liegt in dem Fall ja wohl nichts vor«, strahlte Theophil Trost und erhob sich, »ich geh' dann. Sie hören von meinem Anwalt.«

Er klopfte auf den Tisch und wollte den Raum verlassen.

»Halt!«, sagte Bernadette, »das muss alles noch protokolliert werden. Wegen des versuchten Mordes an Frau Witten wird sicher der Staatsanwalt auf Sie zukommen. Außerdem steht noch der Verdacht des Mordes an Herrn Gruber im Raum und Frau Hauptkommissarin Emmerdinger wartet in Stuttgart auf Sie. Sie sind erst mal unser Gast und werden dann nach Stuttgart gebracht. Frau Wäschle, Sie können vorerst gehen.«

»Ich möchte sofort meinen Anwalt sprechen«, protestierte der Makler mit hochrotem Kopf.

»Der Beamte wird Sie zum Telefon begleiten«, erwiderte Bernadette.

Trost und ein Polizist verließen das Vernehmungszimmer.

Atessa Wäschle erhob sich erleichtert, blies sich eine Lockensträhne aus dem Gesicht und folgte den beiden.

Wotan stand ächzend auf und murmelte. »Merde, Merde, Merde!«

Das war ein Scheißfall im wahrsten Sinne des Wortes.

# 24

Der Winzer Alois Huber strahlte über das ganze Gesicht und wiederholte nachdrücklich: »Wasseradern! Hört ihr! Ich flippe aus! Und eine unbekannte Höhle gibt es wahrscheinlich auch noch unter der Keltenschanze!«

An diesem Mittwochabend saßen neben dem Ehepaar Huber und der Haushaltshilfe Walburga zwei Gäste am Tisch in der Wohnküche am Huberhof. Annabell Krötenheinrich, die von Alois bestellte Wünschelrutengängerin, und Eva, die von Ludmilla eingeladen worden war, um eben diese ganz zwanglos für ein Interview kennenzulernen. Eva hatte sich von den Ereignissen im Austragshaus wieder ganz gut erholt und war bereit für neue Abenteuer.

Die Wünschelrutengängerin war mit dem Vormittagsbus beim Huber Hof angekommen. Mit ihrem roten Regenschirm und dem grasgrünen Regenmantel war sie ein fröhlicher Farbklecks an diesem wolkenverhangenen Regentag gewesen. Schwarze Gummistiefel und ein schwarzer Filzhut, dessen Krempe sie nach Seeräubermanier vorne hochgeschlagen hatte, vervollständigten ihr Outfit.

Annabells minimalistisches Reisegepäck steckte in einem dunklen Lederrucksack. Über ihrer Schulter hing eine karierte Tasche, die aussah wie ein schmaler Gitarrenkoffer. Darin transportierte sie ihre Wünschelrute aus Metall. Alois hatte die, von ihm sehnlichst erwartete, Frau gleich am Hinweisschild zum Huberhof abgefangen und war mit ihr in den Weinberg verschwunden. Er war Weingärtner mit Leib und Seele und sorgte sich um seine Rebstöcke. Seine Frau

Ludmilla war für die Pension zuständig, bekochte die Gäste mit deftiger Hausmannskost und bereitete gerade ihre erste eigene Weinprobe vor.

»Greift zu! Es ist genug von allem da!«, forderte sie jetzt zum wiederholten Mal ihre Gäste auf. Alois brauchte man so etwas nicht zwei Mal zu sagen.

»Das Bigos-Rezept ist von meiner Babca Mila. Den Krauteintopf hat es immer gegeben, wenn ich bei meiner Oma zu Besuch war«, erklärte sie.

»Hat wirklich hervorragend geschmeckt, Frau Huber!«, meinte Annabell Krötenheinrich und legte ihren Löffel demonstrativ in den leeren Teller.

Eva dagegen war nicht so glücklich mit der Mahlzeit. Von Kraut bekam sie Blähungen und die fetten Würste darin mochte sie überhaupt nicht. So schob sie das Essen mit dem Löffel hin und her und versuchte den Eindruck zu erwecken, dass es ihr köstlich mundete. Verstohlen und zugleich fasziniert betrachtete sie dabei die schmale Frau ihr gegenüber, der es anscheinend wirklich schmeckte. Unglaublich! Wo hatte dieses zierliche Persönchen die zweite Portion nur hingelöffelt?

Irgendwie wirkte sie wie ein Fremdkörper in der Bauernküche. Das weite Shirt mit Fledermausärmeln im Tigerprint-Look und der wadenlange schwarze Plisseerock waren eher für den Auftritt einer Künstlerin auf einer Bühne gemacht, auf jeden Fall aber eine Hingucker-Kombi. Eva fühlte sich in ihrem grauen Wollkleid mit dem weißen Stehkragen dagegen wie in einer Internatsuniform.

Außerdem hatte sie den Eindruck, dass Annabells katzengrüne Augen bis in die tiefsten Winkel ihrer Seele schauten. Das Silberührchen, das sie an einer feinen Kette um den Hals trug, schaukelte hin und her und schien Eva zu hypnotisieren. Jetzt lachte Annabell hell auf und legte dabei den Kopf mit der strubbeligen Kurzhaarfrisur in den Nacken, dass die übergroßen Silbercreolen nur so klirrten.

Nach dem Essen verabschiedete sich Alois schnell. Er murmelte irgendetwas von Traktoren und Ersatzteilen und verschwand. Walburga servierte mit einem strafenden Blick Evas halb vollen Teller ab. Sie hasste Lebensmittelverschwendung. Zumindest die Wurststücke würde sie ihrem Hund Wastl geben können. Annabell wollte gerade aufstehen und ihren Teller zur Spülmaschine bringen, als Ludmilla sagte: »Bleib nur sitzen, ich hol Nachtisch.«

Sie stellte schmunzelnd die Gläser aufs Tablett und trug sie zum Geschirrspüler. Ganz gegen ihre Gewohnheit begann Eva die Unterhaltung mit Annabell mit einem Standartsatz.

»Wie gefällt es Ihnen hier bei uns?«

Eigentlich lagen ihr viele andere Fragen auf der Zunge. Wie wird man Wünschelrutengängerin? Wann ist die beste Tageszeit dafür? Kann ich mal mitgehen und es selbst ausprobieren?

Annabell war aber anscheinend zum Reden aufgelegt.

»Echt schön hier, auch wenn es regnet. Alois und ich waren heute schon unterwegs, um Wasseradern in seinem Weinberg aufzuspüren. Aber in seiner Anwesenheit konnte ich mich nicht richtig konzentrieren. Ich geh' heute um Mitternacht noch mal los. Es ist Vollmond! Das ist die beste Zeit dafür«, verkündete sie mit glockenheller Stimme, »stellen Sie sich vor, er wollte sogar meine Wünschelrute halten und selber suchen! Wünschelrutengehen ist Konzentrationssache und Begabung, dazu braucht man Ruhe.«

»Typisch Alois! Wieso siezt ihr euch eigentlich? Hier auf dem Huber Hof ist Sie-freie-Zone!«, warf Ludmilla ein und stellte eine Glasplatte mit hausgemachten Kokosmakronen in die Tischmitte.

Eva Witten riss sich von dem Anblick der Süßigkeiten los, obwohl sie liebend gerne eine Makrone genommen hätte. Sie hielt den Atem an. Das war doch mal eine Story. Wasseradern suchen bei Vollmond. Da musste sie unbedingt mit. Jetzt sollte sie äußerst sensibel vorgehen. Sie brauchte wahrscheinlich all ihre Überzeugungskraft, um Annabell auf der nächtlichen Expedition begleiten zu dürfen.

»Ich bin die Eva.«

Die Reporterin konnte dann doch nicht widerstehen, nahm eine Makrone und biss hinein.

»Ich bin die Annabell«, kam es zurück, »aber du solltest weniger Süßkram essen, das schadet deiner Aura, Eva.«

Eva bekam einen kurzen Hustenanfall, schnäuzte sich in die Serviette und ging in die Offensive.

»Die Ludmilla hat mich ja vorhin schon als Reporterin vorgestellt. Also, wenn ich einen Artikel über dich schreiben würde, könnte dir das Berufliche sicher nutzen. Hier gibt es noch andere Winzer, die auch ein Wasserproblem haben. Stell dir nur die Schlagzeile vor ›Sensation! Wünschelrutengängerin Annabell Krötenheinrich entdeckt unterirdische Wasseradern an der Keltenschanze‹«, begann sie zögerlich.

Dass ihr auch »Unfassbar! Eva Witten entdeckt Keltengrab unter der Keltenschanze« vorschwebte, musste sie ja nicht zugeben.

»Ich weiß nicht so recht. Ich brauch eigentlich keine Reklame. Der Alois hat mich heute schon ziemlich gestört, es wäre wahrscheinlich besser, allein zu gehen.«

Annabell war skeptisch.

»Im Gegensatz zu Alois würde ich meinen Mund halten, ohne Blitz fotografieren, und lautlos wie ein Gespenst hinter dir herschweben. Ich schwör es! Nimm mich bitte mit!«, Eva sah Annabell flehend an.

Annabell spielte mit dem Ührchen an ihrer Kette und überlegte.

»Na gut! Wir treffen uns um 23.45 Uhr bei der Linde im Hof!«, sagte Annabell, »aber jetzt gehe ich auf mein Zimmer, um mich auf die Nacht mental vorzubereiten. Gute Nacht zusammen!« Sie erhob sich. So grazil, wie es nur eine Annabell Krötenheinrich schaffte, schlurfte sie in ihren großen Gästepantoffeln aus der Küche.

Ludmilla hatte unfreiwillig das Gespräch belauscht, als sie das Frühstücksgeschirr für den nächsten Morgen bereitstellte. Die beiden Frauen hatten sich erstaunlich schnell angefreundet.

Eva stand auf: »Ludmilla, hast ja gehört, heute Nacht gehe ich mit der Annabell los! Das wird phänomenal!«

»War doch ein gelungenes Date«, antwortete Ludmilla.

Eva stellte sich zwar unter einem Date etwas anderes vor, aber gelungen war das Zusammentreffen allemal. Dann verabschiedete sie sich auch und fischte im Flur ihren erdbeerfarbenen Trench unter Annabells grünem Regenmantel hervor. Sie war schon so aufgeregt, dass sie den Motor beim Anlassen abwürgte. Dann holperte sie mit dem Toyota vom Hof. Sie würde eine Taschenlampe und Proviant mitbringen. Außerdem musste sie sich für eine solche Expedition umziehen. Sie war sehr gespannt auf Annabells Outfit. Oder klappte das Wünschelrutengehen nur im Tigerprint-Look? Lautlos lachte sie in sich hinein und startete eine Klassik-CD. Erste Takte der »Kleinen Nachtmusik« erklangen. Dann aß sie ein »N« für Nachtausflug. Buchstabenkekse waren keine Süßigkeit, sondern Nervennahrung, legte sie für sich fest. Da konnte Annabell sagen, was sie wollte.

Irgendwie musste sie Hubertus erklären, dass sie schon wieder nachts weg war. Sie würde erzählen, dass sie bei

Berta Schwinghammer zum Hineinfeiern in deren Geburtstag eingeladen war und deshalb dort übernachten würde. Das musste er ihr nach dem traumatischen Erlebnis im Keller gönnen. Eigentlich hatte sie vorgehabt mit ihm über die Lage auf dem Bauernhof zu sprechen, aber das konnte noch bis morgen warten. Jetzt war die Recherche für die Vollmondknaller-Story wichtiger.

# 25

Einige Stunden vorher saßen Hauptkommissarin Luna Emmerdinger und Oberkommissarin Petra Würzburger im Stuttgarter Polizeipräsidium im Verhörraum 1. Beide blickten in das abweisende Gesicht von Trost.

»Dann sitzen wir also wieder hier mit dem altbekannten Thema Ferdinand Gruber. Allerdings jetzt unter anderen Voraussetzungen«, begann Luna.

Trost verzog sein Gesicht zu einer missmutigen Fratze. Er hatte jetzt keine Ähnlichkeit mehr mit dem smarten Immobilienmakler.

»Hauptkommissar Wilde hat mir einiges über Sie erzählt, was den Fall in einem anderem Licht erscheinen lässt«, philosophierte Luna weiter.

»Alles Lügen«, war der schmallippige Kommentar von Trost.

»Gut, dann mal zu den Fakten«, setzte Luna das Gespräch fort, »wir haben eine Zeugenaussage, die belegt, dass Ferdinand Gruber Sie in der Wohnung in der Mühlhaldenstraße treffen wollte. Was sagen Sie dazu, Herr Trost?«

Trost stutzte: »Wer sagt das?«

»Die Mutter des Opfers, Frau Gruber«, warf Petra ein.

Trost runzelte die Stirn. Offenbar suchte er nach einer Ausrede.

»Gut, ich habe ihn dort getroffen. Er war da, weil er Aufschub für die Rückzahlung seiner Schulden haben wollte. Aber er war wohlauf, als wir ihn verließen. Vielleicht hatte er danach noch ein zweites Treffen …«, sagte er dann.

»In derselben Wohnung? Mehr als unwahrscheinlich! Ihren Bodyguard können wir nicht mehr befragen. Das ist sowieso ein weiteres ungeklärtes Thema. Ihr Bodyguard wurde von einem Auto angefahren. Die schweren inneren Verletzungen hat er nicht überlebt. Sie sind da auch noch nicht raus! Aber das ist ein anderes Thema.«

Luna war die Ruhe selbst.

Trost zuckte nur mit den Schultern: »Damit habe ich nun wirklich nichts zu tun!«

»Egal! Wir haben die DNA von Holperdinger an Gruber gefunden. Und er hatte Hämatome in der Magengegend und im Gesicht. Die rühren von Schlägen her und die waren nicht älter als einen halben Tag«, meinte Luna.

Trost schluckte, er ahnte nichts Gutes.

»Kein Kommentar«, wiegelte Trost dann mit heiserer Stimme ab.

»Das kann nur Hollerer gewesen sein! Und der hat das sicher nicht selbstständig gemacht. Also haben Sie ihm das befohlen!«, provozierte Luna Trost.

»Das ist eine Lüge! Ich habe ihm gesagt, er soll Gruber mal einen kleinen Vorgeschmack darauf geben, was ihm droht, wenn er nicht zahlt. Ich habe ihm dabei freie Hand gelassen!«, versuchte jetzt Trost die Verantwortung auf den toten Bodyguard abzuschieben.

»Freie Hand? Also hätten Sie auch einen Mord gutgeheißen?«, nagelte ihn Luna fest.

»Aber er ist doch nur gegen das Fensterbrett gefallen, war kurz bewusstlos und ist dann sogar wieder aufgewacht. Niemand konnte ahnen, dass er später stirbt!«, versuchte jetzt Trost seinen Hals doch noch aus der Schlinge zu ziehen.

»Das ist zumindest unterlassene Hilfeleistung, wenn nicht Körperverletzung mit Todesfolge. Das protokollieren wir so und dann geht das an den Haftprüfungsrichter. Wir sehen uns in ein paar Jahren wieder oder lieber doch nicht.«

Luna nickte einem Polizisten zu und der Geständige wurde aus dem Raum gebracht.

»Na, das war doch schon mal nicht schlecht!«, bemerkte Petra anerkennend zu Luna.

»Aber wie wir das mit den Fakten von Wotan zusammenbringen wollen, ist mir noch nicht klar. Gibt das zwei getrennte Verfahren? Oder wird alles zusammengeworfen? Aber das ist die Sache der Staatsanwaltschaft. Sollen die das auseinander fieseln. Ich gebe auf jeden Fall in der Kantine zur Feier des Tages einen Kaffee und Kuchen aus. Vielleicht gibt es heute sogar Bienenstich.«

Luna wirkte plötzlich sehr entspannt. Der Fall Theophil Trost war für sie abgeschlossen. Petra nickte. Sie bevorzugte zwar eher ein Salamibrötchen, aber eine kleine Stärkung konnte sie jetzt auch gut brauchen.

# 26

Als Annabell um 23.30 Uhr ihre Meditation beendete, schliefen alle Hausbewohner auf dem Huber Hof längst den Schlaf der Gerechten. Es lag ein tiefer Frieden über dem Anwesen.

Plötzlich kamen der Wünschelrutengängerin Zweifel. Sollte sie die hibbelige Reporterin Eva Witten wirklich auf ihren Gang mitnehmen? Es erschien ihr plötzlich unerträglich jemanden im Schlepptau zu haben. Für ihre Tätigkeit waren Ruhe und Konzentration die Grundvoraussetzungen. Diese Reporterin konnte ihr viel versprechen. An ihre guten Vorsätze würde sie sich kaum halten.

Zum Absagen war es schon zu spät. Sie sollte sich sputen, um nicht doch noch der Reporterin in die Arme zu laufen. Morgen würde sie Eva anrufen, sich entschuldigen und ihr von ihrer nächtlichen Arbeit berichten. Daraus würde die versierte Reporterin sicher einen spannenden Artikel machen können, ohne dabei gewesen zu sein. Eilig nahm sie die Wünschelrute und ihren Rucksack vom Sessel. So leise wie möglich schlich sie aus ihrem Zimmer im ersten Stock. Wastl durfte nicht geweckt werden. Der schlief bestimmt in der Küche, wo es schön warm war.

Im Gang war es stockdunkel. Annabell nahm die Stirnlampe aus ihrem Rucksack und zog sie über. Im hellen Lichtkegel schlich die Wünschelrutengängerin auf Socken Stufe für Stufe in den Flur hinunter. Die Garderobenhaken neben der Küchentür waren mit einem Wust an Kleidungsstücken behängt. Ungeduldig suchte sie nach ihrem grünen

Regenmantel. Als sie in den linken Ärmel schlüpfte, schien ihr das Lackleder doch zu dünn für eine herbstliche Nachtwanderung. Deshalb hängte sie den Mantel zurück und wählte stattdessen eine grobe, dunkelgraue Jacke mit ausgebeulten Taschen. Das Ding schlotterte um ihren Körper, war aber innen warm wattiert und gehörte bestimmt Alois.

Sie zog ihren Hut von der Ablage, stülpte ihn über und schlüpfte in ihre schwarzen Gummistiefel. Die dunkelblaue Stoffhose steckte sie in den Schaft. Nach einem kurzen Blick in den raumhohen Garderobenspiegel klappte sie die Krempe des Hutes in Piratenmanier vorne hoch. Über der Schulter trug sie ihre Wünschelrute in der rot karierten Hülle. Auf dem Rücken hatte sie den Rucksack mit einer Wasserflasche und einigen Müsliriegeln, ihrer Standardausrüstung. In der Küche hörte sie Wastl im Traum blaffen.

Annabell drückte auf die Türklinke. Abgesperrt! Gott sei Dank steckte der Schlüssel. Sie drehte ihn um und schon konnte sie vorsichtig die Haustür öffnen. Die Wünschelrutengängerin spähte in den dunklen, leeren Hof. Weit und breit war keine Eva in Sicht. Erleichtert atmete sie die klare Nachtluft ein und schlüpfte entschlossen hinaus. Der Vollmond leuchtete wie ein riesiger, gelber Lampion. Annabell machte die Stirnlampe aus und steckte sie in die Jackentasche. Den Weg zur Keltenschanze kannte sie und der Mond war hell genug.

Es war die richtige Entscheidung gewesen, nicht auf Eva zu warten. Bei ihrer Expedition konnte sie niemanden um sich haben. So genoss sie die nächtliche Ruhe und verfiel in tiefe Konzentration.

Eva verpasste ihre Verabredung um zehn Minuten, als sie um 23.40 Uhr mit dem Fiat der Redaktion auf den Hof rollte und direkt vor der Scheune parkte. Der Bewegungsmelder einer Lampe an deren Eingangstür sprang an und tauchte den Hof für einige Minuten in milchiges Licht. Ansonsten waren alle Fenster im Haus dunkel.

Am Nachthimmel hing ein praller Vollmond. Der Reporterin war aber nicht nach Romantik zumute. Die Abenteuerlust hatte sie gepackt und ließ sie vor Aufregung innerlich zittern. Vielleicht war es aber auch die herbstliche Kälte, obwohl sie ihren Hundeausführ-Parka, die angeraute Langlaufhose, Wanderstiefel und ein rotes Stirnband trug. Aber es gab noch keine Spur von Annabell.

Gegen ihr Auto gelehnt wartete sie. Es wurde 23.50 Uhr und Eva wurde langsam unruhig. Meditierte Annabell noch? War sie eingeschlafen? Kurz spielte sie mit dem Gedanken, sie im Haus zu suchen, aber sie wusste nicht wo ihr Zimmer lag, und wollte keinen Aufstand machen. Eine Handynummer hatte sie auch nicht.

Sie setzte sich als Deadline Mitternacht. Um 0.05 Uhr warf sie einen letzten Blick auf den Leuchtmond. Da hatte sie sich offenbar völlig unnötig in den gefütterten Parka und die Skihose für die Nachtwanderung geworfen. In ihr keimte der Verdacht, dass sie versetzt worden war. Morgen würde sie bei Ludmilla anrufen und ihrem Gast gehörig die Leviten lesen. Annabell schuldete ihr zumindest einen ausführlichen Bericht.

»Guter Mond, du gehst so stille in den Abendwolken hin«, schoss ihr der Text des Schlafliedes durch den Kopf. Nun ja, so würde sie auch wieder stille gehen, beziehungsweise heimfahren. Außer Spesen nichts gewesen, nur die halbe Nacht um die Ohren geschlagen. Wie sollte sie Hubertus erklären, dass die Geburtstagsparty bei Berta schon aus war? Der sollte einfach nur froh sein, dass sein Bettwärmer wieder da war.

Leicht angesäuert stieg sie ins Auto und düste unter den

Klängen der »Kleinen Nachtmusik« in Richtung Schlafzimmer.

Inzwischen schritt Annabell weit aus und näherte sich der Keltenschanze. In der Ferne rief ein Käuzchen. Ein sanfter Nachtwind rauschte im Laub der Büsche und wirbelte trockene Weinblätter über den Weg. Das weiche Gras dämpfte ihre Schritte und Annabell kam sich vor wie eine Jägerin auf der Pirsch. Sie fühlte sich gut aufgehoben in der einsamen Dunkelheit.

Schnell hatte sie die Wiese an der Kuppe der Keltenschanze erreicht und folgte einem schmalen Pfad, der versteckt durch mannshohes Gebüsch zu einem Wäldchen führte. Es raschelte, flüsterte und knackte um sie herum. Waren das Mäuse, Schlangen, Rehe, ein Fuchs? Sie fühlte sich den nachtaktiven Geschöpfen verbunden. Jetzt bewegte sie sich weiter in Richtung Wäldchen. Dann stoppte sie abrupt. Ihr Herz begann schneller zu schlagen. Sie setzte die Umhängetasche ab und holte die y-förmige Metallrute aus der Hülle. Die hielt sie mit beiden Händen in Nabelhöhe vor sich über den Boden. Hoch konzentriert und mit vorsichtigen Schritten steuerte sie auf ein Brombeergestrüpp zu, das ihr erst unüberwindlich erschien. Vorsichtshalber blieb sie stehen und blickte skeptisch in das Rankengewirr. Dann stakste sie wie ein Storch unbeirrt durch die dornige Wildnis. In ihren Händen fühlte sie eine schwache Vibration. Ihr Jagdfieber war geweckt. Hier musste irgendwo eine Wasserader sei.

Der Dornenverhau begann sich zu öffnen und sie sah eine kleine Lichtung. Zögerlich machte sie einen Schritt aus dem Unterholz auf die freie Fläche, die im Dunklen lag, da der Mond von den Bäumen verdeckt war. Schritt für Schritt tastete sie sich weiter. Ihren Blick hatte sie starr auf ihre Wünschelrute gerichtet. Plötzlich trat sie mit dem linken

Fuß ins Leere und kippte nach vorne. Sie strauchelte, versuchte irgendwo Halt zu finden und riss dabei Grasbüschel aus, die das Loch unter ihr umgaben. Die Wünschelrute entglitt ihren Händen und segelte in hohem Bogen durch die Luft. Annabell öffnete den Mund um zu schreien, aber kein Laut kam aus ihrer Kehle. Ein Hohlraum hatte sich unter ihr aufgetan und sie sackte ins Leere. Ihr Körper schlug gegen eine weiche Graskante. Dann fühlte sie an ihrem Rücken eine harte Wand und rutschte daran in die Tiefe. Verzweifelt versuchte sie sich an dem rauen Fels festzuhalten, schürfte sich aber nur die Handflächen auf. Schließlich landete sie mit dem Po auf einem Erdhaufen. Im Fallen kippte sie nach hinten und knallte mit dem Hinterkopf gegen harten Stein. Ihr wurde schwindelig, sie war einer Ohnmacht nahe. Keuchend und benommen rappelte sie sich nach einer kurzen Schrecksekunde auf. Ihre Hände pochten schmerzhaft und ihr Herz raste. Die blutenden Hände wischte sie sich an der Hose ab. Der Hut war über ihre Stirn gerutscht. Irgendwie rückte sie ihn zurecht und zog ihn über die kalten Ohren.

»So ein Scheiß«, stammelte sie mit trockener Kehle, »was war denn das und wo bin ich?«

Es war stockdunkel. Sie holte die Stirnlampe aus der Jackentasche, setzte sie auf und schaltete sie ein. Das Licht versickerte in der Dunkelheit. Wie groß ihr Gefängnis war, konnten sie nicht abschätzen.

»Hilfe! Hilfe!«, begann Annabell zu brüllen. Hier hört dich niemand, dachte sie dann sofort und verstummte. Wichtig war jetzt ihre Kräfte zu sparen und erst mal zu überprüfen, ob sie verletzt war. Immer noch zitternd vor Schreck tastete sie ihre Gliedmaßen ab. Außer Abschürfungen an den Händen und einem lädierten Po konnte sie nichts entdecken. Allerdings schmerzte ihr linker Knöchel etwas. Aber er schien nicht gebrochen zu sein.

Hilflos sah sie nach oben. Die Sterne leuchteten unerreichbar über ihr und schienen sie zu verspotten. »Weißt du, wie viel Sternlein stehen, an dem großen Himmelszelt…«, fiel ihr plötzlich das alte Kinderlied ein. Nein, das wusste sie nicht. Ärgerlich über sich selbst, stampfte sie mit dem gesunden Fuß auf. Hätte sie doch diese Eva mitgenommen! Zu zweit wären sie vielleicht hier rausgekommen. Handy, sie hatte doch ein Handy dabei. Erleichtert zog sie es aus der Vortasche ihres Rucksacks, um schnell festzustellen, dass sie hier unten absolut kein Netz hatte.

»Was mache ich jetzt?«, murmelte Annabell verzweifelt und setzte sich auf den steinigen Boden.

Irgendwo musste es hier doch einen Ausgang geben! Hier war nicht Mexiko, wo sich das größte Höhlengebiet über 300 Kilometer erstreckte, sondern nur die Schwäbische Alb. Wie würde Wotan, ihr Schatz, jetzt sagen? Merde! Annabell lächelte trotz ihrer verzweifelten Lage. Immer noch leicht benommen rappelte sie sich wieder auf und tappte einige Schritte in die undurchdringliche Finsternis. Der Lichtkegel ihrer Lampe warf eine schmale Lichtschneise in das Dunkel. Mit dem linken Fuß stieß sie gegen einen Felsbrocken der aus dem Boden ragte, und wäre beinahe der Länge nach hingeschlagen. Keuchend konnte sie sich noch an der Höhlenwand abstützen. So hatte das keinen Sinn. Sie musste warten, bis es hell wurde. Dann fiel hoffentlich genügend Licht von oben herein, damit sie sich orientieren konnte. Eine verzweifelte Wut überkam sie. Sie brüllte ein »Scheiße!« in die Dunkelheit, gefolgt von einem »Merde!«. Danach fühlte sie sich befreiter und lehnte sich gegen die Höhlenwand. Tränen der Hilflosigkeit rannen über ihr Gesicht. Ihre einzige Hoffnung war, dass man sie heute im Laufe des Tages vermissen und irgendwer nach ihr suchen würde.

Ludmilla und Eva waren ihr einziger Lichtblick. Die beiden wussten, dass sie an der Keltenschanze unterwegs war. Ja, das war ihre Chance auf Rettung. Positiv denken war jetzt angesagt und sie musste versuchen, etwas zu schlafen. Bei Tageslicht würde sich alles sicher ganz anders darstellen. Aber leider würde man die Nadel im Heuhaufen suchen, das musste sie sich auch eingestehen.

Um Batterie zu sparen, schaltete sie die Stirnlampe aus und versuchte ein einigermaßen bequemes Plätzchen an der Wand zu finden. Ihre Kleidung fühlte sich jetzt schon klamm an und sie zog sich die Jackenärmel über die Hände. In einer klaren Vollmondnacht im Herbst würden die Temperaturen noch weiter sinken. Hatte sie heute nicht etwas von Nachtfrost in der Zeitung gelesen?

Irgendwo tropfte Wasser auf einen Stein. Ein Knurren ertönte. Annabell schreckte auf. Aber es war nur ihr Magen. Seit dem frühen Abend hatte sie nichts mehr gegessen.

Sie holte einen Haferkokosriegel aus ihrem Rucksack und verspeiste ihn achtsam und genüsslich.

So oft konnte sie gar nicht Merde sagen, wie es ihr danach zumute war. Während sie die Augen schloss, versuchte sie eine mentale Verbindung zu ihrem geliebten Wotan aufzubauen. Erschöpft nickte sie dabei ein.

Als sie das nächste Mal die Augen öffnete, war es hell in der Höhle. Der Sternenhimmel war durch einen blauen Himmel mit weißen Wölkchen ersetzt worden. Gleich ging es ihr besser. Jetzt sah sie auch das ganze Ausmaß ihres Unglücks. Die Decke einer von ihr vorhergesagten Höhle auf der Keltenschanze war eingebrochen und sie war in das Loch gestürzt. Aber sie hatte Glück im Unglück gehabt. Annabell schätzte, dass sie vier Meter tief gefallen war. Dass sie nur Schürfwunden hatte, war fast ein Wunder. Der linke Knöchel und ihr Po taten weh. Das war zu ertragen.

Die Mineralwasserflasche war schon halb leer und sie trank nur ein paar winzige Schlückchen. Sparsamkeit war angesagt. Wer wusste, wie lange sie hier unten festsitzen würde. Mehrmals rief sie um Hilfe. Als Antwort kam nur Vogelgezwitscher. Hoffnungslosigkeit überkam sie. Der Ausstieg war ohne Hilfsmittel so unerreichbar wie der blaue Himmel über ihr. Was war also zu tun? Sie beschloss sich weiter in die Höhle zu wagen und einen Ausgang zu suchen. Vielleicht war ihr das Glück hold. Jetzt hätte sie ihre Wünschelrute gebraucht, die hätte sie sicher in die richtige Richtung geleitet. Aber die lag unerreichbar oben am Loch.

Sie schaltete die niedrigste Beleuchtungsstufe der Stirnlampe ein und betrat den Gang, der sich wie der Eingang zum Hades, der griechischen Unterwelt, vor ihr auftat.

# 27

Während Annabell an diesem Donnerstag durch die Höhle irrte, hatte Carlos ganz andere Probleme. Er brauchte wieder Preziosen aus dem Keltengrab. Das Geld seiner letzten Lieferung an Herrn Müller war für ein iPhone und die neue Playstation 5 draufgegangen. So würde das nie etwas werden mit seinen Plänen nach Portugal zurückzukehren und sich dort eine neue Existenz aufzubauen. Eigentlich war es ganz einfach, Nachschub zu holen. Er musste nur in die Höhle zu seinem Lager für die Schätze, einer Holzkiste gleich am Höhleneingang. Diesmal würde er einige Münzen, die sogenannten Schüsselchen, und das bestimmt wertvollste Stück seiner Grabungen, den goldenen Dolch, mitnehmen.

Vorher holte er sich drei von den Pasteis de Nata, den leckeren portugiesischen Puddingtörtchen, aus der Tiefkühltruhe, taute sie in der Mikrowelle auf und braute sich einen starken Kaffee dazu. Allerdings, da seine Maschine kaputt war, konnte er nur Pulver einsetzen. Dann zog er seine Höhlenkleidung an, die aus einer fleckigen grauen Arbeitshose, einem ausgewaschenen blauen Blouson und vom Kalk fast weiß gewordenen ehemals schwarzen Handwerker-Stiefeln bestand.

Das Unheil rollte auf ihn aus völlig unerwarteter Richtung zu. Eva und Magnus hatten telefonisch verabredet, dass sie gemeinsam von Tübingen nach Stuttgart fahren würden, um Carlos einen Besuch abzustatten und ihn nach der Schatzkarte zu befragen. Berta wollte beim portugiesischen Laden dazustoßen. Der Professor war um 12.30 Uhr auf eine äußerst schlecht gelaunte Eva getroffen, die atemlos aus ihrem Redaktionsgebäude in Tübingen eilte.

Sie trug einen schreiend lila Anorak zu einer schwarzen, gefütterten Radfahrerhose.

»Kakaounfall! Die schusselige Luise hat mich mit einer Tasse des Schokogetränks übergossen und musste mir ihre Radklamotten leihen, damit ich unseren Termin einhalten kann«, erklärte sie Feinäugle verärgert.

»Aber Sie sehen sehr sportlich aus!«, sagte Feinäugle und ließ offen, ob er das ernst meinte. Dann startete er sein Auto und fuhr los.

Ob die cremefarbene Hose und die hellblaue Steppjacke, die sie vorher getragen hatte, je wieder einsatzfähig sein würden, bezweifelte Eva. Luise Rupp, die für das Kakaodesaster verantwortlich war, wollte sich um die Reinigung kümmern.

Eine drei viertel Stunde später saßen sie vor dem portugiesischen Laden im Auto und warteten auf Berta. In den schlechtsitzenden Kleidern ihrer Kollegin fühlte sich Eva unwohl, obwohl sie warm und kuschelig waren.

Dann sahen sie Carlos aus dem Laden kommen und die Fahrertür des Kastenwagens öffnen.

Eva hatte ihn gesehen, war mit Feinäugle ausgestiegen und eilig zu ihm hinübergelaufen. Sie sprach ihn von hinten an: »Hallo Carlos, wohin des Weges? Planst du einen kleinen Höhlenausflug?«

Carlos zuckte zusammen. Diese Stimme kannte er doch. Sie gehörte dieser schicken Zeitungsreporterin, die ihre spitze Nase bevorzugt in Dinge steckte, die sie nichts angingen. Er drehte sich um und wollte schon zu einer saftigen Erwiderung ansetzen, als er mit Erstaunen feststellte, dass neben Eva Witten ein hagerer Mann im hellen Trenchcoat stand. Carlos starrte wie hypnotisiert auf die schwarze Fliege, die er um seinen dürren Hals gebunden hatte. Der Typ verzog seinen Mund zu so was wie einem Lächeln. Er streckte ihm die Hand entgegen: »Gestatten, Professor Dr. Magnus Maria Feinäugle.«

»Und wir kennen uns ja schon, Eva Witten!«, ergänzte Eva.

Carlos ignorierte die ihm gereichte Hand von Feinäugle. Was wollten diese Typen von ihm? Er würde sich erst mal dumm stellen und sie wie Kunden behandeln: »Der Laden ist schon geschlossen, kommen Sie morgen um 8 Uhr wieder. Da gibt es frischen Bacalao.«

»Wir wollen keinen Barracuda kaufen, sondern ich will meine Schatzkarte von Ihnen zurück«, entgegnete der Professor, nicht mehr so freundlich, und ließ seine Hand sinken. Er hatte seit seinem Urlaub auf den Azoren eine sehr hohe Meinung von den freundlichen Portugiesen. Aber dieser unfreundliche Zeitgenosse in seiner verdreckten Kleidung passte nicht in das Schema. Er musste seine Meinung eindeutig revidieren.

»Ich verkaufe portugiesische Lebensmittel, keine Schatzkarten«, entgegnete Carlos, öffnete die Fahrertür und machte Anstalten in den Transporter einzusteigen.

»Und was sind das für Geschäfte, die Sie im ›Fisherman's Pub‹ mit Trost machen?«, meinte Eva. Sie trat einen Schritt auf Carlos zu und drückte die Fahrertür mit einem Ruck zu.

»Trost, kenn' ich nicht!«, sagte Carlos wahrheitsgemäß.

»Das war dieser geschniegelte Typ am Tresen, mit dem Sie sich unterhalten haben«, versuchte Eva ihm auf die Sprünge zu helfen.

»Das war Herr Müller«, antwortete Carlos.

»Müller hin, Trost her! Auf jeden Fall irgendwelche Geschäfte mit Goldschätzen haben Sie mit ihm gemacht!«, bestand Eva weiter auf ihre Verdächtigungen.

Carlos starrte sie feindselig an. Verdammt, diese Zeitungstussi wusste anscheinend von seinen krummen Geschäften. Sie sah heute sehr sportlich aus, gar nicht hochgestylt, wie er sie in Erinnerung hatte. Was allerdings der Fliegenträger von ihm wollte, war ihm schleierhaft. Carlos überlegte fieberhaft. Er musste die beiden möglichst schnell loswerden.

»Ich weiß schon, was Sie meinen«, Carlos fuhr sich mit der Hand übers Haar, »aber das sind ganz normale Geschäfte. Ich beschaffe Dinge und Herr Müller kauft sie mir ab.«

»Aha, Dinge«, echote Eva. Der Lange zog an seiner Fliege herum und schob sie zurecht. Dann strich er sich über seine ohnehin schon akkurat nach hinten gekämmten schwarzen Haare, und sagte abschätzig: »Ihre Dinge interessieren mich momentan nur sekundär. Ich will nur meine Karte zurück.«

Carlos kratzte sich hinter dem rechten Ohr. Das tat er immer, wenn er überlegte. Er brauchte einen Plan und musste die beiden so schnell als möglich loswerden. Eine Störung konnte er nicht gebrauchen. Vordringlich war in die Höhle zu kommen und die Wertstücke zu holen. In seinem Kopf rotierten die Gedanken. Dann kam ihm die zündende Idee. Warum nicht zwei Sachen miteinander verbinden?

»Ach so, die Karte meinen Sie! Die hab' ich nicht mehr. Aber ich kann Ihnen die Höhle zeigen, die darauf skizziert ist!«

Dass die Karte in seinem Geschäftssafe lag, musste er den beiden ja nicht auf die Nase binden.

»Was haben Sie mit der Karte gemacht?«, fragte der Professor entsetzt. Er war so nah dran gewesen.

»Also, was ist? Fahrt ihr mit raus zur Höhle, oder was?«, Carlos ging nicht auf die Frage ein.

Vorerst würde das auch mal genügen, dachte der Professor. Er warf Eva einen unschlüssigen Blick zu. Die nickte. Offenbar hatte sie aus ihrem Kellerabenteuer nichts gelernt.

Eva war voll in ihrem Element. Der Besuch einer Schatzhöhle würde eine Klasse-Story geben. »Reporterin entdeckt Keltenhöhle!«, sie sah schon die Schlagzeile.

»Aber ich bin nicht für eine Höhlenexpedition angezogen«, warf der Professor ein und blickte auf seine glänzenden schwarzen Lederschuhe.

Ich schon dachte Eva. Da hatte dieser Zusammenstoß mit einer vollen Kakaotasse doch etwas Gutes gehabt.

»Wenn ihr mitwollt, ich fahre jetzt!«, drängte Carlos. Eva stieg ein und rutschte auf den mittleren Sitz der Dreiersitzbank. Feinäugle nahm neben ihr Platz und schloss die Tür.

»Moment noch, ich habe noch was vergessen!«

Carlos hatte eine Eingebung. Er stieg noch mal aus, eilte in sein Büro zurück, holte aus seinem Safe seine Glock und steckte sie hinten in seinen Gürtel. Die Waffe gab ihm mehr Sicherheit. Außerdem steckte er noch ein paar Kabelbinder ein. Mit Unschuldsmiene kam er zurück und ließ das Auto an.

»So, jetzt kann's losgehen!«, rief er.

Schweigen antwortete ihm. Eine halbe Stunde später rumpelte der Lieferwagen einen Waldweg an der Keltenschanze entlang. Ein Gespräch war nicht zustande gekommen. Jeder hing seinen Gedanken nach. Eva formulierte schon die ersten Sätze ihrer Knaller-Reportage, Magnus überlegte, wie er diesem, seiner Meinung nach, halb debilen Carlos seine bisherigen Fundstücke abschwatzen könnte und Carlos feilte an seinem Plan, wie er die beiden Schnüffler erst mal kaltstellen würde.

»So, die Herrschaften, alle aussteigen!«, verkündete Carlos und bremste mitten im Wald. Die beiden Passagiere kletterten heraus und standen zunächst ratlos neben dem Transporter.

»Haben Sie was, das ich gegen meinen Trenchcoat tauschen kann, der ist so empfindlich?«, fragte Feinäugle in das Vogelgezwitscher, das sofort erstarb.

Carlos warf dem Professor wortlos seinen alten Parka zu, der immer über der Lehne des Fahrersitzes hing. Feinäugle legte seinen hellen Mantel sorgfältig auf den Beifahrersitz und schlüpfte in das Kleidungsstück. Der olivgrüne Anorak schlotterte um den mageren Körper und war an den Ärmeln viel zu kurz.

»Neuester Modetrend«, bemerkte Eva schmunzelnd, »nicht oversized, sondern undersized.«

Der Professor verstand den Witz nicht. Er fühlte sich äußerst unwohl in der geliehenen Kleidung. Aber sie würde ihm mehr Bewegungsfreiheit bei der Höhlenbegehung geben.

»Und jetzt! Wo geht's hin?«, bellte er missmutig.

»Mir nach!«, kommandierte Carlos und stiefelte durchs Unterholz voraus.

Eva warf einen kummervollen Blick auf ihre nagelneuen hellbraunen Boots. Dann trottete sie Carlos hinterher. Der hielt vor einer Kalksteinwand mit Haselbüschen davor.

»Und da sollen wir durch?«, meinte sie dann, als Carlos die Büsche beiseite bog und als Erster durch den engen Einstieg in die Höhle kroch.

Schweigend kroch sie durch den Steingang, während man vom Professor heftiges Schnaufen hörte. Dann standen sie in der Dunkelheit.

»Ganz schön dunkel! Wir sollten …«, stellte der Professor sinnigerweise fest.

»Bleibt ganz dicht hinter mir!«, schnitt ihm Carlos das Wort ab. Er zog eine Stirnlampe aus seiner Jackentasche, knipste sie an und setzte sie sich auf. Ihm Lichtschein sah man eine verschlossene Holzkiste vor der Höhlenwand stehen. Carlos öffnete den Deckel und holte eine Taschenlampe hervor. Was noch darin lag, konnte Eva nicht sehen, obwohl sie sich den Hals danach verrenkte. Mit den zwei Lichtquellen ausgerüstet ging Carlos voran.

»Wie weit ist es noch?«, fragte der Professor, wie ein kleines Kind, schon nach den ersten Schritten, als die Höhle so niedrig wurde, dass er sich den Kopf, leise fluchend, stieß.

»Achtung, Kopf einziehen!«, war die Antwort.

Eva tappte stoisch hinterher und dankte insgeheim der schusseligen Luise. Das geliehene Rad-Outfit war für einen Höhlenausflug wie geschaffen. Nur über ihre hellen Schuhe machte sie sich Sorgen. Aber, was eine Reporterin nicht umbrachte, machte sie nur stärker und die Story besser.

Nicht weit von den Höhlenbesuchern entfernt, in dem unterirdischen Labyrinth, saß inzwischen die erschöpfte Annabell. Ewig war sie schon durch die endlosen Gänge geirrt und dann in einer Sackgasse gelandet. Da gab es kein Weiterkommen. Sie musste wieder zurück. Aber nicht gleich, beschloss sie. Erschöpft war sie auf ihren Rucksack gesunken, hatte die Kopfhörer in ihr Smartphone gesteckt und dann in die Ohren gestöpselt. Gott sei Dank, steckten die immer im Handy-Etui. Sie rief die Beatles in ihrer Playlist auf. Auch wenn das Batterie kostete, sie brauchte jetzt eine Aufmunterung, um nicht aufzugeben. So hörte sie die Schritte der kleinen Gruppe nicht, die schweigend im Gänsemarsch durch die Unterwelt ging.

»Wo ist denn jetzt diese Grabungsstätte?«, grummelte der Professor.

»Wir sind gleich da«, antwortete Carlos und legte an Tempo zu.

»Das ist es! Sieht unspektakulär aus, oder?«, sagte Carlos wenig später und blieb stehen.

»Aha!«, rief Eva, die Carlos fast auf die Haken trat.

Vor ihnen tat sich die Grabhöhle auf. In der Mitte konnte man einen kleinen Geröllhügel erkennen, der Spuren von Grabungen aufwies. Eine Schaufel und eine Hacke lehnten an der Wand, daneben eine graue Blechkiste. Ein Industriestrahler mit einem kleinen Generator rundeten das Grabungsequipment ab. Durch einen schmalen Spalt in der Decke drang Licht und Vogelgezwitscher.

»So, Endstation!«, rief Carlos auf einmal mit schneidender Stimme, drehte sich um, hielt plötzlich eine Waffe in der Hand und zielte auf Eva und Magnus.

»Machen Sie sich nicht unglücklich! Ich erzähle niemanden von der Höhle!«, Magnus setzte auf Verhandlungstaktik. »Bitte schießen Sie nicht! Ich habe Frau und Kind!«

Dass er seit zehn Jahren geschieden und seine Tochter längst selbstständig war, musste Carlos ja nicht wissen.

»Tun Sie das nicht. Gewalt ist keine Lösung!«, Eva blieb erstaunlich ruhig.

»Schnauze! Fliegenträger, Sie fesseln jetzt erst mal die Frau!«

Carlos warf die Kabelbinder auf den Boden. Als Feinäugle zögerte, machte Carlos zwei Schritte auf ihn zu und wedelte gleichzeitig mit der Waffe: »Zwingen Sie mich nicht…«

Magnus hob die Kabelbinder auf und band einen um die Handgelenke von Eva.

»Bitte!«, sagte er sarkastisch.

»Und jetzt Sie! Strecken Sie die Arme aus!«, befahl Carlos.

Er nahm die Glock in die linke Hand und schlang umständlich den Kabelbinder um die Handgelenke von Magnus.

»So und jetzt setzen Sie sich beide!«, befahl Carlos, »an die Wand!«

Eva und Magnus torkelten rückwärts, bis sie an die Wand stießen. Dann rutschten sie daran herunter. Carlos ging zu ihnen hinüber und fesselte ihre Knöchel ebenfalls mit Kabelbindern.

»Schönen Tag noch!«, sagte er dann und verschwand in dem Gang, der zum Ausgang führte.

»Carlos, lassen Sie uns nicht einfach zurück!«, brüllte der Professor mit hochrotem Kopf. »Carlos! Bitte! Meine Frau, mein Kind …«

»Tja, der hat uns ganz schön verarscht! Das zweite Mal in einer Woche! Ich werde es wohl nie lernen«, stellte Eva selbstkritisch fest und zerrte an ihren Fesseln.

»Ja, verarscht! Und jetzt?«, wollte Magnus wissen, aber auf diese Frage hatte Eva im Moment auch keine Antwort.

»Was hat er vor?«, fragte Eva.

»Das ist mir auch nicht klar. Gut, er kann uns hier sitzen lassen, bis wir verhungert und verdurstet sind. Man wird uns in Jahren als Skelette finden und für die Grabräuber halten, denen irgendwas zugestoßen ist«, fantasierte Magnus.

»Oder wir befreien uns und hauen ab!«, Eva begann bereits wieder Pläne zu schmieden.

# 28

Katja Rettich und Sebastian Rufer saßen zur gleichen Zeit an der Keltenschanze hinter einem Holzstoß und beobachteten den schwarzen Lieferwagen mit der Aufschrift »Mercado de Saudade«. Eigentlich wollte das Pärchen von der Weihermühle aus an der Kleinen Oster bis zum Wasserfall wandern, aber Katja hatte darauf bestanden im Hofcafé noch einen Kaffee zu trinken und ein Stück von Hortensias berühmtem Schokoladenkuchen zu essen. Damit begann das ganze Malheur.

Die Wirtin Hortensia kannte die beiden gut vom Traktoren-Treffen vor zwei Jahren. Sebastian war der Sicherheitschef gewesen und hatte dort Katja kennengelernt. Das Hauptgesprächsthema war die Wünschelrutengängerin Annabell Krötenheinrich, die auf dem Hof des Weingärtners Huber eingetroffen war.

»Die hat angeblich schon Wasseradern und eine Höhle an der Keltenschanze entdeckt«, erzählte Hortensia dem Paar und stellte Sebastian noch eine Tasse Cappuccino neben den leeren Teller.

Der stutzte.

»Es gibt eine Höhle unter der Keltenschanze?«, fragte er interessiert.

Er warf sich zwei Stück Würfelzucker in den Kaffee, was Katja mit einem strafenden Blick quittierte. Der nahm das gar nicht war. Seit dem Betriebsausflug zum Keltenmuseum auf der Heuneburg hatten es ihm die Kelten angetan und er hatte alles über sie gelesen. Den feuchtfröhlichen

Ausklang des Ausflugs hatte er zudem in bester Erinnerung oder genauer in schmerzlicher Erinnerung.

»Mensch, ist dir klar, was das heißt?«, fragte er Katja und stieß sie in die Rippen.

»Keine Ahnung!«, sagte die stoisch, während sie in einem Frauenmagazin blätterte.

»Höhle plus Keltenschanze ist gleich mögliches Keltengrab! Und das heißt, auch ein Schatz! Wir müssen da hin und den Eingang zu der Höhle suchen«, fantasierte er.

Katja war seine rasch aufflammende Begeisterung gewohnt. Sie willigte schließlich in die Aktion ein. Sebastian musste ihr hoch und heilig versprechen, dass anschließend ein Kinoabend im »Museum« in Tübingen angesagt war. So waren sie hinter dem Holzstoß gelandet.

Sebastian vermutete, dass der Fahrer des Kastenwagens in der Höhle war und das Grab ausplünderte. Katja war zwar nicht der Meinung, aber die Herbstsonne schien so schön, dass man es gut im Wald aushalten konnte. Sollte Sebastian doch Schätze suchen.

Unterdessen stolperte Carlos in höchster Eile durch die Gänge der Höhle. Er hatte noch die Rufe des eingebildeten Professors im Ohr, als er ihn gefesselt in der Grabungshöhle zurückließ. Zumindest saßen sie nicht im Dunklen, ein wenig Licht kam ja durch den Felsspalt in der Decke in ihr Verlies.

Die beiden sollten ruhig in der Höhle schmoren und dort mumifizieren. Was hatten sie sich eingemischt. Selber schuld, rechtfertigte er sein Tun vor sich selbst. Er würde sich in aller Ruhe absetzen und in Portugal ganz neu beginnen.

Und dazu würde ihm sein Lager von Keltenpreziosen verhelfen, das sich direkt am Eingang der Höhle in einer Holzkiste befand. Keuchend fiel er vor einem Felsvorsprung am Ausgang der Höhle auf die Knie. Er zog die Kiste hervor und wählte den Jutebeutel, in dem der Dolch mit Goldgriff steckte. Carlos konnte nicht widerstehen. Kurz nahm er das Wertstück heraus und bewunderte es im Schein seiner Taschenlampe. Den Griff zierte eine kunstvolle keltische Einlegearbeit aus Glas und Horn. Am liebsten hätte er das gute Stück selbst behalten. Er strich vorsichtig mit dem Daumen über die Klinge, die er sogar poliert hatte. Die war nach all den Jahren noch mörderscharf. Das Ding sah extrem wertvoll aus, und würde gutes Geld bringen. Nur über den Tisch ziehen lassen durfte er sich von diesem aalglatten Herrn Müller nicht. Dann rückte er die Kiste wieder in ihr Versteck und ging gebückt die letzten Meter zum Ausgang. Nachdem er aus der Höhle geklettert war, lief er mit ausladenden Schritten auf sein Auto zu. Dort erwartete ihn allerdings eine unerfreuliche Überraschung.

»Da, da kommt jemand!«, flüsterte Sebastian Rufer hinter seinem Holzstoß.

Tatsächlich tauchte eine Gestalt zwischen den Bäumen auf und kam näher. Sie trug ein Stoffbündel in der Hand. Auf halber Strecke blieb der Mann stehen und öffnete es. Katja reckte den Hals. Ein Sonnenstrahl brach durch die Wolkendecke und fiel auf den Gegenstand.

»Oh my god!«, flüsterte Katja. »Das sieht aus wie ein glänzendes Messer!«

»Ein Keltendolch, der Teil eines unermesslichen Schatzes!«, fantasierte Sebastian, ebenfalls geblendet von dem goldenen Teil.

»Du spinnst, wir sind doch nicht bei ›Piraten der Karibik‹ oder ›Ali Baba und die 40 Räuber‹«, zischte Katja.

Aber Sebastian war schon nicht mehr ansprechbar. Sein gesunder Menschenverstand setzte total aus. Er ließ alle

Vorsicht fahren, sprang auf den Weg und stürzte auf den Mann zu. Erschrocken machte der einen Satz zurück.

»Verbrecher! Dieb! Her mit dem geraubten Keltenschatz!« Sebastian war wie von Sinnen und blieb kurz vor dem Mann stehen. Jetzt kam auch Katja hinter dem Holzstoß hervor.

»Halt Sebastian! Lass den Mann doch in Ruhe!«, brüllte sie.

Der Fremde starrte die beiden verwirrt an. Woher kamen diese zwei Verrückten? Noch mal zwei, die zwischen ihm und seinem neuen Leben standen. Das konnte doch nicht wahr sein!

»Was wollt ihr denn von mir?«, würgte er hervor.

Sebastian blieb stumm. Er machte einen weiteren drohenden Schritt auf Carlos zu. Dann stürzte er sich ansatzlos auf ihn.

»Gib her …«.

Der Rest des Satzes ging in einem Handgemenge unter. Katja stand wie gelähmt neben dem Holzstoß und betrachtete das unwürdige Schauspiel. Dass zwei Männer miteinander rangen, hatte sie zum letzten Mal auf dem Schulhof gesehen, als Florian dem Raimund das Pausenbrot wegnehmen wollte. Halt, nein, dass waren Kinder gewesen. Hier ging es aber um eine wertvolle und gefährliche Waffe.

Die beiden kämpften verbissen. Sebastian stieß wüste Verwünschungen aus. Doch der Unbekannte war eindeutig stärker als er. Carlos gewann die Oberhand und schien als Sieger aus dem Kampf hervorzugehen.

»Hau ab!«, keuchte Carlos. Es gelang ihm, sich von dem Angreifer zu lösen. Mit diesem Irren war eindeutig nicht zu reden.

Carlos machte zwei Schritte zurück und hielt den Dolch drohend vor seinen Körper, was Sebastian aber nicht abschreckte. Der wollte das Fundstück haben. Er war der festen Meinung, dass es ihm zustand. Der Typ in der total verdreckten Kleidung war ihm nur um eine Nasenlänge zuvorgekommen, und konnte bestimmt sein Fundstück gar nicht richtig schätzen. Sein einziger Gedanke war, ihn zu überwältigen und ihm den Dolch aus der Hand zu reißen. Wie von Sinnen stürzte er sich wieder auf den Grabräuber. Im Eifer des Gefechts stolperte er über eine Wurzel. Er verlor die Kontrolle und stürzte ungebremst in die Klinge in Carlos Hand. Katja schrie gellend auf. Ein Eichelhäher warnte mit schrillem Schrei, und flatterte davon.

Carlos stand erst wie gelähmt da. Wie durch einen Nebel sah er die Waffe im Bauch seines Angreifers stecken. Reflexartig zog er den Dolch aus der Wunde. Völlig verstört starrte er auf den blutigen Gegenstand in seiner Hand. Sebastian sank stöhnend zu Boden. Er presste beide Hände auf die Verletzung in seinem Bauch.

»Sebastian!«, brüllte Katja. Völlig aufgelöst rannte sie zu ihm und fiel neben ihren Freund auf die Knie. Langsam färbte Blut dessen Hände und die Jacke rot. Katja riss ihren Kopf hoch.

»Mörder!«, schleuderte sie dem zitternden Mann, mit dem Dolch in der Hand, entgegen, »Mörder!«

Carlos starrte mit leichenblassem Gesicht abwechselnd den Verletzten, die Frau und die Waffe an. Völlig unvermittelt griff Katja sich einen Stock vom Boden und ging auf ihn los. Das hatte Carlos von der schlanken Gestalt nicht erwartet. Um sich zu verteidigen und die Hände frei zu haben, warf er den Dolch auf den Boden. So ein Unglück durfte kein zweites Mal passieren.

Die Frau begann mit dem Ast auf ihn einzuschlagen. Tränen rannen dabei über ihre Wangen. Carlos wusste sich jetzt nicht mehr anders zu helfen. Er griff sich den Holzstock aus der Luft, zog die Amoklaufende zu sich und stieß sie dann mit Wucht zurück. Katja ließ den Stock los, taumelte, kippte nach hinten und krachte mit dem Kopf gegen die Beifahrertür des Kastenwagens. Sie glitt an ihr herunter und blieb bewusstlos sitzen. Ihr Kopf kippte zur Seite. Der Pferdeschwanz löste sich und die Haare fielen über ihr Gesicht. Es war plötzlich totenstill im Wald.

»Scheiße, was ist das hier für eine Scheiße!?«, Carlos war fassungslos. Wie konnte das alles passieren? Der Strudel der Ereignisse überforderte ihn total.

Hatte er den Typ erstochen? Nein, der begann gerade wieder zu stöhnen. Das war doch reine Notwehr gewesen. Aber die Zeugin musste unbedingt hier weg. Er konnte nicht mehr klar denken. Noch unter Schock kam Bewegung in ihn. Er öffnete die Schiebetür seines Kastenwagens, hob Katja auf und zerrte die Bewusstlose ins Wageninnere zwischen die Kisten mit Thunfischdosen, eingelegtem Paprika und Oliven. Dann knallte er die Tür zu und warf einen letzten Blick auf den Verletzten, der inzwischen regungslos dalag. Er hob den Dolch auf und steckte ihn in den Jutesack zurück. Carlos riss die Fahrertür auf und sprang, wie von Furien gehetzt, ins Auto. Seine Hände zitterten so sehr, dass er erst beim dritten Versuch den Rückwärtsgang einlegen konnte. Dann düste er rückwärts so schnell es ging auf dem Feldweg aus dem Wald.

»So eine Scheiße, so eine Scheiße!«, murmelte er ununterbrochen vor sich hin.

Sollte er einen Notruf absetzen? Er entschied sich dagegen. Vielleicht nachher, wenn er weit genug weg war. Der Verletzte würde schon noch durchhalten. Auf der Teerstraße angelangt, gab er Gas und brauste davon. Die Polizei rief er nicht.

# 29

Berta war an diesem Nachmittag auf journalistischem Außeneinsatz und versäumte dadurch die wichtigen Dinge dieses Tages. Es hatte einen Unfall auf dem Charlottenplatz in Stuttgart gegeben, in dem ein Schulbus und ein Lastwagen verwickelt waren. Da musste sie unbedingt berichten und Fotos davon machen. Sie war sich sicher, dass sie erst um 16 Uhr mit Eva verabredet war, und ließ sich deswegen Zeit. Als sie dann aber in die Redaktion zurückgekommen war, ihren Artikel beendet hatte und in ihren Terminkalender sah, musste sie feststellen, dass das Treffen um 12 Uhr gewesen wäre. Mist! Aber sie hatte auch keine Nachricht von Eva. Niemand hatte sie angerufen. Das war ungewöhnlich. Eva, die Kommunikationssüchtige, hatte nichts von sich hören lassen. Hatte sie wieder gefährliche Alleingänge unternommen? Mit dem Anflug einer bösen Vorahnung rief sie Eva an.

»Geh' ran, Eva, geh' ran!«, murmelte Berta beschwörend.

Es meldete sich nur Evas Mailbox. Nach einigen weiteren ergebnislosen Anrufen beschloss Berta, zum portugiesischen Laden zu fahren. Vielleicht saßen Eva, Feinäugle und Carlos beisammen und tranken gemütlich Tee. Carlos schien ihr ein kleiner, harmloser Fisch zu sein, der von Trost ausgenutzt wurde. Und damit machte sie den gleichen Fehler wie Eva.

Sie fuhr gegen 16 Uhr in Richtung James-F.-Byrnes-Straße 41 zum »Mercado da Saudade«. Diesmal hatte sie sich das Auto der Redaktion geschnappt. Man fuhr dort umweltbewusst einen Opel Corsa E in Dunkelblau. Das war auch für die Umweltaktivistin Berta okay. Er roch noch nach neuem Auto und hatte gerade mal 4.000 Kilometer auf dem Tacho. Von so einem umweltfreundlichen Auto konnte Eva in ihrem Spritfresser Fiat nur träumen.

Eine halbe Stunde später parkte Berta vor dem flachen Gebäude des portugiesischen Ladens, stieg aus und sah sich um. Die wenigen Leute, die in der Nebenstraße unterwegs waren, kümmerten sich nicht um sie. Berta legte die Hände ans Schaufenster und versuchte im düsteren Inneren etwas zu erkennen. Dann rüttelte sie an der Ladentür. Die war verschlossen, obwohl nach dem Schild im Fenster offiziell Öffnungszeit war. Sehr seltsam! Berta lief an den Schaufenstern entlang und um die Ecke. Dort stand der Lieferwagen des Ladens. Er war schief mit zwei Reifen auf dem Gehweg vor einer metallenen Seitentür geparkt. Berta drückte probeweise die Türklinke und zu ihrem Erstaunen war nicht abgeschlossen. Lautlos schlüpfte sie in den Laden. Es roch penetrant nach Fisch. Mit angehaltenem Atem lauschte sie. Nichts außer dem Brummen der Kühltruhen war zu hören. Langsam schlich sie durch den schwach erleuchteten Raum. Auf den Gummisohlen ihrer Kunstlederschuhe gelang das fast lautlos. Sollte sie rufen? Nein, beschloss sie, sie würde sich erst mal orientieren. Die dunkle Holztür rechter Hand war nur angelehnt. Dahinter hörte sie Geräusche, aber keine Stimmen. Das fand sie außergewöhnlich. Sie verwarf die These der Tee trinkenden Dreiergruppe. Da stimmt doch was ganz und gar nicht, sagte ihr Verstand, hau' ab und verständige die Polizei. Aber sie hörte nicht auf ihn. Sie drückte leicht gegen das Türblatt. Durch den aufgehenden Spalt bot sich ihr ein erschreckendes Bild. Ein Mann hantierte mit Klebeband und fixierte die Beine einer offenbar bewusstlosen Frau, die schief auf einem Stuhl hing, am Stuhlbein. Bertas Herzschlag setzte einen Moment aus. Das musste dieser Carlos sein!

»Oh mein Gott!«, entfuhr es ihr.

Im selben Moment erkannte sie ihren Fehler. Der Mann blickte auf, sah sie und ließ die Rolle Klebeband fallen, die er in der Hand hatte. Weg hier war Bertas einziger Gedanke, nur weg hier! Sie machte auf dem Absatz kehrt, und es gelang ihr sogar, ihre, vor Schreck wie gelähmten Beine, zu bewegen. Sie begann zu rennen und hörte die schweren Schritte und den keuchenden Atem von Carlos hinter sich. Plötzlich packte sie eine Hand hart an der Schulter und sie wurde zu Boden gestoßen. In einem wortlosen Handgemenge versuchte der Mann sie in das Horrorzimmer zu ziehen. Berta wehrte sich tapfer, schließlich war sie jahrelang im Krav-Maga-Kurs der VHS gewesen. Sie hatte zwar nie zu den Cracks gezählt, aber einige Griffe hatte sie schon noch drauf. Schließlich gaben das größere Gewicht und die größere Muskelmasse ihres Angreifers den Ausschlag.

Carlos schleppte sie keuchend über den Betonboden zu der bereits gefesselten Geisel. Mit raschen Griffen fixierte er die Hände und Füße der Überwältigten mit dem Klebeband. Bevor sie es sich versah, lag Berta wie ein Paket verschnürt hilflos auf dem Boden. Bis jetzt war alles ohne ein Wort abgelaufen.

»Wer bist du und was willst du hier?«, fragte Carlos sie plötzlich schroff und lehnte sich erschöpft an die Wand.

Er roch stechend nach Schweiß, den auch sein herbes Deo nicht übertünchen konnte. Seine halblangen dunklen Haare hingen in sein erhitztes Gesicht. Eigentlich sah er ganz attraktiv und normal aus, dachte Berta.

»Ich bin Berta Schwinghammer und Reporterin. Mich können Sie nicht einfach verschwinden lassen! Dann haben

Sie die ganze Redaktion der ›Stuttgarter Nachrichten‹ am Hals«, schnaufte Berta, noch immer außer Atem.

Carlos sah sie an. Für einen Moment meinte sie so etwas wie Sympathie in seinen wunderbaren braunen Augen aufglimmen zu sehen. Doch dann sagte er kalt: »Was willst du hier?« War da nicht ein unsicherer Ton in seiner Stimme? Sie musste ihn nur so lange zuquatschen, bis er mürbe wurde.

»Ich komm' wegen einer Reportage über Schätze auf der Alb. Ich wollte Sie zu Trost befragen und was sie über eine Schatzkarte wissen«, Berta fuhr volles Risiko.

»Trost? Schon wieder dieser Trost! Das ist der Müller! Müller, verdammt noch mal!«, stellte Carlos genervt fest und warf die Klebebandrolle in Richtung Berta.

»Ich kenne nur einen Theophil Trost«, stellte Berta fest. »Was ist jetzt mit der Schatzkarte?«

Sie war so nah dran an der Wahrheit.

»Ende Gelände, die hat mir schon genug Unglück eingebracht!«, knurrte Carlos und pappte Berta ein Stück Klebestreifen über den Mund.

»Eine schöne gute Nacht, wir sehen uns morgen«, verabschiedete sich Carlos und verließ den Raum.

Berta hätte platzen können vor Wut. Wo war sie da nur hineingeraten? Die andere Frau hing bewusstlos und gefesselt auf dem Stuhl. Wer das wohl war? Auf jeden Fall eine neue Playerin in diesem Scheißspiel. Aber vielleicht konnten sie sich helfen. Jetzt musste sie erst warten, bis sie wieder aufwachte. Berta hatte da schon einen Plan. Und das Klebeband schmeckte furchtbar. Das war bestimmt nicht vegan!

# 30

Die Zeit verstrich endlos langsam, nachdem Carlos sie verlassen hatte. Zumindest empfand Berta das so. Sie lag rücklings auf dem nackten Betonboden und starrte in die Dunkelheit. Nur das Licht einer Straßenlampe vor dem Fenster erleuchtete schwach den Raum. Da hörte sie ein schwaches Stöhnen. Berta wälzte sich herum und starrte die blonde Frau auf dem Stuhl an. Die Haare hingen ihr wirr ins Gesicht und sie bewegte ruckartig den Kopf. Langsam öffnete sie die Augen, starrte sie erstaunt an und gab komische Laute hinter ihrem Klebeband von sich. Die Frau nickte ihr zu. Tolle Unterhaltung, aber jetzt konnte ihr Plan starten, dachte Berta.

Zuerst musste das Klebeband über ihrem Mund weg. Die Arme der Frau waren an den Handgelenken an der Lehne des Stuhles fixiert, aber ihre Hände konnte sie frei bewegen. Berta robbte zu ihr hinüber und schaffte es, an den Stuhl gelehnt, auf die Knie zu kommen. Sie balancierte ihr Gesicht vor die linke Hand ihrer Leidensgenossin. Die schien zu verstehen, was Berta wollte, tastete suchend über ihr Gesicht, fieselte ein Eck des Klebebandes frei und hielt es mit Daumen und Zeigefinger fest. Berta drehte ruckartig ihren Kopf und mit einem Ratsch war das Klebeband weg.

»Aua, aber vielen Dank!«, schnaufte Berta und lächelte. Die Unbekannte gab nur dumpfe Laute von sich.

»Ja genau, ich bin derselben Meinung!«, stimmte Berta ihr zu.

Jetzt war es aber Zeit sich an die Fesseln von ihr zu machen.

»Pass auf! Ich versuche hochzukommen und meine Handfessel an deine rechte Hand zu bringen und du weißt, was zu tun ist. Das ist unsere einzige Chance!«, sagte Berta beschwörend.

Die Gefesselte nickte heftig und gab wieder Brummlaute von sich. Berta lehnte sich gegen den Stuhl und schob sich mit aller Kraft an ihm hoch. Das gelang ihr allerdings nicht im ersten Anlauf. Heftig keuchend und sich schwörend, wieder diverse Fitnesskurse bei der VHS zu besuchen, stemmte sie sich letztendlich doch hoch.

Sie spürte, wie die junge Frau nach ihren Fesseln tastete. Dann wurde daran gezogen. Ihre Oberschenkel begannen zu schmerzen, da sie leicht gebückt vor dem Stuhl stand.

Die andere Frau wand sich auf dem Stuhl, stieß undefinierbare Laute aus und sog die Luft heftig durch die Nase. Berta unterstützte sie, so gut sie konnte, indem sie ihre Hände bewegte. Nach und nach, mit quälender Langsamkeit, fühlten sich ihre Handfesseln lockerer an.

»Go on! Es ist gleich geschafft!«, feuerte sie sie leise an. Das gab ihrer Mitgefangenen neuen Auftrieb. Jedes Zeitgefühl war Berta abhandengekommen. Zudem lebte sie in der ständigen Angst, dass Carlos hereinkommen könnte. Inzwischen brannten ihre Oberschenkel wie Hölle und ihre Beine zitterten. Ihr Atem ging stoßweise und Tränen liefen ihr übers Gesicht.

Dann hörte sie plötzlich Schritte vor ihrem Gefängnis. Geistesgegenwärtig ließ sie sich fallen und rollte auf den Bauch. Mit äußerster Konzentration versuchte sie ruhig zu Atmen. Sie dachte, ihre Lunge würde platzen. Wahrscheinlich ging es der blonden Frau genauso. Dann hörte sie die Tür in den Angeln und das Licht ging an. Die Schritte näherten sich den beiden Frauen. Abrupt blieb Carlos stehen. Jetzt ist es so weit, er hat entdeckt, was wir hier versuchen, dachte Berta und schloss mit allem ab, was ihr heilig war. Aber dann entfernten sich die Schritte wieder und das Licht ging aus.

Berta wachte aus ihrer Schockstarre auf und hangelte sich wieder am Stuhl hoch.

»Verdammt, das war knapp!«, stieß sie aus. »Aber jetzt, go on! Weitermachen!« Die Frau begann wieder an den Fesseln zu manipulieren.

Da lösten sie sich plötzlich. Berta hätte einen Freudenschrei ausstoßen können, hielt sich aber gerade noch zurück. Wusste sie doch nicht, wo sich dieser Carlos aufhielt. Sie bewegte ihre Hände. Erschöpft sackte sie zusammen und blieb erst einmal einige Minuten am Boden sitzen. Hinter ihr stieß die Frau dumpfe Laute aus und wackelte mit dem Stuhl.

»Sekündchen, gleich geht's weiter!«, sagte sie betont leger, um ihre Angst zu überspielen.

Kurz darauf atmete sie schon fast wieder normal, befreite ihre Knöchel vom Klebeband, stand auf und lockerte kurz ihre Beine. Dann zog sie der Ärmsten auf dem Stuhl endlich das Klebeband vom Mund. Die schnappte wie ein Karpfen auf dem Trockenen nach Luft.

»Schnell, er kann jederzeit kommen!«, krächzte die dann verzweifelt.

Berta streichelte ihr beruhigend über die Schulter und löste ihre Arm- und Beinfesseln.

»Danke!«, flüsterte die junge Frau. Sie erhob sich, versuchte einige Schritte zu gehen und stützte sich an einem Regal ab.

»Mir ist ganz schwindelig«, stellte sie fest. »Aber wir müssen hier sofort weg! Wir müssen die Polizei verständigen. Mein Freund liegt da draußen im Wald, abgestochen von diesem Monster. Es geht um Leben und Tod!«

Berta fragte nicht weiter nach was hier für ein Gangsterstück abging. Dafür würde sicher später Zeit sein.

»Okay, mal sehen, ob wir hier rauskommen«, sagte Berta und öffnete leise die Tür.

»Wie heißt du eigentlich?«, flüsterte Berta.

»Katja!« kam es zurück.

»Berta!«, sagte Berta im Gegenzug, »sehr erfreut!«

Was nur teilweise stimmte, da die Umstände ihrer Bekanntschaft lebensbedrohlich waren. Die beiden Frauen schlichen in wortloser Übereinkunft durch den dunklen Laden.

»Hintertür!«, dirigierte Berta.

»Scheiße!«, flüsterte Katja, obwohl ihr zum Schreien zumute war, als die sich als abgesperrt herausstellte.

»Ladentür!«, befahl Berta.

Die beiden Frauen liefen geduckt an den Regalen entlang und erreichten die Schwingtüren. Katja rüttelte an den Griffen.

»Auch zu!«, stellte Katja lapidar fest.

»Wir müssen uns verstecken, bist wir eine Möglichkeit zur Flucht haben«, schlug sie dann vor. Suchend sahen sich die beiden Frauen um.

»Unter die Theke!«, sagte Berta dann im Befehlston.

Sie gingen zu der lang gestreckten Theke, öffneten die Schiebetüren auf der Bedienerseite und krochen hinein. Es gab keine Regalböden. Der Stauraum war bis auf einige Rollen Verpackungsmaterial leer. Hier roch es weniger nach Fisch, eher säuerlich nach eingelegten Gurken. Dann kauerten die beiden ungleichen Frauen nebeneinander in den Unterschrank, schoben die Türen zu und lauschten in die Dunkelheit ihres neuen Gefängnisses. Plötzlich begann Katja zu schluchzen.

»Und wenn Sebastian schon tot ist?«, stammelte sie. Berta streichelte ihr beruhigend über die Schulter. Mehr konnte sie jetzt nicht tun.

# 31

Carlos war nach der Aktion mit den beiden Gefangenen ins Hinterzimmer seines Ladens getorkelt und völlig erschöpft auf der Couch zusammengebrochen. Kurz war er noch einmal aufgestanden und hatte die beiden inspiziert, aber sie schienen zu schlafen, beziehungsweise waren noch bewusstlos. Nachdem er sich unruhig hin und her geworfen hatte, schlief er doch noch ein. Wirre Albträume hatten ihn während der Nacht gequält und er war immer wieder hochgeschreckt, weil er von einem röchelnden Mann am Boden geträumt hatte.

Am frühen Morgen wachte er schweißgebadet auf und schleppte sich zu seinem Schreibtisch. Dort saß er eine Weile mit schwerem Kopf auf seinem Drehstuhl und starrte antriebslos Löcher in die Luft. So eine Nacht wollte Carlos nie wieder erleben müssen. Was war das gestern für ein Tag gewesen, gepflastert mit Toten und Verschleppten. Und das alles war noch nicht vorbei, obwohl er sich das sehnlichst wünschte. Er war am Arsch und so was von! Carlos seufzte tief, zog das Smartphone aus seiner Hosentasche und schaute nach, ob schon etwas von den Geschehnissen im Wald in den Nachrichten war. Erleichtert stellte er fest, dass es nur Berichte von einem ausgebrochenen Alpaka und von den Bauverzögerungen bei Stuttgart 21 gab. Er brauchte jetzt ein Aufputschmittel. Seine Kaffeemaschine war leider defekt. Also öffnete er die Dose Cola, die schon seit Langem neben dem Computer auf dem Schreibtisch stand. Er nahm einen Schluck des lauwarmen Gebräus und überlegte.

Was sollte er mit den beiden Problemfällen im Lager machen? Und dann waren da noch die zwei in der Höhle. Außerdem hatte er einen Mann niedergestochen. Dass das alles nur Zufälle waren, würde ihm keiner glauben. Dazu kam da noch die Sache mit den Keltenschätzen, die er unter der Hand verkauft hatte. Mann, Mann, Mann! Er steckte so was von in der Scheiße. Das war ein langes Strafregister! Er würde zur Polizei gehen. Jetzt sofort. Lieber ein Ende mit Schrecken als ein Schrecken ohne Ende. Eigentlich hatte er das alles nur gemacht, weil er sich in Portugal eine neue Zukunft aufbauen wollte. Er sah die Bar mit den leckeren Petiscos schon vor sich. Nein, Polizei war keine Option. Er brauchte einen wasserdichten Plan. Dann würde alles wieder gut werden. Zumindest für ihn! Er grinste in sich hinein. Die Cola wirkte! Sein Kopf wurde langsam wieder klar.

Was hatte dieser Müller oder Trost oder sonst wer immer gesagt: »Wenn es Probleme mit Leuten gibt, ruf sofort den Cleaner-Trupp an.« Was das für ein Trupp genau war und was der machte, wollte er gar nicht wissen. Jetzt gab es dieses Riesenproblem. Carlos tippte sich an die Stirn. Was war er nur für ein Depp! Er würde diesen Cleaner-Trupp aktivieren. Die sollten sich die Hände schmutzig machen. Vielleicht kam er doch noch ungeschoren aus dem Schlamassel heraus. Um das alles würden sich die kümmern. Etwas in ihm sträubte sich zwar dagegen, das zu machen, aber er hatte keine andere Wahl.

Die Nummer war in seinem Handy unter »Reinigung« gespeichert.

Aber er sollte vielleicht zuerst die Gefangenen aus der Höhle holen und sie zu den beiden Frauen in das Zimmer nebenan sperren. Dann würde alles in einem Aufwasch gehen. Der neue Plan war also, die Höhle zu besuchen, noch möglichst viel von den Schätzen auszugraben, die beiden Gefangenen holen und dann die Cleaner anrufen. Bis jemand nach den Verschwundenen fragte, wäre er schon längst in Portugal und niemand würde ihn dort finden. Seine Vorstellung von Realität und Wunsch verschwamm zu einem Traumgebilde. Jetzt musste er erst mal nach seinen Gefangenen sehen, die sollten auch nicht leben wie Hunde. Er schnappte sich eine Flasche Mineralwasser und ging in Richtung Lager.

»So ihr Lieben, jetzt gibt's was zu trinken«, wollte er sagen. Die Worte blieben ihm aber im Hals stecken, als er die Tür aufstieß.

# 32

Annabell saß im Dunkeln auf ihrem Rucksack. Sie war in einer Sackgasse in der Höhle gelandet. Da sie keine Uhr hatte, wusste sie nicht, wie lange sie schon hier war. Sie zog die Kopfhörerstöpsel aus ihren Ohren. Kurz machte sie ihre Stirnlampe an. Na prima, der Akku ihres Handys war leer. Sie musste eingeschlafen sein. Unruhig rutschte sie Hin und Her. Ihr Knöchel schmerzte plötzlich höllisch. Vorsichtig zog sie die Socke nach unten. Das Gelenk war dick angeschwollen und blau. Als sie die Stelle betastete, stöhnte sie vor Schmerz auf. Eine Bandage und ein Schmerzgel wären jetzt gut gewesen. Aber woher nehmen, wenn nicht stehlen. Alternativ holte sie einen Apfel-Cranberry-Riegel aus ihrem Rucksack und trank ein paar Schluck Mineralwasser. Voller Sehnsucht dachte sie an blauen Himmel, Sonnenschein und Wotan. Das alles war in ihrem unterirdischen Gefängnis unerreichbar für sie.

Ein Gefühl dumpfer Mutlosigkeit kroch in ihr hoch. Ihre Augen füllten sich mit Tränen. Sie hätte ein Vermögen für eine Wünschelrute gegeben, die sie bestimmt geleitet hätte. Leider hatte sie sie beim Sturz verloren. Vielleicht sucht mich Wotan schon, ging es ihr durch den Kopf. Sein »Merde!«, klang wie eine Verheißung in ihren Ohren. Sie hatte ihn wirklich in ihr Herz geschlossen, diesen toughen Hauptkommissar Wotan Wilde mit der harten Schale und dem weichen Kern. Unwillkürlich musste sie lachen. Einmal hatte sie ihn sogar dabei überrascht, wie er sich mit dem Tukan auf der Flurtapete unterhalten hatte. Kindskopf!

Aber sie konnte nicht abwarten, bis man sie fand. Sie musste aus dieser Sackgasse zurück zum Hauptgang und einen Ausgang suchen. Hoffentlich gab es den überhaupt. Mit dem Ärmel wischte sie sich die Tränen aus dem Gesicht. »Das schaffst du, Annabell!«, flüsterte sie ins Dämmerlicht der Höhle. Mühsam rappelte sie sich auf und humpelte einige Schritte ins Ungewisse. Jedes Mal, wenn sie mit ihrem lädierten Knöchel ungeschickt auftrat, entfuhr ihr ein kleiner Schmerzensschrei. Wenn sie wieder in der Oberwelt war, würde sie Maultaschen nach Tante Pias Rezept machen und Wotan dazu einladen. Der Gedanke spornte sie an und gab ihr Kraft.

Überraschend schnell erreichte sie den breiten Hauptgang. Einige Male musste sie umkehren, weil sich der Gang verengte, unpassierbar wurde oder wieder eine Sackgasse war. Zwischendurch machte sie Pause, setzte sich einfach auf den Steinboden und gönnte sich einen halben Kokosnuss-Weizenkeim-Riegel. Es roch feucht, moderig und nach ungewaschenem Mensch. Das war sie wahrscheinlich selbst. Die Stille und Dunkelheit umhüllten sie wie ein schwerer Mantel. Wenn sie wenigstens einen Gesprächspartner gehabt hätte!

»Du schaffst das Annabell!«, sagte sie wieder laut in die Dunkelheit. Ihre Stimme erschien ihr fremd und unnatürlich dumpf.

Als sie in ihrer Kindheit Kartoffeln aus dem dunklen Keller holen musste, hatte sie mit lauter Stimme die Gedichte aufgesagt, die sie bei Fräulein Wegerich im Deutschunterricht auswendig lernen musste. So begann sie den Erlkönig zu zitieren: »Wer reitet so spät durch Nacht und Wind, das ist der Erlkönig mit seinem Kind!« hier stoppte sie und wusste nicht mehr weiter. Nein, das mit den Gedichten klappte nicht, sie würde singen, um sich Mut zu machen. Aber auch hier hatte sie nur ein begrenztes Repertoire und eine ebenso begrenzte Begabung. Annabell musste trotz ihrer misslichen Lage lachen.

»Annabell hör auf zu singen, das ist ja schrecklich!«, hatte in der Grundschule ihre Musiklehrerin, Frau Donhauser, immer gesagt. Ab da hatte sie nur noch den Mund geöffnet und so getan, als ob sie sänge.

Trotzdem stimmte sie tapfer »Alle Vögel sind schon da« an. Etwas anderes fiel ihr auf die Schnelle nicht ein. Bereits die zweite Strophe füllte sie mit La la las, weil sie nicht textfest war. Dann folgte ihr komplettes Repertoire an Kinderliedern wie »Hänschen klein«, »Alle meine Entchen«, »Heut ist ein Fest bei den Fröschen am See« und »Bruder Jakob«. Hier fehlte leider die zweite Stimme. Mittlerweile fand sie ihre Darbietung gar nicht mehr so schlecht. Der Hall an den Wänden verstärkte kurzzeitig den Gesang, leider versickerte er dann in den Steingängen. Mit der Zeit wurde ihre Stimme immer leiser und ihr Mut sank. Annabell nahm einen Schluck Wasser und schmetterte zum Schluss. »Wie schön, dass du geboren bist«. Das erinnerte sie an ihre Kindergeburtstage und beruhigte sie etwas.

Wenn sie gewusst hätte, dass noch andere in der Nähe auf Rettung hofften, hätte sie auch noch sämtliche Weihnachtslieder gegrölt, um auf sich aufmerksam zu machen. Tatsächlich befanden sich nicht weit von Annabell entfernt Eva und Magnus in der Grabungshöhle. Einige Zeit hatten sie abwechselnd nach Hilfe gerufen.

»Das hat doch keinen Zweck!«, brach Magnus schließlich mit rauer Stimme die Aktion ab.

Da saßen sie also. Gefesselt, verlassen, verloren! Eva sah sich in der Höhle um. Ihr Blick blieb an der Schaufel hängen. Vielleicht konnte sie mit den Schaufelkanten ihre Kabelbinder durchscheuern.

»Ich versuche, mit der Kante der Schaufel den Kabelbinder durchzuscheuern!«, sagte sie laut zu Feinäugle.

»Das klingt nach einer guten Idee!«, stimmte ihr Magnus zu.

Eva ließ sich umkippen und schlängelte sich dann wie eine Riesenkobra auf das Werkzeug zu. Unter Ächzen und Stöhnen erreichte sie das Grabwerkzeug, setzte sich an der Wand auf und begann den Kabelbinder am Schaufelblatt zu reiben. Lange tat sich nichts. Sie wollte schon enttäuscht aufgeben, als der Kunststoff plötzlich riss.

»Meine Hände sind frei!«, rief sie euphorisch.

»Gratulation!«, rief Magnus.

Eva packte die Schaufel und bearbeitete ihre Fußfessel. Bald gab die auch nach. Im letzten Abendlicht konnte sie Feinäugle befreien.

»Viel gewonnen haben wir aber nicht!«, sagte der alte Pessimist und sah Eva resignierend an.

»Ich habe Hunger! Lass uns mal in die Kiste dort gucken, vielleicht ist was Essbares drin!«, schlug daraufhin Eva vor, um ihn etwas aufzuheitern.

Die Reporterin tastete sich zur Kiste hinüber und hob den Deckel. Neben einigen Werkzeugen lag eine Flasche Mineralwasser und eine Tüte mit Gummibärchen.

»Das wird ein Festmahl! Hurra, Hurra!«, stellte Feinäugle sarkastisch fest.

»Spielverderber!«, sagte Eva und steckte sich eine Handvoll Bären in den Mund.

»Ich hasse Süßes!«, gestand Feinäugle, tat es ihr aber dann gleich.

Kauend saßen sie im Dunkel.

»Wir sollten uns für immer duzen, Magnus. Ich bin die Eva!«

Sie tastete nach seiner knochigen Hand. Nachdem sie

sich ausgiebig die eiskalten Hände geschüttelt hatten, rutschten sie zögerlich immer näher zusammen, um sich zu wärmen. Wenn Hubertus gesehen hätte, dass sie sich an einen wildfremden Professor kuschelte, durchfuhr es Eva.

»Wir sollten schlafen, Eva!«, meinte Magnus.

»Ich kann nicht!«, antwortete Eva. »Erzähl mir was!«

»Eine Gutenachtgeschichte oder wie?« Magnus lachte trotz der verzweifelten Lage auf.

»Ne, vielleicht erzählen wir von unseren Hobbys!«, schlug Eva vor, »ich schätze klassische Musik, shoppe gerne und liebe Buchstabenkekse.«

Magnus räusperte sich. Die Situation hier war aber auch zu skurril.

»Ich bin Asterix-Fan der ersten Stunde«, meinte er dann zögerlich. »Ich habe alle Bände der letzten 57 Jahre seit der Ersterscheinung 1961 von ›Asterix, der Gallier‹ bis zum aktuellen Band ›Asterix und der Greif.«

Jetzt geriet er ins Schwärmen und erzählte ohne Punkt und Komma. Nachdem keine Kommentare seiner Leidensgenossin mehr kamen, bemerkte er, dass die eingeschlafen war. Hoffentlich waren seine Vorlesungen nicht genauso einschläfernd. Gerade wollte er sich etwas zurecht ruckeln, weil sein Bein eingeschlafen war, da hörte er leisen Gesang. Das konnte doch nicht sein. Er sprang auf.

»He, was soll das?«, fragte Eva schlaftrunken, als sie nach dem Wegfall ihrer Stütze nach rechts gekippt war.

»Da singt jemand«, flüsterte Magnus und lauschte. Eva stand auch auf.

»Du spinnst, du hörst schon die Englein singen!«, meinte sie sarkastisch.

»Pst, sei mal leise!«, schnauzte Feinäugle sie an.

Beide lauschten angestrengt. Ganz aus der Ferne, aus

dem Erdinneren hörte man eine zarte Stimme. Es klang wie ein Hoffnungslied in dieser dunklen Einöde.

»Hört sich an wie ›Alle meine Entchen‹«, sinnierte Eva.

»Hallo, hierher!«, brüllte sie. Dann umrundete sie im allerletzten Licht die Metallkiste und rannte auf den Gang zu, in dem Carlos verschwunden war.

»Langsam, Eva!«, mahnte Magnus, »wir sollten hierbleiben und uns bemerkbar machen!«

Er packte die Schaufel und schlug mit dem Blatt gegen die Metallkiste. Eva kam zurück. Sie schnappte sich die Hacke und trommelte mit dem Holzstiel auf den Deckel ein. Das Trommelkonzert schien ungehört zu verhallen. Nach einiger Zeit beendeten beide heftig atmend die Aktion.

»Hallo, ist da jemand?«, rief da eine Stimme, und ein Lichtpunkt erschien wie ein Glühwürmchen in der Tiefe des Ganges.

»Da ruft doch jemand!«, schrie Eva wie elektrisiert. Und tatsächlich humpelte eine abgerissene Gestalt aus dem Gang. Eva traute ihren Augen nicht.

Das war doch tatsächlich Annabell Krötenheinrich, die Eva so schmählich bei der Verabredung zum Wünschelrutengang beim Vollmond versetzt hatte.

Die Erschöpfte wankte auf sie zu. Wortlos umarmten sich die beiden Frauen. Magnus sah dem Geschehen ratlos zu. Die unterirdische Party wurde anschließend mit einem Müsliriegel von Annabell und einigen Gummibärchen aus dem Vorrat von Carlos gefeiert. Nachdem sie ihre Geschichten ausgetauscht hatten, stellten sie in völliger Dunkelheit fest, dass ihre Lage genauso beschissen wie vorher war. Annabell konnte keine zusätzliche Hoffnung oder Informationen liefern.

»Ihr schlaft mal eine Runde und ich meditiere«, meinte Annabell dann mit einem Kloß im Hals.

Magnus und Eva zogen sich resigniert und todmüde an die Wand zurück.

Unter äußerster Beherrschung sagte Annabell gedehnt zu sich: »Bleib ruhig, Annabell, meditiere und sende Rettern eine Nachricht.« Annabell legte ihren Schal auf den Boden, setzte sich darauf und versuchte, die Beine, so gut es mit dem schmerzenden Knöchel ging, zum Yoga-Sitz zu verschränken. Zur Meditation legte sie die Hände mit den Handflächen nach oben auf die Oberschenkel, wiegte sich sanft vor und zurück, summte leise vor sich hin und begann dann zu sprechen. »Sitze einfach nur entspannt da, so wie du dich am besten fühlst. Konzentriere dich ganz auf deinen Atem. Versuche, an nichts zu denken. Atme ein, atme aus. Lass die Sorgen und Probleme wie Wölkchen am Himmel vorbeiziehen! Sende deine Gedanken aus! Halte sie nicht fest! Dein Kopf ist leer. Atme ein, atme aus! Und dann beginne deine Nachricht zu senden! Konzentriere dich ganz …«, setzte sie den Singsang fort. Bald fühlte sie sich hoffnungsvoller.

Das Ritual hatte sie wieder motiviert durchzuhalten und weiter nach einem Ausgang zu suchen. Nach den Schilderungen der anderen war ihr klar geworden, dass sie in der falschen Richtung unterwegs gewesen war. Mit dieser Erkenntnis kroch sie neben Eva, lehnte sich an die Schlafende und schlief ebenfalls sofort ein.

# 33

Als Hauptkommissar Wotan Wilde an diesem Freitag, auch noch einem 13., aufwachte, hatte er eine kurze Nacht hinter sich. Ein Roman Sperber und seine Tochter Geraldine hatten die Polizei angerufen und von einer Leiche gesprochen. Daraufhin waren Wilde und Bernadette benachrichtigt worden und zur Keltenschanze gefahren. Was ihm das Gespann dann im Wald berichtet hatte, hörte sich nach einem Märchen der Gebrüder Grimm an.

Das etwa zwölfjährige Mädchen mit der roten Wollmütze und dem grünen Anorak sah aus wie Rotkäppchen, und sein Vater mit zottigem grauen Bart und dem Lodenjanker, ähnelte dem Rumpelstilzchen. Nur die Smartphones, die beide nicht aus der Hand legten, relativierten diesen Eindruck.

»Wir waren bei Vollmond unterwegs, um Schöllkraut zu pflücken«, hatte Roman ihm erzählt.

»Genau, weil das ein altes Hausmittel gegen Warzen ist, die ich an der Hand habe. Oma hat mir das erzählt. Und sie hat uns den Tipp gegeben, wo wir es finden«, hatte Geraldine ergänzt. Das Mädchen hielt ihm als Beweis die Hand hin. Wotan schaute pikiert weg.

»Und, dass man die Pflanze am besten bei Vollmond pflücken soll!«, steuerte Roman noch bei.

Deswegen waren sie in dieser Nacht zur Keltenschanze aufgebrochen. Leider fanden sie nicht die begehrte Pflanze, sondern auf dem Waldweg einen reglosen Körper in einer blutigen Jacke. Sofort riefen sie die Polizei.

So waren Wotan und Bernadette mitten in der Nacht zu einem Tatort gerufen worden. Aber es gab keine Leiche, sondern nur einen schwer verletzten Sebastian Rufer. Der kam ins Krankenhaus und die Kommissare zu einer kurzen und späten Nachtruhe.

Deshalb fühlte sich Wotan wie von einer Dampfwalze überrollt, als er seine Beine aus seinem komfortablen, neuen Boxspringbett wuchtete. Sein Wecker warf die Zahl 8.03 Uhr an die Decke.

Er schlurfte im Flur an der Urwaldtapete mit dem gelbschnabeligen Tukan vorbei, ins Bad. Täuschte er sich, oder warf der ihm einen mahnenden Blick zu.

»Ja, schon recht, kann auch nichts machen, wenn man mich nicht schlafen lässt«, brummelte Wotan.

Nach einer schnellen Katzenwäsche schlappte er in die Küche zurück und schaltete seine Kaffeemaschine ein. Er drückte eine Magentablette aus der Blisterpackung und ließ sie im Mund zergehen. In letzter Zeit musste er immer wieder auf solche Hilfsmittel zurückgreifen. Waren Stress, Kantinenmahlzeiten oder doch das Alter die Ursache? Er wusste es nicht.

Dann holte er Orangensaft, Butter und Marmelade aus seinem ansonsten leeren Kühlschrank, säbelte eine Scheibe von einem altbackenen Bauernlaib ab, strich Butter darauf und verteilte dick Erdbeermarmelade auf der Unterlage. Sein Kaffeeautomat röchelte und spie einen Cappuccino aus. Der erste Schluck der braunen Brühe weckte langsam wieder seine Lebensgeister. Er würde sich, trotz Magenschmerzen, seinen Tagesbeginn nicht mit Kamillentee versauen. Annabell kam ihm in den Sinn. Sie fehlte ihm. Die lag wahrscheinlich noch in der Pension vom Huber Bauern im Bett oder ließ sich gerade von der Ludmilla ein opulentes Frühstück servieren. Sein Telefon klingelte.

»Wilde!«, sagte er automatisch, ohne auf die Nummer zu achten.

»Robert hier! Das Opfer mit der Stichverletzung ist heute Nacht notoperiert worden und ansprechbar. Wir könnten kurz zu ihm«, teilte der mit.

»Aber das ist doch gar nicht unser Fall! Kein Mord! Für Körperverletzung sind wir nicht zuständig«, versuchte Wotan die Verantwortung abzuschieben.

»Doch, Befehl von oben, unsere Chefin, die Gurkenbichler, hat wieder zugeschlagen. Nachdem wir im aktuellen Fall nicht weiterkommen, sollen wir uns um den Verletzten kümmern«, teilte ihm Robert vergnügt mit.

Wenigstens einer der gute Laune hatte. Wahrscheinlich hatte er gerade eine seiner exotischen Teemischungen geschlürft. Eine abartige Angewohnheit fand Wotan, genauso wie die gesamte Crew der SOKO Gewaltverbrechen. Selbst durch ausdauerndes Lüften konnte man die aufdringlichen Gerüche der Teesorten nicht völlig aus den Büros entfernen.

»Merde! Ich komme!« Wotan legte auf.

Im Schnelldurchgang zog er sich an und holte sein Rad aus dem Keller. Nach zehn Minuten stellte er es in den Fahrradständer vor dem Kommissariat. Zwanzig Minuten später saß er mit Robert im Dienst-BMW auf dem Weg zur Unfallklinik in Tübingen. Er hasste dieses Gebäude. Der Grund war nicht, weil der Anlass seiner Besuche meist unschön war, sondern, weil man in der Tiefgarage nie einen Parkplatz bekam.

Leise vor sich hin fluchend fuhr er die Einfahrt hinunter. Zu seinem Ärger fand er nur einen Platz neben einem superbreiten SUV, und musste sich schlangenartig aus der Tür winden. Robert hatte mit seinem Bauch noch mehr Probleme. Er hörte ihn schnaufen und fluchen. Vielleicht hätte er ihn doch vorher aussteigen lassen sollen. Das hob die Stimmung von Wotan etwas.

Sie verließen die Tiefgarage durch die automatische Tür und fuhren mit dem Aufzug in den zweiten Stock zur Intensivstation. Am Stationszimmer wiesen sie sich aus und fragten eine sommersprossige Schwester, die eine unvorteilhafte Kurzhaarfrisur trug, nach dem Patienten.

»Kommen Sie, ich bringe Sie zu ihm. Gerade war er noch wach, aber mehr als fünf Minuten sind nicht drin«, sagte die vollschlanke Schwester.

Sie folgten ihr durch die Gänge der Intensivstation. Durch große Glasscheiben konnte man in den Betten die Patienten und das Gewirr von Geräten und Kabeln in den Zimmern sehen. Vor der 2.05 blieb sie stehen.

»Hier, bitte!«, sagte sie und öffnete die Tür, »aber wirklich nur fünf Minuten!«

Wotan und Robert traten ein und gingen langsam zum Bett. Schläuche mehrerer Infusionen führten zu einem Zugang an der Armbeuge. Ein Monitor zeigte die Lebensfunktionen an. Das lästige Piepsen des Herzschlags war leise zu hören. Der Patient öffnete die Augen.

»Hallo Herr Rufer, ich bin Hauptkommissar Wilde und das ist Oberkommissar Altmann, wir hätten da ein paar Fragen!«, stellte Wotan sich vor.

Mit blutunterlaufenen Augen blickte sie Sebastian Rufer an. Er bewegte seine Lippen, man konnte aber nichts verstehen.

»Wer hat Ihnen das angetan?«, fragte Robert.

»Katja, wo Katja? Portugiesischer Laden, Sodade!«, mehrfach setzte Sebastian Rufer an. Er hob den Kopf einige Zentimeter vom Kissen, ließ ihn dann wieder kraftlos sinken. Mit »Sodade« konnte Wotan im Moment nichts anfangen.

»Dolch, Kelten! Katja?«, dem Patienten fielen erschöpft die Augen zu und er drehte seinen Kopf zur Seite.

Wotan und Robert sahen sich an und zuckten mit den Schultern. Da mussten sie wohl recherchieren, was ihnen der Patient mit diesen Satzfetzen hatte sagen wollen. Robert knipste noch verschämt ein Bild des Verletzten mit seinem Handy. Er fühlte sich komisch dabei. Leise verließen sie das Zimmer. Sie nickten der Schwester an der Theke des Schwesternzimmers zu und fuhren mit dem Aufzug wieder zur Tiefgarage hinunter. Beide waren froh, der beklemmenden Atmosphäre der Intensivstation entkommen zu sein.

Erst im Auto sagte Robert: »Mist, wir hätten noch mit einem Arzt sprechen sollen.«

»Merde, total vergessen!«, fluchte Wotan. »Das nächste Mal!«

Zurück im Büro schrieb Robert »portugiesischer Laden, Sodade, Dolch, Kelten, Katja« an die Tafel des Schreckens. Er druckte das Bild des Verletzten aus und pinnte es darüber.

»Das ist das magere Ergebnis der Befragung von Sebastian Rufer, unserem Opfer.«

Robert schrieb Sebastian Rufer unter das Bild.

»Ich will alles über den Mann wissen! Das übernimmst du Wolfgang! Bernadette, du kümmerst dich um den Laden und ›Sodade‹! Ich schau mal nach, was es mit dem Dolch auf sich haben könnte«, verteilte Wotan die Aufgaben, »Robert, du kümmerst dich um diese Katja!«

Das Team setzte sich vor ihre Computer und wollte gerade zu recherchieren beginnen, als Wolfgang rief: »Fast hätte ichs vergessen. Zwetschgendatschi! Sonderangebot beim Bäcker Mitterer mit meinem Gutscheinkärtle.«

Alle drehten sich um und beobachteten erwartungsvoll, wie Wolfgang ein Kuchenpaket öffnete und für jeden eine

Kuchenschnitte auf eine Serviette lud. Manchmal konnte so ein lästiger Schnäppchenjäger auch ein Gewinn fürs Team sein. Das sagte ihm aber natürlich niemand.

Dann saßen die Polizisten kauend vor den Bildschirmen. Jeder hing seinen Gedanken nach oder genoss einfach das köstlich zimtige Zwetschgenaroma. Bernadette wischte sich die Hände an der Serviette ab, und begann am Rechner zu arbeiten.

»Ja!«, sie sprang kurz darauf auf, »ich hab' es! Sodade, das ist doch dieser portugiesische Laden in Stuttgart. Nicht Sodade, sondern Saudade. ›Mercado da Saudade‹ heißt der. Erinnert ihr euch, den kennen wir doch aus dem Fall mit dem Geldtransporter! Hier, schaut mal! Auf dem Bild im Internet steht auch der Wagen mit der Aufschrift vor dem Laden«, sie zoomte noch näher hinein, »den muss Rufer gesehen haben!«

»Ich verständige unsere Kollegen in Stuttgart. Die sollen da sofort hinfahren!«, Wotan begann aufgeregt zu wählen, »ich rufe die Luna Emmerdinger an, bei der hab' ich seit dem Verhör am Wochenende noch was gut!«

# 34

»Hallo Luna, Wotan hier, ich brauche eure Hilfe«, begann Wotan, nachdem er die Kollegin in Stuttgart am Apparat hatte.

»Hallo Wotan, schön von dir zu hören. Was kann ich für dich tun?«, fragte Luna Emmerdinger, die Chefin der Mordkommission in Stuttgart.

»Ihr müsst dringend jemanden für uns überprüfen. Wir haben hier einen Schwerverletzten, der eine Aussage über seinen Angreifer machen konnte. Die Spur führt zu euch nach Stuttgart.« Wotan hatte es eilig.

»Adresse?«, fragte Luna knapp.

»Ein portugiesischer Laden ›Mercado da Saudade‹ in der James-F.-Byrnes-Straße 41. Wir suchen nach seinem Besitzer, einem Carlos Lago«, gab Wotan an.

»Bin schon weg!« Luna verabschiedete sich nicht einmal mehr.

Jetzt konnten sie nur noch warten. Aber das vertrug Wotans Team überhaupt nicht. Robert goss sich einen Maracuja-Waldmeister-Tee auf. Wolfgang nahm sich das letzte Stück Kuchen. Bernadette kämmte mehrmals mit den Fingern durch ihre Haare und band sie dann straff zu einem Pferdeschwanz.

»Ich hab' diese Katja!«, sagte Robert plötzlich stolz. »Das ist die Freundin vom Rufer. Hab' ich bei Facebook gefunden. Blond und sexy, hat Geschmack, dieser Mann.«

»Merde!«, rief Wotan, der inzwischen hinter Robert stand und das Bild der Frau betrachtete. »Die kenn' ich!

Das ist die Enkelin vom alten Blumstein, auch ›Hosenträger Kommissar‹ genannt, aber das war vor eurer Zeit.«

»Sie war wahrscheinlich im Wald dabei. Aber wo ist sie jetzt? Als Zeugin hatte sie wahrscheinlich schlechte Karten. Hat sie der Messerstecher mitgenommen? Schmachtet sie im tiefen Keller, hat er sie abgemurkst, zerstückelt, entsorgt?«, Robert malte genüsslich Horrorszenarien.

»Jetzt wollen wir mal nicht das Schlimmste annehmen«, beruhigte ihn Wotan, »warten wir mal, was Luna rausbekommt.«

Bernadette schnaufte genervt und murmelte: »Männerfantasien!« Sie löste ihren Pferdeschwanz und drehte sich einen Dutt auf dem Hinterkopf.

Wenn Carlos Lago gewusst hätte, dass die Chefin der Mordkommission, Luna Emmerdinger, zu ihm unterwegs war, hätte er wahrscheinlich sofort die Flucht ergriffen. Doch das hätte er sowieso nicht gekonnt, weil er vorher erst die zwei ausgebüxten Gefangenen finden musste.

Inzwischen war er am Ende seiner Nervenkraft. Kopfschüttelnd stand er vor dem leeren Stuhl, an den er diese Blonde gefesselt hatte, und war ratlos. Von der Stoppelhaarigen lagen nur die Klebefesseln am Boden. Er schraubte die Mineralwasserflasche auf, die für seine Gefangenen geplant gewesen war, und nahm einen großen Schluck von dem lauwarmen Wasser. Dann ging er zurück ins Büro, beugte sich über das kleine Waschbecken und warf sich eine Handvoll Wasser ins Gesicht. Aus dem Spiegel darüber starrte ihn ein hohläugiges Gespenst an, das nur entfernte Ähnlichkeit mit ihm hatte. Mit seinem Ärmel wischte er sich das Gesicht trocken. Wenn ihn seine Mutter so gesehen hätte, wäre sie zu Tode erschrocken. Sie würde in zwei Tagen wieder aus Portugal zurückkommen. Aber da wäre er dann schon weg.

Zu allem entschlossen, öffnete er den Wandschrank, tippte die Geheimzahl ins Zahlenschloss seines Safes ein und holte seine 9-mm-Glock heraus. Die Waffe hatte er sich im Darknet zum stolzen Preis von 1.500 Euro besorgt. Man konnte ja nie wissen! Das hatte seinem Bankkonto damals ganz schön wehgetan. Jetzt lag nur noch der goldene Dolch im Safe. Die Stichwaffe hatte er nach dem Vorfall mit den zwei Ausgeflippten dort eingeschlossen. Mit vorgehaltener Pistole ging er jetzt los. Die dünne Blonde und die dicke Stoppelhaarige mussten doch zu finden sein.

Carlos war sich absolut sicher, dass sie das Gebäude nicht verlassen haben konnten. Jetzt würde er bei der Suche systematisch vorgehen. Zuerst durchsuchte er das Lager, wo er sie festgehalten hatte, schaute in alle Einbauschränke, hob Transportdecken auf und öffnete herumstehende Kartons. Nichts, er benutzte alle portugiesischen Flüche, die er kannte. Die Frauen unter der Theke hörten die Geräusche, die er dabei machte und das Gebrabbel in einer unbekannten Sprache.

»Ich weiß nicht, wohin das führen soll. Der entdeckt uns, das ist nur eine Frage der Zeit«, flüsterte Berta aufgeregt. Katja ging darauf nicht ein. Sie hoffte immer noch auf ein Wunder.

Nach der erfolglosen Suche im Lager, stieß Carlos die Tür zum Laden auf und knipste das Licht an. Die Neonröhren gingen mit einem Pling an und tauchten den Verkaufsraum in kaltes, unpersönliches Licht.

»Porra!, Verdammt! Ich finde euch! Dann helfe euch Gott!«, schrie Carlos und begann unter den Regalen mit den Lebensmitteln zu suchen. Er kroch über den Boden und stieß Verwünschungen aus. Gang um Gang arbeitete er sich vor. Zwischendurch tauchte er auf und versicherte sich, dass die Frauen nicht heimlich das Weite suchten.

Die Chefin der Mordkommission, Luna Emmerdinger, war inzwischen mit ihren Mitarbeitern bei dem Laden angekommen. Sie parkten auf der anderen Straßenseite, um nicht direkt ins Blickfeld von Carlos zu geraten und stiegen aus den Autos.

»Lauft mal ums Gebäude und sucht eine offene Tür oder so was!«, befahl sie Jürgen und Petra, »ich kümmere mich um den Haupteingang!«

Der Laden war hell erleuchtet. Sie testete zuerst die Eingangstür. Verschlossen!

Durch die Schaufenster sahen sie einen Mann, der mit einer Pistole in der Hand durch die Regalreihen lief. Anscheinend suchte er jemanden. Jetzt steuerte er auf die Theke zu.

»Porra! Jetzt hab' ich aber die Schnauze voll!«, schrie Carlos die Konservendosen und Weinflaschen in den Regalen an. Dann verharrte er reglos vor der Schiebetür der Verkaufstheke. Dass er da nicht eher darauf gekommen war. Der Raum darunter war groß genug für die zwei Senhoras. Er lauschte. Man hörte nichts. Carlos verzog seine Lippen zu einem teuflischen Lächeln und schob quälend langsam die Tür der Theke auf. Sein Blick fiel auf die zwei Frauen, die versuchten, sich möglichst klein zu machen.

»Hab' ich euch! Raus da!«, brüllte er und fuchtelte mit der Pistole herum.

Zu Tode erschrocken krabbelten Berta und Katja aus dem Unterschrank. Berta wollte etwas sagen, aber ihr versagte die Stimme. Katja hob ihre Hände, Berta tat es ihr gleich.

Luna beobachtete ohnmächtig das Geschehen durchs Schaufenster. Hier ging es um Leben oder Tod. Sie musste sofort eingreifen. Dummerweise hatte sie ihre Mitarbeiter weggeschickt. Wenn das SEK, das sie aber nicht verständigt hatte, jetzt hier wäre, hätten die einen kleinen Rammbock benutzt, um die Tür aufzubrechen. Verzweifelt sah sie sich um. Hier war Gefahr im Verzug.

Aber zum Glück hatte sie sogar einen sehr großen Rammbock dabei!

Sie spurtete zu ihrem Auto, stieg ein und startete den Motor. Dann gab sie Gas, fuhr quer über Straße und Gehweg und durchbrach mit einem letzten Gasstoß die gläserne Eingangstür zum Laden.

Es gab einen mordsmäßigen Knall, Glas splitterte, Scherben flogen durch die Luft und der Airbag löste aus. Berta und Katja warfen sich geistesgegenwärtig auf den Boden. Wie vom Donner gerührt fuhr Carlos herum. Hatte hier eine Bombe eingeschlagen? Der Geiselnehmer starrte entgeistert auf das Chaos in seinem Laden.

Ein 5er-BMW war für die Verwüstung verantwortlich. Auf dem Fahrersitz saß schief eine Frau im Gurt hinter dem schlaff herabhängenden Airbag. Sie machte, noch etwas benommen, Anstalten, auszusteigen.

Entsetzt registrierte Carlos ein weiteres Polizeiauto, das gegenüber geparkt war. Bis jetzt hatte er es gar nicht bemerkt. Er war von seiner Suche nach den Frauen zu sehr abgelenkt gewesen.

Ohne viel nachzudenken, rannte er an dem verbeulten Auto vorbei und durch die zerstörte Front seines Ladens ins Freie. Glassplitter knirschten unter seinen Schuhen. Aus den Augenwinkeln sah er zwei Personen um die Ecke des Gebäudes biegen. Er erhöhte sein Lauftempo. Die Pistole steckte er hinten in den Gürtel. Hinter einer Hecke bog er in einen kleinen Fußweg neben dem angrenzenden Grundstück ein. Hier kannte er sich aus wie in seiner Westentasche. Er sprang über einen niederen Zaun und überquerte die Minirasenflächen einer Reihenhaussiedlung. Suchend sah er sich um, hörte und sah aber keine Verfolger. In der nächsten Parallelstraße verlangsamte er seine Geschwindigkeit. Er stützte seine Hände auf die Knie und versuchte wieder zu Atem zu kommen. Die Polizei hatte er erst mal abgehängt. Jetzt brauchte er dringend einen fahrbaren Untersatz.

Da fiel ihm ein älteres Ehepaar auf, das ihr Auto nach einem Großeinkauf in der Einfahrt eines Hauses entlud. Er schlich hinter die Mülltonnen, die in der Einfahrt standen. Der Mann trug einen Bierkasten, die Frau eine Klappbox mit Gemüse ins Haus. Der Kofferraumdeckel und die Fahrertür des weißen BMWs standen weit offen. Carlos schlich zu dem Wagen, schloss im Vorbeigehen den Kofferraumdeckel und glitt auf den Fahrersitz. Der Schlüssel steckte! Endlich war ihm das Glück wieder hold! Mit zitternden Händen ließ er das Auto an, fuhr rückwärts aus der Einfahrt und dann auf der Straße davon. Dabei verpasste er im Rückspiegel den Anblick der beiden Senioren, die verzweifelt hinter ihm herwinkten und -riefen.

# 35

Luna hatte Carlos noch am Auto vorbeisprinten sehen. Die Kommissarin saß benommen im Wagen und fragte sich jetzt schon, welche Szene von »Fast und Furious« sie zu dieser irren Aktion getrieben hatte. Ihre Kollegen waren erschrocken herbeigestürmt und standen an der Fahrertür.

»Kannst du selber aussteigen?«, fragte sie Jürgen Simmerdinger besorgt, als er die Tür geöffnet hatte. Luna nickte und entwirrte den schlaffen Airbag vor sich.

»Alles okay«, beteuerte sie, als sie seine besorgten Blicke sah.

»Der Typ ist weg«, meinte sie dann. Alle sahen sie unverständig an. Was hatte sie veranlasst in den Laden zu fahren? War sie ausgeflippt? Waren Drogen im Spiel? Alles war möglich.

»Spektakulärer Einsatz, aber was wolltest du damit erreichen?«, fragte Petra.

»Der Mann im Laden hat die beiden Frauen mit einer Pistole bedroht«, rechtfertigte sich Luna.

»Aber die hätten wir auch anders aus dem Laden bekommen«, meinte Jürgen.

»Leute, da war wirklich ein Mann mit einer Pistole im Anschlag! Der hat die beiden bedroht!«, stellte Luna noch einmal fest.

»Genau, ein Mann!«, ulkte Petra, was ihr einen tödlichen Blick von Luna einbrachte.

»Das war wahrscheinlich dieser Carlos. Aber fragt doch die Frauen, wenn ihr mir nicht glaubt!«, gab Luna zurück,

»der ist inzwischen über alle Berge. Da wird Wotan nicht begeistert sein.«

Luna stakste noch etwas wackelig zum Rettungswagen, der inzwischen angekommen war. Dort kümmerten sich Sanitäter schon um die beiden Frauen. Luna wehrte ab, als man sie untersuchen wollte, und wandte sich an die Opfer, die reichlich mitgenommen aussahen.

»Hallo! Ich bin Hauptkommissarin Emmerdinger«, stellte sich Luna vor.

Einer der Sanitäter erklärte: »Die beiden sind so weit fit, Frau Kommissarin, Sie können sie befragen!«

»Gut«, sagte Luna, »kommen Sie, wir gehen in den Laden und unterhalten uns!«

»Nein, da will ich nicht wieder rein! Wir waren da gefangen!«, jammerte Katja, »aber was ist mit Sebastian? Sagen Sie schon, was ist mit ihm?«

Sie brach in Tränen aus und schlug die Hände vors Gesicht.

»Ruhig, es ist alles vorbei. Dann sind Sie Katja?«

Die nickte. »Er lebt und hat uns den Tipp mit Carlos gegeben. Sie können ihn später in Tübingen im Krankenhaus besuchen!«, versuchte sie Luna zu trösten.

»Kommen Sie! Jetzt setzen wir uns dort drüben auf das Mäuerchen«, schlug Luna vor. Berta und Katja folgten ihr im Gleichschritt. Die Geiselnahme hatte sie in kurzer Zeit zu einem Team zusammengeschweißt.

»Und Sie sind wer?«, fragte Luna als Nächstes.

»Berta Schwinghammer, Reporterin bei den ›Stuttgarter Nachrichten‹«, stellte sich Berta vor.

»Wieso Katja hier gefangen gehalten wurde, ist mir klar, aber was hatten Sie hier zu suchen?«, wollte Luna jetzt wissen.

Berta erzählte so kurz wie möglich die ganze Geschichte. Luna schüttelte immer wieder den Kopf. Das war alles unfassbar. Sie machte sich akribisch Notizen, wollte sie doch Wotan, wenn schon nicht den Täter, so doch die Fakten präsentieren.

»Das ist ja filmreif, was Sie da erzählen!«, staunte die Kommissarin, »aber erst mal vielen Dank! Sie können dann gehen. Aber halten Sie sich zu unserer Verfügung!«

Luna schloss die Befragung ab.

»Ich muss sofort zu Sebastian ins Krankenhaus. Aber wie soll ich da hinkommen? Unser Auto steht noch im Wald bei Tübingen«, überlegte Katja.

»Hey, ich fahr dich!«, bot Berta Katja an. »Mein Auto steht gleich da drüben.«

»Das wäre echt toll!«, meinte Katja. Die beiden gingen zu dem Auto von Berta und fuhren weg.

Luna saß immer noch auf dem Mäuerchen. Obwohl sie es nicht zugeben wollte, schmerzte doch ihr Rücken von ihrer Kamikaze-Aktion. Aber jetzt musste sie Wotan Bericht erstatten. Sie wählte.

»Ja!«, Wotans Stimme am Telefon klang erwartungsvoll.

»Hallo, hier ist Luna! Wir sind nach deiner Anweisung zu dem portugiesischen Laden gefahren. Das heißt, ich bin in den Laden gefahren«, sie lachte kurz auf.

»Ja, und!«, drängte Wotan. Wenn dieser Katja etwas passiert war, konnte er dem Heinrich Blumstein, genannt Kommissar Hosenträger, nicht mehr unter die Augen treten.

»Wir sind gerade noch rechtzeitig gekommen. Carlos Lago bedrohte mit einer Pistole zwei Frauen. Alle wohlauf. Ihr bekommt den Bericht«, formulierte Luna in ihrer ruhigen, schwäbischen Art. Wotan platzte fast vor Aufregung.

»Weiter! Was ist mit Carlos?«

Musste man dieser Luna Emmerdinger denn alles einzeln aus der Nase ziehen. Wotan nagte nervös am Daumennagel, obwohl er sich das Nägelkauen nach der Hochzeit mit Siegrun, seiner geschiedenen Frau, abgewöhnt hatte. In Stresssituationen verfiel er wieder in alte Muster.

»Der ist uns leider entkommen«, bedauerte Luna. Sie brachte Wotan beinahe an den Rand des Wahnsinns mit ihrer bedächtigen Sprechweise.

»Merde! Wie konnte das passieren?« Wotan war verstimmt und sein Magen drückte.

»Eine Verkettung unglücklicher Umstände.« Luna blieb gleichmäßig korrekt. »Bei den Frauen handelt es sich jedenfalls um eine Katja Rettich und eine Berta Schwinghammer. Diese Berta ist Journalistin und die Katja ist die Freundin des Verletzten im Wald. Die hat uns eine Räuberpistole von Keltenschätzen und ähnlichem Nonsens erzählt. Diese Schwinghammer, die Journalistin, ist übrigens eine Freundin deiner geschätzten Eva Witten«, stellte Luna fest.

»Das gibt's doch gar nicht. Diese Chaosfrau hat wirklich überall ihre Finger drin.«

Wotans Magen brannte und er hatte dummerweise die Tabletten gegen Sodbrennen auf seinem Küchentisch vergessen.

»Aber ich hab' noch etwas Erfreuliches für dich. Bei dem Thema Kelten und auch dem Fundort des Niedergestochenen ist mir was eingefallen. Wir haben in dem Gruber-Fall eine Karte konfisziert, die angeblich die Lage eines Keltengrabes zeigt. Das muss dort irgendwo in der Nähe sein, wo ihr den Rufer gefunden habt«, spielte Luna einen letzten Trumpf aus. Ha, das war ihre Revanche für seine Ungeduld. »No ned hudla« war ihr Motto, das sie bei ihrer Schaufensterfahrt offenbar vergessen hatte.

Wotan wurde hellhörig. »Und weiter!«

»Ich maile dir ein Foto von der Karte!«, sagte Luna fast andächtig.

»Danke! Und ihr sucht weiter nach Carlos!«, befahl

Wotan. Er würde gleich in Roberts heiliger Teekiste nach einem Beutel Kamillentee für seinen angeschlagenen Magen suchen.

»Klar, Fahndung ist raus«, Luna legte erleichtert auf. Das Gespräch war nicht so schlimm geworden, wie sie vermutet hatte. Die Sache mit der Crashfahrt hatte sie geschickt umschifft. Die würde sowieso gleich die Runde in den Kommissariaten machen.

Inzwischen stand Carlos mit dem gestohlenen BMW auf dem Parkplatz eines Supermarktes. Zwischen den geparkten Autos fühlte er sich einigermaßen sicher. Er musste hier verschwinden, das war klar. Langfristig war seine einzige Chance, bei seinen Verwandten in Portugal unterzutauchen. Wie er das alles seiner Mutter erklären sollte, die seit einem Monat Tante Tia in Lagos betreute, wusste er noch nicht. Kurzfristig wäre vielleicht seine frühere Freundin Viola die richtige Anlaufstelle, fiel ihm dann ein. Die hatte ein weiches Herz und mit einem treuherzigen Blick aus seinen braunen Augen hatte er sie meistens herumgekriegt. Meist ging es um eine kleine Geldspritze, manchmal um eine schnelle Nummer. Nach einem Jahr hatte Viola dann festgestellt, dass sie beide zu unterschiedlich für eine feste Bindung waren. Sie waren schließlich in Freundschaft auseinander gegangen.

Kurz und schlecht, er brauchte einen Unterschlupf und Geld, das er momentan nicht hatte. Das hieß, er musste noch mal in die Höhle, so viel wie möglich ausbuddeln und an Werner Müller oder Trost oder irgendwem verkaufen. Außerdem brauchte er Kleidung und Proviant und er musste sich etwas von dem Stress erholen. Im Moment fühlte er sich, als ob er mehrere Nächte durchgesoffen hätte. Ungeduldig trommelte er mit den Fingern aufs Lenkrad. Also, sein nächstes Ziel war klar. Er ließ das Auto an.

# 36

Ohne von dem Chaos um sie herum zu wissen, organisierte Ludmilla ihr Wohlfühl-Weinwochenende. Das Programm begann am Freitagabend mit einem gemütlichen Abendessen zum Kennenlernen. Am Samstag stand eine Weinerlebnisführung im Weinberg an und als Höhepunkt die Weinprobe in der Cave des Huber Hofes. Das Wochenende klang dann am Sonntag mit der Besichtigung der Weingärtnergenossenschaft in Hohenneuffen aus.

Sechs Gäste waren im Lauf des Freitags eingetroffen. Einige fuhren zu einer kurzen Tour nach Tübingen, andere genossen einen Spaziergang durch die Streuobstwiesen. Eine Reporterin vom »Tübinger Wochenblatt« würde abends dazustoßen. So konnte Ludmilla in Ruhe ihre Vorbereitung abschließen.

Um 18 Uhr traf sich die Gesellschaft in der Wohnküche. Ludmilla hatte ein Büfett mit selbst gemachten Maultaschen mit Kartoffelsalat, Linseneintopf und Flädlesuppe vorbereitet. Nachdem sich alle ein Weinglas vom Tablett genommen hatten, prostete ihnen die Gastgeberin zu.

»Herzlich willkommen auf dem Huber Hof! Wir sollten den Abend mit einer kurzen Vorstellungsrunde beginnen. Alles Weitere kann man ja später vertiefen. Also, ich bin die Ludmilla Huber. Mein Mann, der Sepp, ist heute bei einer Sitzung der Weingärtnergenossenschaft. Morgen werden Sie ihn kennenlernen. Er macht die Führung durch den Weinberg«, schloss Ludmilla und warf dem etwas dicklichen Mann neben sich einen auffordernden Blick zu.

Der lächelte in die Runde und begann mit sonorer Stimme: »Ich bin Roland Schütte vom Weinhaus Beck in Stuttgart und die gut aussehende Frau neben mir ist Irina, meine Göttergattin. Wir sind hier, weil wir immer auf der Suche nach neuen Weinen sind und uns ein entspanntes Wochenende gönnen wollen.«

Nach kurzer Pause begann sein Stehnachbar: »Mein Name ist Ulrich Gänshirt aus Konstanz am schönen Bodensee. Ich betreibe mit meiner Schwester Hiltrud Pachmayer die ›Weinstube Gänshirt‹.« Die blonde Frau an seiner Seite lächelte verbindlich. Sie trug die gleiche rote Filzjacke wie ihr Bruder mit dem Logo der Weinstube auf der Brusttasche.

Nachdem Ulrich Gänshirt und seine Schwester offenbar nichts mehr zu sagen hatten, stellte sich die junge Frau im Schlabberlook neben ihm vor: »Mein Name ist Karin Knodt vom ›Tübinger Wochenblatt‹. Wir berichten in loser Folge von den Weingütern hier in der Gegend. Da bot es sich an, das Angenehme mit dem Job zu verbinden und hier ein Wochenende zu verbringen. Ich freue mich schon auf die Verkostung, und dass ich danach nicht mehr fahren muss!« Sie lachte auf.

Der sportliche, junge Mann neben ihr grinste vor sich hin.

»Richard Zischka mein Name. Ich habe den Internet-Weinversand ›Weinträume.de‹ und bin aus dem schönen Laichingen. Und, obwohl meine etwas dunklere Hautfarbe es nicht vermuten lässt, bin ich ein Schwabe von Geburt an. Sie kennen Laichingen?«, er sah in die Runde und fuhr gleich fort, »bei uns in der Nähe liegt die Laichinger Tiefenhöhle. Diese besondere Höhle ist die einzige begehbare Schachthöhle in Deutschland. Mit 86 Metern Tiefe und 1348 Metern Gesamtlänge zählt sie zu den bedeutendsten Karstobjekten der Schwäbischen Alb.«

Er wirkte so stolz, als ob er die Höhle selber gegraben hätte: »Ich bin auch Höhlenforscher und bei der Höhlenrettung. Sie glauben nicht, was die Touristen alles anstellen, um in möglichst unmögliche Situationen zu kommen. Zum Beispiel …«

»Lasst uns anstoßen, ich würde vorschlagen, wir duzen uns alle. Unser gemeinsames Interesse gilt dem Wein und das sollten wir feiern!«, schnitt Ludmilla dem Höhlenforscher das Wort ab.

Alle hoben ihre Gläser.

»Und jetzt greift zu, bevor alles kalt wird! Die Maultaschen habe ich nach dem Rezept von Pia Huber, der Großmutter von Alois gemacht und die Alb Leisa, also die Alblinsen, kommen aus der Umgebung von Lauterach.«

Die Gäste stellten die Gläser am Tisch ab und begannen, die bereitgestellten Teller unter anerkennenden Kommentaren mit den Spezialitäten zu füllen. Es fehlte noch Frau Petra Wohlgemut, eine Sommelière aus Oberbergen. Die hatte sich entschuldigt, da sie Migräne bekommen hatte.

# 37

Wotan schreckte auf. Sein Herz raste. Kurzzeitig war er orientierungslos. Er spürte, dass er auf dem Rücken lag. Sein Flanellnachthemd klebte schweißnass an seinem Rücken. Dann öffnete er die Augen. Im Raum war es dunkel. Nur durch die Spalten der Rollos sickerte schwaches Licht ins Schlafzimmer. Der Projektionswecker warf die 2.17 Uhr an die Decke. Diese Traumbilder ließen ihn nicht los. War das Annabell gewesen, die da in einem dunklen Raum saß und leise vor sich hin wimmerte? Ein ungutes Gefühl beschlich ihn.

Schon gestern Abend hatte er dieses Ziehen in der Brust gehabt, das ihn immer überkam, wenn Annabell Kontakt mit ihm aufzunehmen versuchte. Er hatte sich mit einem Tannenzäpfle vor den Fernseher gesetzt, herumgezappt und war bei der x-ten Wiederholung von »Indiana Jones und der Tempel des Todes« hängen geblieben.

Um 24 Uhr war er ins Bett gekrochen. Schon im Halbschlaf wurde er von einem kurzzeitigen Flash überfallen und hörte diese nervige Reporterin Eva Witten in einer Höhle schreien. Oder war das Indiana Jones gewesen oder ein Tourist aus der Airbnb-Wohnung unter ihm? Schließlich war er weg gedämmert.

Um 2.20 Uhr stand er auf, wechselte das feuchte Nachthemd gegen den letzten Pyjama aus dem Wäscheschrank und stopfte es in die randvolle Trommel der Waschmaschine. Den Tukan auf der Tapete im Flur ignorierte er. Mitten in der Nacht führte er keine Unterhaltungen mit dem neunmalklugen Vogel. Von Herzen gern hätte er aber mit Annabell geredet.

Sie schlief bestimmt tief und fest, wie es ihre Art war, in ihrem Bett auf dem Huber Hof. Er nahm sich vor, sie vor dem Frühstück anzurufen, um ihre Stimme zu hören. Diese seelenlose App-Schreiberei mit den verrückten Emojis benutzte er ungern. Nachdem er sich elend lang hin und her gewälzt hatte, schlief er um 3.05 Uhr wieder ein. Um 7 Uhr klingelte sein Wecker. Als Erstes schnappte er sich das Handy vom Nachttisch und rief Annabell an. Mailbox!

Nach einer Katzenwäsche und einem schnellen Kaffee radelte er ins Präsidium. Dort nervte ihn alles. Robert mit seinen stinkenden Tees, Wolfgang, der über Top-Sonderangebote philosophierte und Nusskuchen mitgebracht hatte, und Bernadette, die einfach nur da war und gut gelaunt vor sich hin grinste.

Zu allem Überfluss tauchte auch noch seine Chefin, die Gurkenbichlerin auf. Sie wollte über die Fortschritte bei den Ermittlungen informiert werden. Da ginge ja wirklich nichts voran. Die Presse saß ihr im Nacken und das wollte sie jetzt an Wotan und seine Truppe weitergeben. Wotan war pampig und kurz angebunden. Die Gurkenbichler sah ihn von der Seite an, sagte aber nichts. Vermutlich dachte sie, dass Wilde wegen seines Misserfolges bei den Ermittlungen genervt war. Deshalb lobte sie ihn wegen der Lösung des Güllemordes über den grünen Klee.

Das konnte Wotan in dem Moment nicht so recht annehmen, war das doch mehr oder weniger eine Lösung durch Kommissar Zufall gewesen. Valea Rahman war bei einem nächtlichen Versuch, Kühe zu vergiften, in die Güllegrube gefallen. Aus die Maus! Keine Fremdeinwirkung, aber jede Menge Bohai durch einen gekauften Zeugen. Die ganze Arbeit und der Schreibkram für die Katz.

Als die Gurkenbichlerin wieder weg war, versuchte er noch mal, Annabell anzurufen. Nur die Mailbox ging ran. Er spürte schon wieder einen leichten Magendruck.

Es beschäftigte ihn, dass er sie nicht erreichte. Und die Träume heute Nacht und überhaupt. Er wäre am liebsten an den Neckar gegangen und hätte einen Urschrei übers Wasser geröhrt. Er warf das Handy auf den Besprechungstisch. Jetzt reichte es! Irgendetwas musste er unternehmen.

»Wolfgang, suchst du mir mal die Nummer vom Huber Hof raus!«, bellte Wotan seinen unschuldigen Mitarbeiter an, der vor dem Bildschirm brütete.

»Kannste das nicht selber?«, antwortete Wolfgang patzig. So aggressiv wie sein Chef konnte er schon lange sein.

»Jetzt mach schon!«, befahl Wotan und sah seinen Mitarbeiter grimmig an.

»07071/274501!«, rief Wolfgang kurz darauf in Richtung Wotan.

»Geht doch!«, sagte der und wählte.

Es klingelte, nur keiner ging ran. Ludmilla oder Walburga sollten doch erreichbar sein. Er musste also selbst nach dem Rechten sehen und nach Apfelstetten rausfahren.

»Ich fahre mal zum Huber Hof! Da stimmt irgendwas nicht!«, warf Wotan in den Raum.

»Ich komme mit!«, Bernadette stand auf und zog ihre Regenjacke an. Diesen misslaunigen Chef konnte sie nicht alleine auf die Menschheit loslassen.

Ludmilla und ihre Küchenhilfe Walburga saßen am Küchentisch und schnitten Gemüse und Wurst fürs Mittagessen, als Hauptkommissar Wotan Wilde eine gute halbe Stunde später in die Küche fegte, gefolgt von seiner Assistentin Bernadette.

»Die Haustür war offen. Hallo zusammen!«, bemerkte er und klopfte nachträglich zur Begrüßung an den Türrahmen, »was ist bei euch los? Warum geht hier niemand ans Telefon?«

»Sorry, ich habe das Mobilteil irgendwo liegen lassen«, entschuldigte sich Ludmilla, nachdem sie ihre Kittelschürze abgetastet hatte.

»Ich suche Frau Krötenheinrich. Die geht auch nicht ans Telefon! Ist sie hier?«, fragte er ungeduldig.

Bernadette legte ihm beruhigend die Hand auf den Arm. Er schüttelte sie ab wie einen Schwarm Mücken, zog einen Stuhl heran und setzte sich. Diese Weiberversammlung regte ihn auf, wie alles an diesem verflixten Tag.

»Die Annabell ist vorgestern zu einer Vollmondsession im Weinberg aufgebrochen. Habe seitdem nichts mehr von ihr gehört«, berichtete Ludmilla und nahm den nächsten Schübling aus der Packung.

Wotans Blick fiel auf die Wurststücke in der Plastikschüssel. Er hätte gerne so ein Stück genascht. Auf diesen Schnäppchenkuchen von Wolfgang musste er dauernd sauer aufstoßen. Hortensia goss ein Glas Wasser ein und schob es ihm hin. Der arme Kommissar wirkte übernächtigt und ausgetrocknet. Bernadette nahm das Glas, das für Wotan bestimmt war, und trank es in einem Zug aus. Dieser Nusskuchen war köstlich gewesen, machte aber durstig.

»Und da sind Sie nicht misstrauisch geworden?«, Wotan war kurz vor dem Explodieren.

»Ich betreibe hier eine Pension und kein Gefängnis! Wenn Gäste wegbleiben wollen, dann hindere ich sie nicht daran«, antwortete Ludmilla etwas angesäuert.

»Bernadette komm! Wir fahren zurück ins Büro und überlegen uns gemeinsam mit dem Team eine Strategie für eine Suchaktion«, sagte Wotan daraufhin entschlossen. Jetzt musste etwas geschehen.

»Zur Keltenschanze, da wollte Annabell hin!«, erklärte Ludmilla.

»Genau, Bernadette, da fangen wir mit der Suche an!«, rief Wotan erleichtert.

Endlich tat sich was. Gleich wurde seine Stimmung etwas besser.

# 38

Viola hatte ihren ehemaligen Freund Carlos nicht gerade mit offenen Armen empfangen. Er hatte ihr eine herzzerreißende Story erzählt. Dass er Schulden beim Falschen gemacht hatte, jetzt für einige Zeit untertauchen müsste, und dass er etwas überstürzt hatte aufbrechen müssen. Viola war von ihm schon einiges gewohnt und deshalb nicht sonderlich erstaunt, dass er wieder einmal in Schwierigkeiten war. Es war richtig gewesen, die Beziehung abzubrechen. Sie gewährte ihm ein letztmaliges Asyl auf ihrem Wohnzimmersofa und besorgte ihm Wechselklamotten, eine Taschenlampe und eine alte Sporttasche.

Am nächsten Morgen ließ er die Tageszeitung unauffällig verschwinden, die durch den Briefkastenschlitz in die Wohnung gefallen war. Der spektakuläre Aufmacher war der Polizeieinsatz mit dem Autocrash. Auf dem Foto konnte man genau erkennen, dass es sich um seinen Laden handelte. Wenn Viola das gesehen hätte, wäre er in arge Erklärungsnot gekommen. Nach einem spartanischen Frühstück brach er auf. Er hatte das untrügliche Gefühl, dass ihn Viola loswerden wollte.

Es war ihm etwas unwohl, als er mit dem geklauten Auto durch Stuttgart fuhr. Das war sicher schon in der Fahndung. Aber alles ging gut und er kam eine drei viertel Stunde später an der Keltenschanze an. Zur Sicherheit stellte er das Fahrzeug etwas abseits hinter eine Buschreihe. Die Pistole holte er aus dem Handschuhfach und steckte sie hinten in seinen Gürtel. Er hatte sie im Auto zwischengelagert, da es schwierig gewesen wäre, Viola die Schusswaffe zu erklären. Beim Aussteigen sicherte er nach allen Seiten, aber es war niemand zu sehen.

Carlos kletterte durch den niedrigen Eingang in die Höhle. Leider war seine Lagerkiste am Eingang nicht so gut gefüllt, wie er gedacht hatte. Um die beiden Geiseln machte er sich keine Gedanken. Mit der Pistole würde er sie in Schach halten können, beruhigte er sich. Außerdem waren sie ja gefesselt. Das Ding musste er jetzt durchziehen!

Mit schlafwandlerischer Sicherheit ging er in Richtung des Keltengrabes. Bald hörte er Stimmen. Täuschte er sich oder waren das zwei Frauen, die sich da unterhielten? Hatte sich Feinäugle in eine Frau verwandelt? Zuzutrauen wäre es ihm. Carlos lachte kurz auf. Aber vorsichtig sollte er trotzdem sein. Langsam schlich er weiter, nachdem er die Taschenlampe ausgeknipst hatte. Er drückte sich an der Wand entlang. Schließlich war er so nah an der Klangquelle, dass er ins Gewölbe sehen konnte.

An der Wand neben seinem Stromgenerator saßen drei Personen und aßen etwas. Er hörte das Rascheln einer Tüte. War das sein Notvorrat? Wie konnten sie an die Kiste kommen? Er zog die Pistole aus dem Gürtel und brachte sie in Anschlag. Es war für ihn von Vorteil, dass die Höhle im Halbdunkel lag. Möglichst leise schob er sich weiter an die Personen heran.

»Hände hoch!«, rief er, als er aus dem Dunkeln in die dämmerige Höhle trat.

Eva und Annabell betrachteten ihn wie eine Erscheinung. Eva verschluckte sich und begann zu husten. Der Professor ließ die Gummibärchentüte fallen und hob sofort beide Hände über den Kopf. Die letzten Bärchen kullerten in den Staub.

»Was soll das ganze Schmierentheater?«, fragte er in

seiner sonoren Stimme. »Bringen Sie uns hier raus! Wir vergessen, was Sie uns angetan haben. Ich will nur das Keltengrab wissenschaftlich auswerten.«

Annabell wollte nur von Wotan gefunden werden und ihre Wünschelrute zurück. Eva wollte nur eine Tüte Buchstabenkekse bei Tageslicht knabbern und eine Knaller-Story schreiben.

»Klappe und Hände hoch!«, antwortete Carlos scharf. Was sollte das Gefasel? Er zielte auf die drei Geiseln.

»Und wer sind Sie und wie kommen Sie hierher?«, er deutete mit der Pistole auf Annabell.

»Also ich wollte bei Vollmond mit meiner Wünschelrute …«, begann Annabell.

»Wollen Sie mich verarschen? Wer sind Sie?«, brüllte Carlos.

»Annabell Krötenheinrich!«, sagte die mit zitternder Stimme.

»Na, geht doch! Kenne ich nicht!«, stellte Carlos fest. »Wer weiß, dass Sie hier sind?«

»Also, ich habe mit Wotan telepathisch Kontakt aufgenommen …«, begann Annabell.

»Hinsetzen und Klappe!«, Carlos wandte sich von der Esoterikerin ab. Also wusste niemand, dass sie hier unten war. Gut so!

»Ihr beide …« er deutete mit dem Pistolenlauf auf Eva und Magnus.

»… du nimmst die Schaufel und du die Hacke!«, verteilte er die Aufgaben. »Grabt um euer Leben! Ich brauche möglichst viele Schätze! Los hoch, ihr Luschen!«

Er zog einen Schlüssel aus der Hosentasche, ging vorsichtig sichernd zu dem roten Stromgenerator an der Wand. Carlos steckte den Schlüssel ins Schloss und ließ den Motor an. Sofort erstrahlte die Höhle in hellem Licht.

Eva hielt sich schützend die Hand vor die Augen. Was hatten sie nicht herumprobiert, um das Ding zum Laufen zu bringen! Eva und Magnus bewegten sich nicht.

»Wollt ihr mich verarschen? Aufstehen! Graben!«, brüllte Carlos.

»Das können Sie vergessen! Graben Sie doch selbst! Sie können mit ihrer Waffe herumfuchteln, solange sie wollen!« Eva bewegte sich nicht.

Carlos sah sie wutentbrannt an. Man sah, dass er mit der Situation total überfordert war. Eine brandgefährliche Situation entstand zwischen den vier Personen. Dann, nach einer gefühlten Ewigkeit, hob Carlos die Waffe und zielte auf Eva.

»Letzte Warnung!«, brummte er. Eva war immer noch starr wie eine Wachspuppe.

Blitzschnell hob Carlos die Glock über den Kopf und drückte ab. Kalkstein spritzte, ein Brocken löste sich von der Decke und stürzte donnernd zu Boden. Der Knall des Schusses hallte durch die Gänge und vervielfachte seine Lautstärke. Geröll rieselte von Decke und Wänden. Alle rissen die Hände an die Ohren. Trotzdem setzte bei jedem ein unangenehmes Pfeifgeräusch in den Ohren als Reaktion auf den Knall ein.

»Die Höhle stürzt ein! Sie Idiot! Wir werden alle sterben!«, brüllte Magnus. Er warf sich auf den Boden und hielt schützend die Hände über den Kopf. Die beiden Frauen taten es ihm gleich.

»Soll ich noch einmal schießen?«, fragte Carlos, der wie eine Statue in der Mitte der Höhle stand.

»Gut wir graben!« Eva stand auf und klopfte sich den Staub von der geliehenen Kleidung. Auch Magnus erhob sich ächzend und griff nach der Hacke. Eva packte den Schaufelstiel.

»Das werden Sie noch bereuen!«, presste sie zwischen den Zähnen hervor.

»Das gibt eine saftige Strafe vom Land Baden-Württemberg. Das ist Diebstahl von …«, setzte Magnus an.

»Schnauze, grabt!«, bellt Carlos und hob wieder drohend seine Waffe. Er musste das hier schnellstmöglich durchziehen.

»Wotan ist unterwegs! Das spüre ich! Wir werden uns wiedersehen, falls ich es bis dahin schaffe!«, murmelte Annabell, schloss die Augen und begann zu meditieren.

# 39

Als Wotan und Bernadette aus Apfelstetten ins Büro zurückkamen, saß das restliche SOKO-Team am Besprechungstisch. Sie unterhielten sich und warteten auf neue Anweisungen. Der Fall Carlos Lago musste irgendwie vorangetrieben werden.

»Na, Annabell gefunden?«, fragte Wolfgang.

Nach der Miene seines Chefs war der Besuch beim Huber Hof ein Flop gewesen. Wotan schüttelte den Kopf. Nur auf gut Glück zur Keltenschanze zu fahren, war ihm dann doch zu vage gewesen.

»Ich hab' das ungute Gefühl, dass Annabell etwas zugestoßen ist«, sagte Wotan mit Grabesstimme.

»Aber was ist jetzt mit Carlos Lago?«, fragte Wolfgang.

Wotan setzte sich an den Tisch, stützte die Ellenbogen auf und begrub sein Gesicht in den Händen.

»Annabell«, murmelte er, »ich muss sie suchen!«

So verzweifelt hatten sie ihren Chef noch nie erlebt.

»Wir müssen uns unbedingt um den Carlos kümmern, der ist immer noch wie vom Erdboden verschluckt. Das hat Priorität«, warf Robert ein.

Er fing sich einen bösen Blick von Bernadette ein. Jetzt war nicht der Augenblick, um neuen Druck auf den Verzweifelten aufzubauen. Wotan saß reglos und stumm da. Bernadette sah ihn an und wartete auf seine Erwiderung auf Roberts Einwurf.

»Wotan?«, fragte sie und legte ihm die Hand auf die Schulter.

Wotan zeigte keine Reaktion.

»Du bist emotional in einer Ausnahmesituation. Du kannst keine vernünftigen Entscheidungen mehr treffen. Ich übernehme den aktuellen Fall!«, stellte sie dann fest und sah in die Runde.

Robert und Wolfgang blickten gespannt zwischen Wotan und Bernadette hin und her.

»Ich rufe jetzt die Gurkenbichler an und lasse mir das bestätigen.« Bernadette nahm den Telefonhörer in die Hand.

Jetzt erst bewegte sich Wotan.

»Blödsinn! Emotionale Ausnahmesituation. Wir sind ein Team! Wir schaffen das nur gemeinsam!« Wotan drückte Bernadettes Hand mit dem Hörer wieder auf die Feststation.

»Was haben wir im Fall Carlos?« Wotan richtete sich auf.

Der Schock, die Kontrolle zu verlieren, hatte ihn aus seiner Lethargie geholt.

»Wir haben diese Karte von der Luna Emmerdinger. Sie soll eine Höhle mit einem Keltengrab zeigen. Angeblich wusste Carlos davon«, meinte Wolfgang.

»Habe da noch mal nachgehakt«, sagte Robert. »Die Witten und die Schwinghammer sollen zufällig in einer Kneipe beobachtet haben, wie Trost vom Carlos Münzen oder Schmuck bekommen hat. Könnten Sachen aus dem Keltengrab gewesen sein. Ist aber nicht bestätigt.«

»Trotzdem könnte etwas dran sein!«, überlegte Wotan, »nehmen wir mal an, Carlos kennt die Höhlenkarte und damit auch das Keltengrab. Das bestätigt auch die Anwesenheit von ihm auf der Keltenschanze, wo er mit dem Dolch auf Rufer einstach. Wie hoch ist die Wahrscheinlichkeit, dass Carlos sich dort verstecken könnte? Wir sollten uns die Karte mal näher anschauen.«

Robert stand auf und holte das Foto aus einer Schublade seines Schreibtisches. Er legte es mitten auf den Besprechungstisch.

»Hier hat jemand KS und da WB vermerkt. Keltenschanze und Weinberg, logisch. Und der zweite Teil der Karte hier unten gibt anscheinend die Lage des Grabes in der Höhle an.«

Alle sahen Robert entgeistert an. Das gab es nicht oft, dass der Oldie der Truppe so lückenlos kombinierte.

»Wer hätte gedacht, dass deine grauen Zellen noch zu solchen Höchstleistungen fähig sind?«, murmelte Wotan.

»Das habe ich gehört!«, entrüstete sich Robert.

»Weiter jetzt im Text!«, feuerte Wotan seine Leute an.

»Der Carlos will doch bestimmt weg, nach seinem Angriff auf Rufer und seiner Entführung von Katja. Dazu braucht er Geld. Er könnte sich nicht nur dort verstecken, sondern auch noch mehr Schätze holen«, spann Bernadette weiter.

»Ergo, er hält sich in der Höhle auf oder wird sie bald aufsuchen«, sagte Wotan in die Runde. Es war ihm auf einmal leicht ums Herz. Er hatte irgendwie das Gefühl bald Annabell wieder zu sehen.

»Wir müssen da rein, und zwar schnell. Aber ohne fachkundige Unterstützung ist das unmöglich. Wir brauchen einen Höhlenforscher oder Höhlenretter oder so was. Vorschläge!«

Alle schwiegen und sahen sich fragend an.

»Ruf doch die Ludmilla an, die kennt doch die Leute vor Ort«, schlug Robert vor.

»Ich habe die Nummer von Ludmillas Handy!«, sagte Bernadette und wählte.

»Mist, die hat mich weggedrückt!«, meinte sie kurz darauf enttäuscht.

»Ich habe die Festnetznummer!«, Wotan wählte bereits.

Nach dem zweiten Klingeln hatte er Walburga an der Leitung.

»Kommissar Wilde am Apparat. Kennen Sie jemanden von der Höhlenrettung hier in der Gegend? Es ist wirklich dringend!«, fragte Wilde.

»Keine Ahnung! Aber ich frage die Ludmilla, die ist mit ihren Gästen in der Cave!«, schlug Walburga vor. Diese seltsame Anfrage gab sie gerne an ihre Chefin weiter.

»Machen Sie bitte, machen Sie!«, drängte Wotan.

»Bleiben Sie dran, ich laufe mit dem Telefon rüber zur Cave. Dann können Sie gleich mit Ludmilla sprechen«, schlug Walburga vor.

»Schnell, schnell!« Wotan war kurz angebunden.

Während des folgenden Telefonats ging er aufgeregt im Büro auf und ab. Plötzlich blieb er stehen, steckte sein Handy in die Tasche und sah in die Runde.

»Auf, auf, Leute! Unter den Gästen der Weinprobe ist zufällig ein Höhlenretter. Da haben wir mehr Glück als Verstand! Bernadette, Karte nicht vergessen! Wir werden einen Rettungswagen brauchen und Unterstützung von Grenado. Der soll mit ein paar seiner SEK-Leute zur Keltenschanze kommen. Volles Programm also!«, kommandierte Wotan in alter Manier.

»Ich organisiere das«, sagte Robert und hoffte, um einen Außeneinsatz herumzukommen.

»Gleichzeitige Suche nach Annabell?«, fragte Bernadette Wotan.

»Natürlich! Da können wir hoffentlich zwei Fliegen mit einer Klappe schlagen«, grinste Wotan. Er hatte so ein Gefühl in der Magengegend, dass er Annabell bald wiedersehen würde. Die SOKO-Mitglieder schnappten sich ihre Jacken und Mäntel und verließen das Büro.

# 40

Während die SOKO auf dem Weg zur Höhle war, spitzte sich die Lage dort unten weiter dramatisch zu. Magnus hatte einen zerbrochenen Krug mit Münzen gefunden und kippte die Keltenschüsselchen zu den anderen Fundstücken in die blaue Sporttasche von Carlos. Eva stocherte erschöpft mit der Schaufel im Geröll herum, stieß plötzlich einen spitzen Schrei aus und schleuderte das Werkzeug von sich.

»Da ist ein Skelett!« Eva wirkte völlig verstört.

»Reg dich ab, das sind nur ein paar alte Knochen«, meinte Carlos.

Sie setzte sich möglichst weit weg von dem Geröllhaufen auf den Boden, verschränkte die Arme und postulierte: »Ich grabe keine Sekunde weiter, das ist ja ekelhaft. Außerdem verdurste ich hier gleich!«

Carlos wühlte in seiner Tasche und brachte eine Flasche Mineralwasser ans Licht. Er gab sie Eva, die sie mit zittrigen Händen aufschraubte und gierig einen großen Schluck nahm. Die reichte sie an Annabell weiter, die auch nach etwas zu trinken gierte. So machte die Flasche die Runde.

Carlos betrachtete inzwischen die Ausbeute in der Tasche. Probeweise hob er sie hoch. Sie war nicht sehr schwer. Er konnte sie gut tragen.

»Ich glaube, das reicht erst mal, was ihr da ausgegraben habt!«, sagte er dann plötzlich. »So und jetzt fesselt ihr gegenseitig eure Hände.«

Er wedelte mit seiner Pistole und zeigte auf die Kabelbinder, die noch vom letzten Mal auf dem Boden lagen. Eva fesselte unter Protest den resignierenden Feinäugle. Carlos band die Hände von Annabell und Eva zusammen. Darin hatte er mittlerweile schon Übung.

»Setzt euch da drüben an die Wand!«, befahl er dann.

Schnell hatte er auch die Beine der Gefangenen mit Kabelbindern gesichert. Dann schaltete er den Generator aus und zog den Schlüssel ab. Schlagartig wurde es dunkel in der Höhle. Es drang auch fast kein Licht mehr durch den Riss in der Decke, da es draußen schon dämmerte. Carlos schaltete seine Taschenlampe ein und verschwand in dem Gang Richtung Ausgang.

Inzwischen flüsterte Annabell zu Eva: »Keine Panik! Wotan ist in der Nähe. Das spüre ich!«

# 41

Trotz der Probleme, die andere hatten, fand die Weinprobe wie geplant statt. Die Gäste sollten einen einmaligen Nachmittag verbringen, war Ludmillas fester Vorsatz. Sie wollte ihre erste eigene Degustation professionell durchziehen. Nach einem opulenten Brunch begann das Tagesprogramm mit Alois. Eine Stunde später kehrte die Gruppe von der Besichtigung des Weinbergs unter seiner Führung zur Weinprobe zurück.

Ludmilla eilte hinaus zu den sieben Personen, die erwartungsvoll auf dem Hof standen.

Sie sprach kurz mit Alois und wandte sich dann an die Gäste: »Herzlich willkommen zurück zu unserem nächsten Programmpunkt, der Weinverkostung! Kommen Sie doch mit mir in unsere Cave!«

Die Gäste folgten ihr die Treppe hinunter in den alten Vorratskeller. Ludmilla drückte den Schalter und die Leuchtkerzen auf dem alten Wagenrad an der Decke tauchten das Gewölbe in ein mildes Licht. An den letzten Wochenenden hatten sie und Alois den alten Keller von Unrat, Spinnweben und einer Mäusefamilie befreit. Mit leeren Weinfässern, alten Bauerngerätschaften und einem Weinregal hatten sie dem Gemäuer das Flair einer französischen Cave einzuhauchen versucht. Obwohl sie noch nie in Frankreich gewesen war, schien ihr das hervorragend gelungen. Das Zentrum bildete ein Weinfass, an dessen gehobelter Platte bis zu zehn Gäste Platz hatten. Ludmilla hatte für jeden ihrer Weintester Notizzettel und

Kuli bereitgelegt. Es standen Weingläser und für jeden ein Spuckgefäß aus Edelstahl bereit. Die dezente Deko bildeten Weinranken und ein Körbchen mit Trauben. Außerdem gab es einen Korb mit klein geschnittenem Brot, um zwischen den Weinen den Geschmack zu neutralisieren. Als sich alle um das Fass gestellt hatten, klatschte Ludmilla in die Hände: »Nochmals herzlich willkommen, hier auf unserem wunderbaren Huber Hof an diesem wunderbaren Septembernachmittag. Genießen Sie mit mir die süffigen Weine, die Ruhe und gute Luft auf der Alb. Das Leben ist zu kurz, um schlechten Wein zu trinken!«

»Wie Goethe schon sagte!«, ergänzte ein Gast.

»Ja, wie der schon sagte«, stimmte ihm Ludmilla zu.

Sie hatte den Spruch auf einem Kalenderblatt gelesen und nicht darauf geachtet, wer ihn verfasst hatte. Ludmilla schlug das Herz bis zum Hals. Jetzt galt es sich zu beweisen. Sie spürte, wie ihr linkes Augenlid vor Aufregung flatterte. Vom Gelingen des Nachmittags hing viel ab. Sie wollte Roland Schütte vom Weinhaus Beck und Ulrich Gänshirt von der Weinstube Gänshirt als Abnehmer für die Genossenschaftsweine gewinnen. Dazu musste sie diese Teilnehmer von der exquisiten Qualität ihrer Produkte überzeugen. Richard Zischka mit seinem Internethandel war auch ein potenzieller Kunde. Von Karin Knodt erhoffte sie sich einen wohlwollenden Artikel im »Tübinger Wochenblatt«. Auch Petra Wohlgemut hatte sich von ihrer Migräne erholt und schon beim Brunch ungeniert zugegriffen. Ihr konnte Ludmilla in Sachen Weingenuss natürlich nicht das Wasser reichen, aber sie würde ihr Bestes versuchen, den besonderen Charakter ihrer Weine an die Frau zu bringen. Es waren also alle da, die sich angemeldet hatten. Jetzt blickten alle Ludmilla erwartungsvoll an.

»Dann wollen wir unsere Weinprobe beginnen!«, startete Ludmilla die Veranstaltung. Die Stimmung war schon entspannt, seit gestern Abend kannte man sich ja gut.

»Wir beginnen mit einem trockenen Weißwein, einem Silvaner, aus den besten Lagen der Alb«, sagte Ludmilla.

Sie holte die gekühlte Flasche aus dem Kühlschrank. Der Schraubverschluss machte zwar nicht viel her, ersparte ihr aber das Hantieren mit dem Korkenzieher. Darin war sie noch nicht so fit. Jedem Teilnehmer goss sie ein kleines Weinglas ein.

»Jetzt schlürfen sie den ersten Schluck. Durch die Luftzufuhr wird das Aroma intensiver. Lassen Sie den Wein über die Zunge rollen! Es ist ratsam, die probierten Weine nicht zu schlucken. Zum Ausspucken könnt ihr das Spuckgefäß benutzen. Aber das kennt ihr sicherlich. Mit dem Brot könnt ihr den Geschmack neutralisieren.«

Ludmilla holte tief Luft. Ihr war etwas schwindelig, denn sie hatte bei ihrem Vortrag das Atmen vergessen. Die Runde hielt sich wortlos an ihre Empfehlungen, roch, schwenkte, ließ rollen und schluckte schließlich. Nur Roland und Petra konnten sich entschließen, ihr Spuckgefäß zu benutzen. Die anderen tranken das Probeglas leer.

Da klingelte das Handy von Ludmilla. Am liebsten wäre sie im Erdboden versunken. Sie sah aufs Display, »Unbekannt« stand da. Wird wohl nicht so wichtig sein, dachte sie und drückte den Anruf weg.

»Als zweiten Wein darf ich Ihnen gleich eine Spezialität anbieten, den K9 in der Sonderedition, einen exzellenten Weißwein aus ausgewählten Rebsorten der besten Lagen unserer Genossenschaft. Er ist in diesem Jahr besonders süffig und trocken.«

Ludmillas Stimme lullte die Gäste ein, die Verkostung nahm ihren Lauf. Plötzlich kam Walburga die Kellertreppe heruntergerannt, das Mobilteil des Telefons in der Hand.

»Ludmilla, der Kommissar Wilde für dich. Super dringend!«, sagte sie atemlos.

Mit einem genervten Blick nahm Ludmilla das Telefon entgegen.

»Huber! Wenn das nicht wichtig ist, werden wir ein intensives Gespräch führen!«, meinte sie aufgebracht.

Kurz berichtete Wotan von der Suche in der Höhle nach einem Verbrecher und Annabell. Ob sie denn in der Umgebung einen Höhlenretter kenne?

»Ich gebe Sie mal an Herrn Zischka weiter, der ist ihr Mann!«, sagte sie zu Wotan und zu Richard. »Für dich!« Der setzte sein Glas ab, sah sie erstaunt an und übernahm das Mobilteil.

»Zischka!«, meldete er sich und hörte dann nur noch zu. »Ich komme!«

»Ich muss leider zu einer Höhlenrettung, ihr entschuldigt mich!«, sagte er und verließ mit Walburga die Cave. Die Gäste blickten ihnen neugierig nach.

»Wir werden bestimmt später erfahren, was da genau los war. Machen wir weiter«, überbrückte Ludmilla galant die Pause.

Es ging weiter mit Schwarzriesling, Trollinger, Täler Secco weiß und rosé. Ludmilla sprach über die Albspezialitäten wie Albmozzarella, Albdinkel, Schafseife, Weinbergschnecken und Alblinsen. Die Runde wurde immer gesprächiger und lustiger, Ludmilla immer sicherer. Wenn mich jetzt der Alois sehen könnte, dachte sie stolz.

Irina Österle kicherte ununterbrochen, Roland Schütte erzählte Anekdoten aus seiner Zeit im Bordeaux, wahrscheinlich, um von seiner angetrunkenen Freundin abzulenken. Karin Knodt machte sich ununterbrochen Notizen und fotografierte die Weine. Nur Ulrich Gänshirt und seine Schwester Hiltrud Pachmayer schlotzten und spuckten, notierten und schienen echte Kaufabsichten zu haben. Ludmilla war nach einer Stunde Degustation und Präsentation schweißgebadet, aber glücklich.

# 42

Als Wotan mit dem schwarzen BMW der SOKO in den Waldweg an der Keltenschanze einbog, wurde er schon erwartet. Ein Rettungswagen und einige Streifenwagen standen am Rand des Feldweges. Er parkte hinter einem grauen Kombi und stieg aus.

Richard Zischka beugte sich gerade über den Kofferraum des Autos. Er sprach mit einem bärtigen, jungen Mann, der neben ihm stand und weiße Helme in der Hand hielt.

»Ich bin Hauptkommissar Wotan Wilde und ich bin für den Einsatz hier verantwortlich«, stellte er sich den beiden Männern vor.

»Ich bin Richard Zischka von der Höhlenrettung in Laichingen. Bei uns in der Nähe liegt die Laichinger Tiefenhöhle. Diese besondere Höhle ist die einzige begehbare Schachthöhle in Deutschland. Mit 86 Metern Tiefe und 1.348 Metern Gesamtlänge zählt sie zu den bedeutendsten Karstobjekten der Schwäbischen Alb …«, begann Richard seinen üblichen Vortrag.

Wotan unterbrach ihn: »Bitte jetzt keine Fremdenverkehrswerbung, wir haben Wichtigeres zu tun!«

Dieser Dunkelhäutige schwäbelte erstaunlich stark. Nicht, dass Wotan fremdenfeindlich war, aber er wunderte sich doch über diese Tatsache. Zischka zuckte mit den Schultern. Dass es so eilig war, hatte er nicht gewusst. Er kramte weiter im Kofferraum des Kombis. Irgendwo musste doch diese Taschenlampe sein. Der Bärtige neben ihm stellte sich ungefragt vor.

»Richard hat mich angerufen und um Unterstützung gebeten. Ich bin Rainer Hämmerle, von der Höhlenrettung Baden-Württemberg. Ich habe Höhlenausrüstung aus unserem Vereinsheim in Tübingen mitgebracht.«

Er hielt die Helme hoch.

»Worum geht es eigentlich? Ich weiß nur, dass wir eine Höhle suchen und dann rein sollen.«

»Eigentlich suchen wir einen flüchtigen Verbrecher. Wir vermuten, dass er in einer Höhle hier an der Keltenschanze ist. Wir haben einen Plan, in dem diese eingezeichnet ist«, fasste Wotan zusammen.

»Aber könnte das nicht gefährlich werden? Mit dem Verbrecher und so!«, Richard wirkte von der ganzen Aktion nicht recht überzeugt.

»Ich gehe mit in die Höhle und auch Leute vom SEK«, beruhigte ihn Wotan.

»SEK?«, fragte Richard.

»Sonder-Einsatz-Kommando, die haben eine Spezialausbildung für die Festnahme von gefährlichen Subjekten. Allerdings nicht für Höhleneinsätze!«, klärte ihn Bernadette auf, die inzwischen auch angekommen war.

»Dafür habt ihr ja jetzt uns«, grinste Rainer.

In dem Moment kam Nadal Grenado, der Chef des SEK, mit zwei seiner Männer angerannt.

»Erzähle uns kurz, was wir hier sollen?«, bat er um Aufklärung. Wotan berichtete noch einmal von Carlos und der Gefahr, die von ihm ausging.

»Gut, nehmt zwei meiner Männer mit in die Höhle!«, legte Grenado fest.

Richard nickte. Mit zwei gut trainierten Polizisten in der Gruppe war ihm wohler.

»Also los! Wer hat den Plan?« Richard sah Wotan fragend an.

Vorher hatte er die Helme mit Grubenlampen verteilt. Wotan und die SEKler bekamen noch Rucksäcke mit Ausrüstung verpasst. Wotan holte das Foto mit dem Plan aus seiner Jacke und entfaltete es auf der Motorhaube des Kombis. Rainer trat neben ihn und starrte auf das Papier.

»Interessant!«, sagte er nach einer kurzen Zeit. »Erst mal wollen wir den Plan einnorden.«

Er tippte mit dem Finger auf das »N«-Zeichen am Bildrand. Dazu holte er einen kleinen Kompass aus seinem Rucksack.

»Carlos ist hier schon einmal aus dem Wald aufgetaucht. Der Eingang kann also nicht weit sein«, warf Wotan ein.

Da kam ein Polizist auf Wotan zu: »Wir haben das vermutliche Fluchtauto von Carlos Lago dort hinten im Wald gefunden. Er ist also hier irgendwo.«

»Danke!«, sagte Wotan.

Plötzlich wurde ihm schummerig vor den Augen. Er kannte diesen Zustand inzwischen. Annabell versuchte mit ihm Kontakt aufzunehmen. Er konzentrierte sich auf sie. Er sah zwar den Eingang der Höhle nicht, aber er fühlte, in welche Richtung sie gehen mussten.

Schlagartig wurde ihm klar, seine Annabell war da unten, und ein Verbrecher trieb dort sein Unwesen. Was, wenn sie aufeinanderträfen? Carlos war zwar nicht als Gewaltverbrecher bekannt, andererseits hatte er zwei Frauen entführt und einen Mann niedergestochen. Wusste man, was er in Extremsituationen tun würde? Und das war eine Extremsituation.

»Herr Wilde, was ist mit Ihnen?«, fragte Richard.

»Ich weiß, in welcher Richtung der Eingang ist. Schnell, jetzt geht es um jede Sekunde! Schnell! Schnell!«, sagte Wotan automatisch, wie in Trance. Er ging ohne weitere Erklärung in westlicher Richtung los. Die Höhlenretter und die

SEKler folgten ihm. Nach einem kurzen Marsch standen sie vor einem Kalkfelsen, der hinter dichtem Gebüsch verborgen lag. Wotan drückte die Äste eines Haselstrauchs beiseite. Dahinter, in Hüfthöhe über dem Boden, kam ein etwa ein Meter hoher und fünfzig Zentimeter breiter Einstieg zum Vorschein.

»Da geht's rein! Schnell! Schnell!«, sagte Wotan. Er war stolz. Ob er einfach die geografische Karte gut gelesen, oder ob Annabell ihn geleitet hatte, das war jetzt völlig egal. Sie schwebte in Lebensgefahr und er würde sie retten. Dass zwei ausgebildete Höhlenretter und Profis vom SEK dabei waren, störte ihn nicht. Alle machten ihre Taschenlampen an und Richard krabbelte als Erster durch den Höhleneingang ins Ungewisse.

# 43

Die vier Männer folgten Richard Zischka. Gebückt, eher kriechend, meisterten sie die ersten Meter. Dann wurde der Gang höher und breiter. Wotan sah sich um. Der Ausgang lag hinter einer Biegung und war fast nicht zu erkennen. Wenn man nicht wusste, wo er war, würde man ihn kaum entdecken. Das Vorankommen war mühsam. Manchmal mussten sie gebückt laufen, manchmal sich durch eine Engstelle zwängen. Sie versuchten, so leise wie möglich voranzukommen, um etwaige Geräusche von Carlos Lago zu hören und im Gegenzug nicht auf sich aufmerksam zu machen.

Es zeigte sich die Erfahrung von Richard und seinem Kollegen. Sie liefen relativ geradlinig nach dem Plan durch die Gänge. Zwischendurch blieben sie immer wieder stehen und berieten sich. Nach etwa zehn Minuten erreichten sie eine breitere Stelle des Ganges mit einer Öffnung in der Decke. Tageslicht fiel durch die Nadelbäume, die oben am Rand standen. Überall waren Fußspuren zu sehen.

»Was ist denn hier passiert?«, fragte Wotan.

»Offenbar ist hier jemand abgestürzt«, mutmaßte Manfred.

»Annabell!« Wotan sah sich in seinen Vermutungen, aber auch in seinen Sorgen, bestätigt.

»Jetzt geht es aber erst mal um Lago. Vorsicht ist geboten, er könnte bewaffnet sein!«, ermahnte Wotan.

Sie kämpften sich weiter voran und entdeckten immer wieder verschiedene Fußspuren.

»Ruhe! Da war was«, flüsterte einer der SEKler plötzlich. Alle lauschten. Tatsächlich schienen sich Schritte zu nähern.

»An die Wand und Licht aus!«, kommandierte Wotan in Flüsterton. Alle löschten ihre Lampen und drückten sich an die Wände. Plötzlich tauchte der Lichtschein einer Taschenlampe in kurzer Entfernung auf. Man konnte die Silhouetten eines Mannes erahnen.

Wotan, der neben den Polizisten des SEK stand, ließ ihn noch etwas herankommen und kommandierte dann: »Jetzt! Zugriff!«

Die Stirnlampen der beiden flammten auf und beleuchteten die Gestalt. Carlos erkannte sofort die Brisanz der Situation. Er warf seine Tasche weg, drehte sich um und verschwand in der Dunkelheit.

»Der kann uns nicht entkommen! Der Eingang der Höhle liegt in der anderen Richtung«, meinte Wotan.

»Laut Plan dürfte es nicht mehr weit bis zum Keltengrab sein«, warf Richard ein.

»Bertram, du bleibst mit Rainer hier, falls Lago doch versucht sich zum Ausgang durchzuschlagen«, befahl Wotan dem SEK-Mann.

Angespannt folgte die Restgruppe Richard durch die Höhle. Dann weitete sich der Gang und schien in einem größeren Raum zu enden.

»Ich glaube, wir sind da«, flüsterte Rainer.

Plötzlich blendete eine Taschenlampe auf. In ihrem Lichtschein sah man Carlos, der die von den Fesseln befreite Eva wie ein Schild vor sich hielt und ihr die Pistole an die Schläfe drückte. Diese Frau machte ihn noch wahnsinnig. Sie zog das Unheil an wie ein Magnet und kreuzte unablässig seinen Weg. Einen Miniaugenblick wunderte sich der Kommissar über die seltsame Kleidung der Reporterin. Die lila Jacke und die engen Leggings sahen nach Radkleidung aus.

»Wenn ihr näherkommt, ist sie tot!«, rief Carlos.

Eva war kreidebleich. Die Haare hingen zottelig um ihren Kopf.

»Machen Sie jetzt keinen Fehler!«, beschwichtigte Wotan Carlos.

Der hob die Lampe und versuchte die Größe der feindlichen Gruppe abzuschätzen. Der Geiselnehmer sah mit seinen verdreckten Kleidern, den blutunterlaufenen Augen im fahlen Gesicht und den dunklen Augenringen aus wie ein Höhlengespenst.

»Waffen auf den Boden, alle Mann nach links an die Wand und hinlegen!«, kommandierte Lago. Er versuchte, seiner zitternden Stimme einen festen Klang zu geben.

Zuerst bewegte sich niemand.

»Ihr Idioten! Wollt ihr alle sterben!«, schrie Carlos, hob seine Waffe und drückte ab. Er wusste jetzt schon, wie martialisch so ein Schuss in der Höhle wirkte.

Sofort prasselten Steine von der Decke und den Wänden. Panisch warfen sich alle zu Boden. Der Knall hallte durch die Höhle und die Gänge und brach sich tausendfach. Alle waren kurzzeitig taub, hörten dann ein unangenehmes Ohrenpfeifen. Nur Carlos stand wie ein Fels in der Brandung. Er spürte die hämmernden Herzschläge seiner Geisel, die leise stöhnte.

Dann löste sich wie in Zeitlupe ein riesiger Brocken aus der Decke und stürzte genau auf das Keltengrab. Carlos zuckte zusammen. Hatte die Rache der Keltenfürstin doch noch zugeschlagen? Lange konnte er das hier nicht mehr unter Kontrolle halten. Er musste raus hier, raus aus dieser Höhle des Verderbens. Seine Geisel hing an ihm wie ein nasser Sack. Die Verfolger lagen inzwischen alle am Boden.

»Wenn ihr mir in den nächsten 15 Minuten folgt, ist die Frau tot!«, brüllte Lago und drückte Eva noch enger an sich. Sie konnte seinem Gestank nach Schweiß und Dreck nicht entgehen. Eva fühlte sich wie in einem Schraubstock und schnappte röchelnd nach Luft. Wenn sie hier rauskam, würde sie mit Begeisterung langweilige Lokalartikel schreiben, zu Bernd Kohler immer superfreundlich sein und nur noch Secondhand-Kleidung kaufen.

Wotan überlegte eine Millisekunde, ob das eine einmalige Gelegenheit war, um die Reporterin loszuwerden. Sollte er aufspringen und sich auf den Verbrecher stürzen? Nein, das war ein utopischer und unmenschlicher Plan. Das hatte sogar die Witten nicht verdient.

Lagos ahnte nichts von dem SEK-Mann im Gang. Sonst hätte er wahrscheinlich aufgegeben. Nach dem Schuss waren der und Rainer losgerannt. Jetzt pirschten sie sich zum Eingang der Grabhöhle. Der SEK-Mann hatte seine Spezialwaffe im Anschlag. Die hochpräzise Waffe würde Carlos nicht verfehlen. Dann sah Carlos die beiden neuen Player.

»Lassen Sie die Waffe fallen!«, brüllte der SEKler, als er das bemerkte.

»Sofort Waffe weg oder die Frau stirbt!«

In der Stimme von Carlos schwang höchste Verzweiflung. Der SEK-Mann rührte sich nicht und zielte weiter auf den Geiselnehmer. Carlos bewegte seine Pistole von der Schläfe von Eva weg und zielte auf den Polizisten. Den zweiten SEK-Mann in seinem Rücken hatte er nicht mehr im Kalkül. Der begriff blitzartig, dass sein Kollege in Lebensgefahr schwebte. Bevor Carlos abdrücken konnte, zog der seine Pistole und schoss. Carlos sackte stumm auf die Knie und fiel dann vorne über auf den Kalksteinboden. Von der Decke prasselte Kalkstein und Sand auf das Szenarium. Der Schuss hallte dumpf durch die Gänge. Höhlenretter, Polizei und die Geiseln lagen, standen und knieten wie betäubt in dieser Unterwelt.

Nach kurzer Pause kam wieder Leben in die Truppe. Die Polizisten gingen zu Carlos und untersuchten ihn. Sie schüttelten die Köpfe. Da war nichts mehr zu machen. Richard breitete eine Rettungsdecke über den Toten.

Dann sah Wotan Annabell und Feinäugle gefesselt an der Wand sitzen. Er ging zu ihnen hinüber, kniete sich neben Annabell und befreite sie von den Fesseln.

»Ganz schlechte Aura!«, flüsterte er ihr zu. »Ausgefranst und dunkel.«

»Dafür strahlt deine wie ein Heiligenschein«, witzelte Annabell schlagfertig.

Richard und Rainer lösten die Fesseln von Feinäugle und gingen dann sofort zur Versorgung der Geschwächten über. Sie öffneten die Rucksäcke und holten Getränke hervor. Eva taumelte und lehnte sich an die Höhlenwand. Das Ganze hatte sie doch mehr mitgenommen, als sie zugeben wollte.

»Klasse Story, das wird ein Knaller-Artikel!«, sagte sie dann erschöpft, aber offenbar glücklich, »ich muss hier raus, ich sehe den Artikel schon vor mir.«

Wotan schüttelte den Kopf. Diese Frau war völlig verrückt. Kannte sie wirklich keine Angst oder musste man als Reporterin einfach total schmerzfrei sein?

»Bin ich froh, dass du noch lebst.« Wotan zog Annabell den schwarzen Hut bis über die Augen.

»Unkraut vergeht nicht«, meinte die, schob den Hut zurück und blickte ihn aus ihren katzengrünen Augen an.

»Eigentlich sind die Höhlengänger in einem guten Zustand, nur dehydriert und geschwächt. Der verstauchte Knöchel ist zwar schmerzhaft, aber nicht gefährlich. Alle sollten den Rückweg gut schaffen«, diagnostizierte Rainer nach kurzer Erholungspause.

»Dann brechen wir gleich auf. Jeder nimmt einen Geretteten unter seine Fittiche!«, kommandierte Manfred.

Wotan wollte Annabell am Arm nehmen. Die wehrte mit einem sanften Lächeln ab.

»Geh einfach nur neben mir, damit ich die Kraft deiner Aura spüre«, meinte sie.

So schlug sich die Gruppe in Richtung Ausgang durch. Der Tote würde später geborgen werden. Direkt hinter den Höhlenrettern Richard und Rainer gingen die SEKler, dann folgten Wotan und Annabell. Eva ging in einigem Abstand hinter Magnus am Ende. Sie formulierte in Gedanken ihren Artikel. Da stieß ihr Fuß gegen einen weichen Gegenstand.

Sie stoppte und erkannte die Tasche von Carlos. Die stand allein und vergessen in der Dunkelheit an der Höhlenwand. Niemand schien sie im Fokus zu haben oder wusste von ihrer Existenz. Aber sie wusste sogar, was sich darin befand.

»Eva, wo bleibst du denn?«, hörte sie die Stimme vom Magnus. Er hatte sich umgedreht und kam auf sie zu.

»Sag' keinem was«, meinte sie flüsternd, und hielt die Tasche hoch.

»Aber, du kannst doch nicht«, flüsterte der Professor aufgeregt.

»Doch, wir können!«, antwortete Eva ihrem Mitwisser. Der verstummte.

In der Dunkelheit fiel niemanden auf, dass Eva eine Tasche trug. Sie bildete das Schlusslicht.

Die Karawane musste mehrfach Pausen einlegen, um die Höhlenbrüchigen zu schonen. Richard und Rainer wirkten gelöst. Nachdem ihre Mission erfolgreich abgeschlossen war, schienen sie Spaß an der Höhlenexpedition zu haben.

Richard sprach ungefragt über Gesteinsschichten, Fledermäuse und Höhlenbären. Schließlich erreichten sie den versteckten Ausgang. Die letzten Meter mussten kriechend zurückgelegt werden. Das war für die Geschwächten nicht einfach. Besonders Annabell kam mit dem verstauchten Knöchel nur langsam voran. Zu dritt zogen und schoben sie die Verletzte vorsichtig durch den letzten Abschnitt.

Eva gelang es tatsächlich die Tasche unbemerkt hinter einem Haufen Kalksteine zu deponieren, die in einem Seitengang neben dem Ausgang lagen. Zufrieden kroch sie als Letzte aus der Höhle.

Draußen staunten die Sanitäter und Polizisten nicht schlecht, als außer den Rettern noch weitere Personen auftauchten. Alle klatschten spontan Beifall.

»Wir telefonieren!«, meinte Eva zu Magnus.

»Bald!«, antwortete der. Er klopfte die völlig verstaubte Jacke aus, holte die Fliege aus der Hosentasche und band sie sich um. Jetzt fühlte er sich wieder wie neu geboren.

»Ich bin so froh, dich wieder zu haben!«, sagte Wotan zu Annabell. Sogar in der unförmigen, verdreckten Jacke sah sie wunderschön aus.

»Das feiern wir heute Abend«, sagte Annabell zu Wotan und küsste ihn auf die Nasenspitze. »Lass uns mal nach meiner Wünschelrute suchen. Die muss hier irgendwo liegen.«

# 44

Wotan Wilde hatte jetzt einiges zu organisieren. Zunächst verabschiedete er sich nach der geglückten Rettungsaktion von Nadal Grenado. Dass es bei der diesmaligen Zusammenarbeit einen Toten gegeben hatte, war zwar sehr bedauerlich, aber nicht zu vermeiden gewesen. Dann bedankte er sich bei Rainer und Robert, die angeregt fachsimpelten, für die hervorragende Zusammenarbeit.

Schließlich veranlasste er, dass der Typ in dem zu weiten und zu kurzen Parka, wieso er zu der Aufmachung auch noch eine Fliege trug, war ihm schleierhaft, nach Hause gefahren wurde. Er grübelte kurz, ob er Augentrost oder Gutauge hieß. Dann wurde er aber von Annabell abgelenkt, die mit frisch verbundenem Knöchel aus dem Sanka humpelte. Eva Witten war nirgends zu sehen. Aber darüber war er eigentlich froh.

Schwierig würde die Bergung der Leiche werden. Er telefonierte dazu einige Zeit herum, um die richtige Anlaufstelle zu finden. Schließlich landete er bei der örtlichen Feuerwehr. Nachdem er ein langes Gespräch mit deren Kommandanten geführt hatte, überließ er alles weitere Robert. Der war natürlich sehr glücklich, so eine bescheuerte Aufgabe bekommen zu haben.

»Kommen Sie, wir trinken noch einen Schoppen!«, wollte ihn Richard anschießend einladen.

»Nein, ich muss ins Präsidium. Der ganze Schreibkram wartet auf mich«, lehnte Wotan ab.

Obwohl es Samstag war, würde er den noch erledigen.

Zudem war sein Bedarf an Höhlen und Höhlengesprächen für die nächste Zeit gedeckt. Erschöpft ging er mit Annabell zu seinem Dienstwagen zurück und ließ sich auf den Fahrersitz fallen. Annabell stieg neben ihm ein.

»Wir machen uns einen schönen Abend«, sagte er zu ihr.

»Aber vorher bade ich erst mal ausgiebig. Ich fühle mich total verdreckt.« Annabell war schließlich auch nur ein Mensch. »Den Fuß halte ich aus der Wanne.« Sie lachte kurz auf.

Wotan ließ den Motor an und wollte ein Stück zurücksetzen, als er auf die Bremse trat. Er glaubte es nicht! Im Rückspiegel sah er Eva Witten auf dem Rücksitz sitzen.

»Verdammt, was machen Sie denn in meinem Wagen?«, rief er.

Eva reagiert nicht. Annabell verdrehte ungläubig ihren Hals nach hinten. Wotan ließ das Lenkrad los und drehte sich auf dem Sitz halb um.

»Erde an Witten! Was machen Sie in meinem Auto?«, fragte er etwas lauter.

Eva sah erstaunt auf: »Ihr Wagen ist das? Der war offen. Ich habe nur einen Platz gesucht, wo ich meinen Artikel schreiben kann.«

Dann widmete sie sich wieder der Tastatur des Laptops.

»Raus hier!« Wotan wurde langsam sauer.

Annabell legte ihm beschwichtigend die Hand auf den Arm.

»Aber, wo soll ich hin? Ist doch niemand mehr da! Sie werden mich doch nicht im kalten, dunklen Wald aussetzen. So gemein können nicht mal Sie sein«, beschwerte sich Eva gekünstelt.

Das stimmte! Wotan sah sich um, es war wirklich niemand mehr da. Er hatte keine Lust, die Reporterin zu ihrem Bauernhof bis nach Hagelloch zu fahren.

»Wir könnten Sie ja zur Ludmilla mitnehmen. Das liegt auf unserem Weg«, schlug Annabell vor.

Nachdem keine Rückmeldung von der Rückbank kam, galt das als Zustimmung. Wotan nickte und fuhr los. Annabells Idee konnte er akzeptieren. Bei den Hubers war sie gut aufgehoben. So bremste er kurz darauf im Hof des Winzers. Er stieg aus und öffnete die hintere Tür des BMWs.

»Aussteigen! Endstation!«, stellte er fest und tippte Eva auf die Schulter.

»Okay, okay!«, maulte die Reporterin. Sie stieg widerstrebend aus. Dann stand sie, noch völlig in Gedanken bei ihrem Artikel, neben dem Auto, den Laptop in den Händen.

»Aber ich …«, begann sie.

Wotan deutete mit dem Daumen in Richtung der Haustür und stieg ein.

»Tschüss!«, rief Annabell noch aus dem anfahrenden Wagen.

Ihre ehemalige Höhlengenossin winkte fahrig. Strom, jetzt brauchte sie Strom! Der Akku im Laptop war fast leer. Eva wankte in die Küche, suchte eine Steckdose, stöpselte ihr Netzteil ein, setzte sich auf die Eckbank und schrieb weiter. So fand sie auch Ludmilla, als sie aus der Cave zurückkam, wo sie für Ordnung gesorgt hatte.

»Eva, wo kommst du denn her?«, fragte sie.

»Muss Artikel schreiben, keine Zeit!«, war die kurze Antwort.

In der nächsten halben Stunde bereiteten Ludmilla und Walburga das Abendessen vor, kamen die Weintester zum Essen und es wurde wieder abgeräumt. Mechanisch aß Eva die belegten Brote, die Ludmilla vor sie hinstellte. Die Reporterin aus Leidenschaft war nicht ansprechbar.

»Fertig!«, stellte sie schließlich euphorisch fest und sah

sich triumphierend um. Der Artikel war geschrieben und abgesendet. Sie saß alleine in Ludmillas Küche. Jetzt hatte sie Durst. Eine angebrochene Flasche Wein stand auf dem Tisch.

Sie nahm mehrere kräftige Schlucke direkt aus der Flasche, und rollte sich dann auf der Eckbank zusammen. Sie würde ein kleines Nickerchen machen und dann Hubertus anrufen, damit er sie abholte. Für die Reporterin war die Welt in Ordnung. Sie träumte von der Verleihung des Pulitzerpreises und sonnte sich in der Anerkennung ihres Chefredakteurs.

**Artikel aus dem »Tübinger Tagblatt« vom 15. September:**

## Höhlendrama an der Keltenschanze

Sensationelle Entdeckung an der Keltenschanze bei Apfelstetten! Unbekanntes Höhlenlabyrinth entdeckt! Lagern in der Tiefe unermessliche keltische Goldschätze? Dramatische Rettungsaktion.

Außenreporterin Eva Witten erlebte Spektakuläres auf der Schwäbischen Alb.

Am Mittwoch, den 12. September, war unsere Reporterin Eva Witten zusammen mit Prof. Dr. Magnus Maria Feinäugle von der Universität Tübingen auf der Suche nach einer Schatzkarte. Sie sollte eine Höhle in der Nähe von Apfelstetten zeigen und ein darin gelegenes Keltengrab. Diese Karte war allerdings im Besitz des Verbrechers Carlos Lago, der einen portugiesischen Laden in Stuttgart betreibt. Als unsere Reporterin die Karte von ihm zurückforderte, bedrohte er die beiden mit einer Waffe und zwang sie, ihn in die Höhle zu begleiten. Dabei stellte sich heraus, dass Lago schon seit Langem das

Keltengrab ausbeutete und die gefundenen Preziosen verbrecherischen Banden verkaufte. In der Höhle zwang er dann die beiden zu graben und weitere Schätze freizulegen. Mit dem Erlös plante der Verbrecher sich nach Portugal abzusetzen.

In einer gemeinsamen Kraftanstrengung ermittelten die Kommissare der Tübinger und der Stuttgarter Polizei die Lage der Höhle. Zusammen mit dem Höhlenrettungsteam aus Tübingen und dem SEK drangen sie dort ein. Nach einem Schusswechsel mit dem skrupellosen Verbrecher, bei dem der ums Leben kam, konnten sie die Geiseln befreien und die Schätze sichern.

Eva Witten weigerte sich nach der Rettung, sich in die Obhut der wartenden Sanitäter zu begeben. Unter Aufbietung ihrer allerletzten körperlichen Reserven schlug sie sich zum Huber Hof durch. Sie musste ihrem Auftrag als Reporterin gerecht werden und exklusiv und live für das »Tübinger Tagblatt« berichten.

Schlummern archäologische Schätze von unermesslichem Wert in der Tiefe unter der Keltenschanze? Sind sie noch wertvoller als der Gold- und Korallenschmuck der Frau vom Hegersberg, der im nahen Heuneburg Museum zu besichtigen ist? Werden sie uns zusätzlichen Einblick geben in das Leben der Kelten, diesem Volk, das unsere Kultur so maßgeblich geprägt hat? Ausführliche Interviews mit den Beteiligten, Bilder vom Eingang der Höhle und des Keltengrabes, folgen in Kürze.

Reportage von Eva Witten, Reporterin aus Leidenschaft und immer am Puls des aktuellen Geschehens.

EW

# 45

Eva und Hubertus waren an diesem Freitag, dem 27. September, knapp zwei Wochen nach der Höhlenrettung, auf dem Weg zur Höhle. Es war neblig und kalt. Evas Plan war ihrem Freund noch immer nicht ganz geheuer. Trotzdem hatte er sich breitschlagen lassen, mit zur Keltenschanze zu fahren.

»Du hast doch unseren Afrika-Urlaub genossen«, redete Eva auf ihn ein, »obwohl du genau gewusst hast, woher das Geld kam. Vorsicht, da vorne ist eine Radarfalle!«

Hubertus bremste ab. Bei diesem komplizierten Gespräch hatte er die Tempo-30-Zone komplett übersehen.

»Aber das stammte aus einem Raubüberfall und die Diebe waren schon alle tot. Und du hast nur geholfen den Code für das Konto auf den Caymansinseln zu entschlüsseln. Das war etwas anderes und passte schon eher in mein Rechtsempfinden.« Hubertus gab seinen Standpunkt nicht so einfach auf.

»So viel anders ist das jetzt auch nicht.«

Sie schnaufte tief durch und verdrehte die Augen. Was war dieser Mann kompliziert! »Trost ist im Gefängnis und Lago tot. Und auch die Kelten werden keine Ansprüche mehr erheben.«

Den armen Gruber hatte sie unterschlagen und die Tote in der Güllegrube war eine andere Baustelle.

»Wir holen uns das Schmerzensgeld, das mir zusteht. In dieser elenden Höhle habe ich genug gelitten und am Schluss war ich auch noch eine Geisel.«

Auch den Professor klammerte sie mal kurzfristig aus ihren ersten Überlegungen aus. Der hatte sie in den dunklen Stunden in der Höhle reichlich an seinem Geschichtswissen teilhaben lassen. Seine Asterix- und Obelix-Leidenschaft konnte sie immer noch nicht teilen.

»Scheiße! Ich glaube, der hat mich geblitzt!« Hubertus riss sie aus den Gedanken.

»Egal, bald haben wir ja genügend Geld für einen Strafzettel!«, gab Eva cool zurück.

Eva war nicht von ihrem Plan abzubringen. Hubertus schwieg und umklammerte das Lenkrad seines Toyotas fester.

In der blauen Sporttasche von Carlos waren die Keltenpreziosen. Eva war sehr stolz darauf, dass sie im Befreiungstrubel daran gedacht hatte, die Tasche unauffällig mitzunehmen und am Eingang in dem Spalt hinter dem großen Stein zu verstecken. Niemandem war das aufgefallen. Nur Magnus hatte es registriert.

Carlos war erschossen worden, konnte also keinen Anspruch mehr erheben. Ein gewisses Problem war nur dieser Feinäugle, der zwar ein sehr netter Mensch war, aber doch recht realitätsfremd. Bestimmt wollte er vom Inhalt der Tasche nichts abhaben. Es waren ja noch genügend Knochen und Tonscherben da unten zu finden, tröstete sich Eva.

»Ich will mich bei den Funden nicht finanziell bereichern. Es geht um die Wissenschaft und den Erhalt von wertvollen Kulturgütern für die Nachwelt«, war seine Devise.

So hatte er seine Suche nach der Schatzkarte immer begründet. Sie würde ihm mit ihrem Erlös der von Carlos gesammelten Schätze eine neue Fliege schenken. Eva lachte in Gedanken auf und kramte im Handschuhfach nach etwas Süßem. Es waren nur noch zwei Lakritz-Schnecken zu finden. Hubertus schwieg verkniffen, während Eva ihn von der Seite her ansah. Irgendwie würde sie ihn schon noch von ihrem Plan überzeugen.

Ihr Höhlenabenteuer war jetzt gerade mal zwei Wochen her, hatte in den Medien gewaltige Wellen geschlagen und Eva war sogar im Vorabendprogramm des Regionalfernsehens gewesen. Außerdem hatte sie drei lange Artikel im »Tübinger Tagblatt« veröffentlicht. Den Pulitzerpreis hatte sie zwar nicht bekommen, aber ein Angebot von der »Stuttgarter Zeitung«, dort in der Lokalredaktion zu arbeiten. Nach Rücksprache mit Berta hatte sie das Angebot jedoch abgelehnt.

»Warte lieber, bis dein Redakteur Bernd in Ruhestand geht. Hier bei uns ist es im Endeffekt auch nicht besser als bei euch«, hatte ihre Freundin Berta dazu gemeint.

»Waldklo!«, kommandierte Eva noch kauend.

Hubertus bog nach rechts in einen leeren Wanderparkplatz ein und stellte das Auto neben einen Holzstoß.

»Du musst die großen Zusammenhänge sehen. An dem ganzen Mist ist im Endeffekt Theophil Trost schuld mit seiner grenzenlosen Raffgier. Überleg' mal, was er mir, uns, alles angetan hat. Er wollte dir den Hof abluchsen, hat versucht dir einen Mord anzuhängen, wollte deine Kühe vergiften, hat mich entführt und versuchte mich durch das Cleaner-Team beseitigen zu lassen. Was brauchst du denn noch mehr?« Eva fuhr nun das ganz große Besteck auf.

»Aber in der Höhle waren auch der Feinäugle und die Annabell dabei«, versuchte Hubertus noch einen letzten Einspruch.

»Die Annabell ist da außen vor. Die hat mit den Schätzen nichts am Hut. Und für das Professorchen finden wir schon eine Lösung!« Eva grinste ihn an. »Schau mer' mal, was das Zeug in der Tasche wirklich wert ist.«

»Ich glaube, du redest dir das schön«, meinte Hubertus. Er wirkte aber unkonzentriert, da er auf seinem Smartphone herumwischte.

»Hier, schon mal was von ›Schatzregal‹ gehört?« Hubertus hielt Eva sein Handy vor die Nase.

Dann las er aber selbst vor: »Bewegliche Kulturdenkmale, die herrenlos sind oder die so lange verborgen gewesen sind, dass ihr Eigentümer nicht mehr zu ermitteln ist, werden mit der Entdeckung Eigentum des Landes, wenn sie bei staatlichen Nachforschungen oder in Grabungsschutzgebieten entdeckt werden, oder wenn sie einen hervorragenden wissenschaftlichen Wert haben.«

»Aber es gab doch weder staatliche Nachforschungen, noch waren wir in einem Grabungsschutzgebiet«, versuchte Eva zu argumentieren.

»Woher willst du das wissen? Vielleicht sollten wir erst mal mit einem Anwalt reden«, schlug Hubertus vor.

»Du spinnst!«, war Evas einziger Kommentar. Draußen lehnte sie sich gegen das Auto und zog das schwarze Stirnband aus der Tasche des olivgrünen Parkas, den sie eigentlich schon für die Altkleidersammlung vorgesehen hatte. Für eine Höhlenexpedition war er genau das richtige Kleidungsstück.

Es war typisches Herbstwetter. Der Nebel hatte sich den ganzen Tag nicht aufgelöst und die Temperatur hatte es nicht über die sechs Grad geschafft. Eva stülpte sich das Band über die Ohren und zog ihren Parka enger um den Körper.

Man sah, dass es in ihrem Kopf arbeitete. Offenbar war sie nicht dazu bereit, kampflos ihre erbeuteten Preziosen aufzugeben. Hubertus war auch ausgestiegen und kickte mit dem Fuß Steine in das angrenzende Feld.

»Peru oder Chile?«, rief Eva plötzlich, umrundete das Auto und baute sich vor Hubertus auf.

»Anden oder Pazifischer Ozean?«, fragte sie ihn lauernd.

Hubertus hörte auf, die Steine wegzuschießen und meinte kopfschüttelnd: »Was geht in diesem wunderschönen Kopf bloß vor? Gibst du eigentlich nie auf?«

»Aufgeben ist was für Loser!«, sagte Eva. »Ich weiß, wie wir es machen. Am Schluss sind alle zufrieden, na ja, vielleicht nicht alle.«

Sie gab Hubertus einen Kuss auf die Backe.

»Erzähl!«, entgegnete Hubertus lahm. Er ahnte, dass er bei Evas Aktion bereits eingeplant war.

»Ich muss erst mal aufs Waldklo«, meinte Eva, »auf der Fahrt zur Höhle erzähl ich dir den Plan.«

Sie verschwand hinter dem Holzstoß. Hubertus verdrehte gottergeben die Augen und stieg ein. Er wusste, wenn Eva sich etwas in den Kopf gesetzt hatte, war Widerspruch zwecklos. Aber eins wusste er sicher, die südamerikanische Sonne würde beiden guttun.

# 46

Die Bergung der Tasche aus der Höhle hatte gut geklappt. Außer einem Eichhörnchen waren sie niemandem begegnet. Beim Anblick der Schätze, die Eva auf dem Küchentisch ausbreitete, knickte Hubertus dann doch ein und schloss sogar die mit Preziosen gefüllte Tasche in seinem Waffenschrank im Keller ein. Nun musste die Phase Nummer eins des Plans folgen, Eva nannte sie die Kontaktphase. Da sie die Sache so schnell wie möglich abschließen wollte, versuchte sie schon am Dienstag Kontakt mit diesem italienischen Toni aufzunehmen. Der hatte ihr bei der Pokerrunde im Lokal »Zum Glück« das eindeutige Angebot gemacht, dass er Hehlerware kaufen würde.

An erster Stelle stand ein Telefonat mit dem Wirt Lude. Zuerst quatschte sie Belangloses mit ihm und lobte seinen hervorragenden Wurstsalat über den grünen Klee. Dann bat sie ihn, seinem Stammkunden Toni ihre Telefonnummer zu geben. Der sollte sie zurückrufen, sie hätte etwas Interessantes für ihn.

»Bin ja mal gespannt, ob das klappt!«, kommentierte Hubertus ihren Anruf. Beide saßen in der Küche und verglichen in der Wartezeit Reiseberichte über Peru und Chile.

Er rührte in seinem Teeglas und zerschnitt ein Leberwurstbrot in mundgerechte Happen. Merlin schnüffelte erwartungsvoll, wurde aber nur mit einer Handvoll Trockenfutter abgespeist.

»Das klappt!«, verkündete Eva siegessicher, »gib ihm noch etwas Zeit!«

Tatsächlich, eine Stunde später, sie hatte sich gerade eine Tasse Kaffee am Automaten aufgebrüht, klingelte ihr Handy. Eva schaltete auf Lautsprecher, damit Hubertus mithören konnte.

»Ciao, hier Toni, Eva, was kann ich für dich tun?«, der Italiener war ganz Gentleman.

»Hallo Toni! Danke für den schnellen Rückruf. Ich hätte da was für dich. Das solltest du dir mal ansehen«, lockte Eva.

»Um was handelt es sich?«, Toni schien interessiert.

»Was hältst du von keltischen Fundstücken?«, köderte ihn Eva.

Erst war es still am Telefon.

»Du hörst von mir!«, kam es dann von Toni, aufgelegt.

Eva trug mit zitternden Händen ihre Tasse zum Tisch. Der Kaffee schwappte auf den Boden und Merlin leckte die Pfütze mit Begeisterung auf.

»Du zitterst ja!«, meinte Hubertus.

»Verhandlungen mit Hehlern mach' ich ja auch nicht alle Tage«, antwortete Eva spitz und zog das kanariengelbe Sweatshirt über den Kopf. Ihr war heiß geworden.

»Dafür warst du aber echt cool! Du hast wirklich Nerven wie Stahl!«, meinte Hubertus anerkennend.

»Aber jetzt wird es erst richtig spannend!«, orakelte Eva. Ihre Stimme klang ziemlich piepsig, fand sie. Irgendwie war es ihr doch etwas mulmig, wenn sie jetzt an ihren Plan dachte.

Am späten Nachmittag, als Eva sich gerade ein Lavendel-Entspannungsbad einlaufen ließ, klingelte das Handy. »Shit!«, entfuhr es ihr, als sie die Nummer auf dem Display sah.

»Guten Abend, Frau Witten, Eva! Lange nichts gehört«, hörte sie eine bekannte Stimme.

»Guten Abend, Herr Feinäugle, Magnus!«, antwortete Eva gedehnt.

»Ich habe ein kleines Problem. Heute Nachmittag war ich draußen bei der Keltenschanze.«

Hier machte er eine Kunstpause und überließ sie ihren Gedanken.

»Die Tasche von Carlos war weg. Weißt du was davon?«, fragte er bedächtig.

Angriff ist die beste Verteidigung, dachte Eva. Es hatte keinen Zweck zu leugnen oder eine Geschichte zu erfinden.

»Okay, ertappt! Die habe ich! Aber ich habe da einen Plan und hätte dich schon noch eingeweiht. Vielleicht sollten wir uns mal treffen«, versuchte Eva sich herauszuwinden.

Sie hatte ihn eigentlich nach Ende der Aktion vor vollendete Tatsachen stellen wollen.

»Wenn du irgendetwas Kriminelles planst, bist du bei mir an der falschen Adresse. Als Mitglied der Uni Tübingen bin ich meinem Ruf verpflichtet«, legte Feinäugle gleich fest.

Warum waren Männer nur so furchtbar kompliziert? Man konnte sich doch seine eigene Wahrheit prima zurechtbiegen.

»Na ja, es gibt da vielleicht eine Grauzone, in der wir uns bewegen. Hör dir meine Idee erst mal an. Es ist eine Win-win-Situation für uns beide«, versuchte Eva ihn zu beruhigen.

»Gut! Ich hör mir das an. Wann und wo?«, Feinäugle klang wieder etwas versöhnlicher.

»Wenn's bei dir geht, können wir uns heute noch beim ›Neckarmüller‹ treffen«, schlug Eva vor.

»Um 19 Uhr?«, legte sich Feinäugle fest. Er würde nach dem Kolloquium mit dem Studenten hungrig sein und einen Wurstsalat essen. So gut wie bei Lude war der aber bestimmt nicht.

»Bis dann!«, verabschiedete sich Eva.

Plötzlich hatte sie Magendrücken. Sie hatte einen Urlaub dringend nötig.

# 47

Zwei Tage hörte sie nichts von Toni und wurde schon etwas unruhig. Mit Magnus, eigentlich nannte sie ihn lieber Feinäugle, weil er so ein feiner Mensch war, hatte Eva sich inzwischen geeinigt. Der Professor schien sogar Gefallen an ihrem Plan zu finden. Leider konnte er nicht aktiv an der Scharade teilnehmen, da alle Rollen in dem Spiel schon vergeben waren. Aber das schien ihn nicht zu stören. Er würde das bekommen, was ihm seiner Meinung nach zustand.

An diesem 3. Oktober wäre sie am liebsten mit Hubertus im Bett geblieben, der seine Kühe auch mal seinen Angestellten hätte überlassen können. Es goss in Strömen und ein strammer Wind wirbelte Regentropfen und Laub vor sich her. Wenigstens war es nicht sehr kalt, das Thermometer zeigte 12 Grad. Aber Bernd Kohler hatte ihr den Auftrag erteilt, über die Feierlichkeiten zum Tag der Deutschen Einheit zu berichten.

Im Silchersaal im Museum Tübingen würde der Oberbürgermeister Boris Palmer eine Rede halten. Das würde sicher furchtbar langweilig werden. Im Programm war angekündigt, dass das Tübinger Kammerorchester Werke von Pärt, Mendelsohn und Vasks zu Gehör bringen würde. Darauf freute sie sich.

Eva saß im Auto in der Tiefgarage und stärkte sich aus der Tüte mit ihren Lieblingskeksen mit einem »B« für Boris und »P« für Palmer. Kauend bereute sie in diesem Moment, das Angebot der »Stuttgarter Zeitung« abgelehnt zu haben. Warum hatte sie nur auf Berta gehört? Vielleicht fürchtet die nur ihre Konkurrenz? War das möglich? Aber das war doch alles Blödsinn!

Sie trug heute ihren knallgelben Regenmantel. In dem Friesennerz fühlte sie sich augenblicklich, wie im Urlaub an der Nordsee, obwohl sie Krabbenbrötchen verabscheute. Passend dazu stülpte sie sich den Südwester über den Kopf. Die paar Meter zum Festsaal würde sie ohne Schirm auskommen. Seufzend öffnete sie die Fahrertür des Toyotas, als ihr Handy klingelte.

»Witten!«, meldete sie sich.

»Ciao bella, Toni hier!« Eva durchfuhr eine heiße Schockwelle. Sie begann gleich wieder zu zittern und krallte sich mit einer Hand am Lenkrad fest.

Holla, jetzt begann die Phase zwei! Die Schätzphase hatte sie die genannt.

»Hallo Toni! Mistwetter heute«, versuchte sie ihre Nervosität zu überspielen.

»Trotzdem sollten wir uns treffen«, kam die humorlose Antwort. »Bring die Ware mit! Ich habe eine Spezialistin organisiert, die sie begutachten wird.«

»Wo?«, würgte Eva heraus.

»Im ›Zum Glück‹, heute um 22 Uhr. Komm allein!«, schlug Toni vor, obwohl es viel mehr, wie ein Befehl klang.

»Gut, werde da sein!«, sagte Eva, ebenso kurz angebunden, aufgelegt.

Eva lehnte sich im Fahrersitz zurück. Jetzt musste sie erst mal runterkommen, durfte nicht in Panik verfallen. Um zu entspannen, legte sie die Hände auf den Bauch, atmete langsam ein, dann wieder aus. Ach, zur Hölle mit den Yoga-Tipps. Jetzt musste sie handeln.

Schnell wählte sie Hubertus' Nummer.

»Phase zwei! Heute Abend schaut Toni sich ›Die Ware‹ an!«, sprudelte Eva ins Telefon.

Eva sprach nur noch von ›der Ware‹, sie fand das geil. Die Ware, die Ware, die Ware, das klang cool und war für eventuell mithörende Spione völlig unverfänglich.

»Unser Plan steht«, antwortete Hubertus genauso neutral. Der Mann war lernfähig, ihre Schule.

»Technisch schon, aber ob das mein Nervenkostüm aushält, weiß ich noch nicht.«

Eva zweifelte für ein Sekündchen daran, ob sie das alles wie geplant durchziehen können würde. Ihr Vorbild war der genau ausgetüftelte Coup in dem Film »Ocean's Eleven«. Danny Ocean hatte zehn Spezialisten um sich geschart und Kasinos in Las Vegas überfallen. Der Kasinobesitzer war am Ende der Gelackmeierte und Danny konnte man rein gar nichts nachweisen. Nach diesem Vorbild wollte sie die Sache elegant und profitabel durchziehen.

Ihre Crew war auf nur drei Personen beschränkt. Sie würde sich das Geld für die Keltenschätze als die rothaarige Zockerin auf das Konto auf den Caymaninseln überweisen lassen und sich dann unerkannt in die Lokalreporterin Eva Witten zurückverwandeln. Niemand würde sie mit der Sache in Verbindung bringen können. So war der Plan.

Die folgenden eineinhalb Stunden Festakt zogen an ihr vorbei, wie ein Film in einer fremden Sprache. Boris Palmer bewegte den Mund, aber sie konnte nichts verstehen. Nicht einmal die wunderbare Kammermusik konnte sie erreichen. Eva ging immer wieder akribisch ihren Plan für den heutigen Abend durch. Hatte sie wirklich an alles gedacht? Sie würde verkabelt sein und Hubertus konnte vor dem Lokal im Auto ihr Treffen mithören.

Zusammen mit Hubertus hatte sie alle Beutestücke fotografiert, mit einem Zollstock daneben, um die Größe zu verdeutlichen. Die Bilder waren in einem Einsteckalbum verwahrt. Eine goldene Vogelkopffibel, einen kunstvoll gearbeiteten Gürtelhaken und ein filigranes Goldperlenhalsband hatte sie als Schaustücke ausgewählt und in ihrer Schmuckkassette in Form eines kleinen Köfferchens verstaut. Beim Halsband wäre sie beinahe schwach geworden. Vorsichtig hatte sie es sich um den Hals gelegt und ihr Abbild im Schlafzimmerspiegel bewundert.

»Evchen!«, hatte sie Hubertus gemahnt. »Denk an die Rache der Kelten, wenn du sie bestiehlst!«

Das hatte sie überzeugt und sie hatte das Schmuckstück zurückgelegt.

# 48

Phase zwei begann am Donnerstag um 21.45 Uhr. Hubertus fuhr mit dem Toyota vor die Gaststätte »Zum Glück« und parkte in einer Einfahrt rechts neben dem Lokal. Eva saß aufrecht neben ihm auf dem Beifahrersitz. Ihr Magen knurrte, da sie vor Aufregung außer einigen Buchstabenkeksen nichts hinuntergebracht hatte.

»Du machst mich zum Verbrecher, aber irgendwie macht mich das heiß«, sagte er zu ihr und versuchte sie küssen. Die drückte ihn spielerisch zur Seite und kicherte wie ein Schulmädchen.

»Jetzt nicht!«, meinte sie dann in strengem Ton und strich ihren ausgeleierten Pullover glatt. Sie zog die rote Perücke zurecht. Das Ding juckte jetzt schon. Der Pagenschnitt stand ihr erstaunlich gut und verdeckte ihre hohe Stirn. Die Nasenspitze hatte sie mit dunklem Make-up abgedeckt, um ihre markante Nasenform etwas zu kaschieren. Eva zupfte an ihrer blauen Wollhose, die nur bis zu den Knöcheln reichte. Die abgewetzten, hellbraunen Halbschuhe hatte sie sich von Berta ausgeliehen. Die Treter waren ihr zwei Nummern zu klein. So humpelte sie unsicher daher, was nicht dem forschen Auftreten einer Eva Witten entsprach. Nicht einmal ihre Mutter hätte sie in dieser Verkleidung erkannt. Eva war wieder in die Rolle der Zockerin geschlüpft und das machte ihr Spaß. Anspannung und Angst waren auf einmal wie weggeblasen.

»Jetzt wird's ernst!« Eva schnappte sich Fotoalbum und Köfferchen. Sie sprach ein »Test, Test. Zwo. Drei!« in das

Mikrofon zwischen ihren Brüsten und verließ das Auto, nachdem Hubertus genickt hatte. Die Technik funktionierte perfekt.

Als sie das Lokal betrat, grüßte Lude wortlos mit einem Kopfnicken. Dann widmete er sich wieder der Schaumkrone bei dem Pils, das er gerade zapfte. Ob er sie erkannt hatte, stand in den Sternen. Aber ihre roten Haare waren zweifelfrei markant.

Eva kannte sich ja aus und ging durch die Tür mit dem WC-Aufkleber ins Hinterzimmer. Vier Männer saßen am Spieltisch, unter anderem auch Toni, der kurz aufsah und sie erkennend angrinste. Eva setzte sich auf die Eckbank. Konzentriert beendeten die Spieler ihre Runde.

»Machen wir Schluss für heute!«, sagte Toni und stand auf. Die drei anderen gingen in die Gaststube, um sich mit einer Portion Wurstsalat zu stärken.

»Komm mit!«, forderte er Eva auf und öffnete die Tür zu einem angrenzenden Raum.

Auf einem blauen Cord-Sofa, das zu einer altmodischen Sitzgarnitur gehörte, saß mit übergeschlagenen Beinen eine Frau und sah Eva mit wachem Blick entgegen. Die Frau trug einen grauen Hosenanzug mit einem schwarzen Rolli. Sie war dick und Mitte fünfzig. Ihre grauen Haare waren zu einem Knoten zusammengebunden. Ihr breites Gesicht wirkte slawisch. Ein massiver Eichenschrank stand an der einen Wand, daneben ein großer Flachbildschirm. Ein altertümlicher Barschrank rundete die Einrichtung ab. Der Raum wurde von einer Stehlampe im Fünfzigerjahre-Stil erhellt, die in der Ecke platziert war.

»Nimm Platz und lass uns gleich zum Geschäft kommen!«, sagte Toni, die Frau stellte er nicht vor. Er wirkte in seiner schwarzen Anzugjacke und dem weißen Hemd wie ein Oberkellner. Die blaue Jeans im Used-Look und die abgetretenen weißen Sneaker machten den Eindruck wieder zunichte. Eva setzte sich auf die vorderste Kante eines abgeschabten Ohrensessels und legte das Album und den Koffer auf den Couchtisch.

»Ich habe Fotos von allen Stücken dabei und drei Teile zur Ansicht«, kündigte sie an.

Eva öffnete den Koffer und schob ihn der Frau hin. Die angebliche Expertin nahm die Stücke wortlos der Reihe nach aus dem Koffer und betrachtete sie mit einer Uhrmacherlupe. Dann holte sie ein kleines Fläschchen aus der Tasche und tropfte Flüssigkeit auf den Gürtelhaken. Feine Bläschen bildeten sich. Schnell wischte sie sie mit einem Tempotaschentuch ab. Dann studierte sie die Fotos, blätterte durch das gesamte Album und flüsterte nach der offenbar positiven Überprüfung Toni etwas ins Ohr.

»Die Ware ist so weit okay. Du bekommst morgen im Lauf des Tages ein Angebot«, sagte der, »wie willst du das Geld? Bar? Darknet? Bitcoin?, wir können alles.«

»Ein Konto auf den Caymans, die Nummer bekommt ihr im Gegenzug!«, stellte Eva fest. Jetzt war sie froh, dass sie das Konto aus dem Fall mit dem Geldtransporter nie aufgelöst hatten. Irgendwie hatte sie geahnt, dass sie das noch einmal brauchen würden.

»Caymans, welch ein Luxus!« Toni lachte und die Frau fiel mit ein. Ihr Bauch wackelte und das Doppelkinn auch.

Dann gaben sich alle wortlos die Hand und verließen den Raum. Alles wirkte irgendwie unrealistisch und gestellt, als wäre sie in einem schlechten Film. Als Eva wieder zum Auto kam, lehnte Hubertus am Kühlergrill: »Ihr wart ja eine lustige Runde!«

»Was kann ich denn dafür, dass die ein Konto auf den Caymans witzig finden!« Eva tat beleidigt. »Jetzt bin ich nur noch gespannt, was denen unsere Sammlung wert ist.«

Eva hatte unter dem Vorwand von Recherchen zu einer Reportage den Keltenforscher Bernhard Maier kontaktiert. Den kannte sie von einer denkwürdigen Stocherkahnfahrt, als er alkoholisiert neben ihr in den Neckar gekippt war, und sie ihm die Stocherkahnstange quasi als Rettungsringersatz hingehalten hatte. Da hatte sie also noch etwas gut.

Er hatte sich die Fotos angesehen und den Wert auf etwa 250.000 Euro geschätzt. Selbst wenn sie die Hälfte dafür erhalten würden, wäre das noch ein guter Schnitt.

»Jetzt kann Phase drei beginnen!«, sagte Hubertus, kam aber nicht dazu weiterzureden, weil Toni und die Frau aus der Gaststätte traten. Eva und Hubertus duckten sich hinter das Auto. Toni und die Frau unterhielten sich lautstark.

»Die zieh'n wir so was von über den Tisch«, brüstete sich Toni.

»Ein Konto auf den Caymans, die Nummer bekommt ihr im Gegenzug«, äffte die Frau Eva nach und begann wiehernd zu lachen. Die beiden gingen zu einem schwarzen Wagen auf der gegenüberliegenden Straßenseite, stiegen ein und brausten davon.

»Unterschätzt Eva und Hubertus nicht«, murmelte Eva.

»Das ausgekochteste Gangsterpaar seit Bonny und Clyde«, ergänzte Hubertus und nahm die Stöpsel aus den Ohren.

»Ne, seit Danny Ocean und Rusty«, antwortete Eva vergnügt, obwohl ihre großen Zehen tierisch schmerzten.

# 49

Für Phase drei, Eva nannte sie »Der Coup«, brauchten sie Berta Schwinghammer.

»Willst du mithelfen einen Hehler-Clan für Keltenantiquitäten endgültig zu sprengen? Alle Rechte wären bei dir, weil der Showdown in Stuttgart stattfinden wird«, hatte Eva Berta ohne Vorrede am Telefon gefragt.

»Können Pferde kotzen? Natürlich bin ich dabei!«, antwortete Berta spontan begeistert.

»Aber ganz ungefährlich ist das nicht!«, warnte sie Eva.

»Gefahr ist mein zweiter Vorname«, prahlte Berta.

»Gut, wir treffen uns heute Abend im ›Fisherman's Pub‹ und besprechen alles«, schlug Eva vor.

»Gebongt!«

Am Abend planten sie ihr Vorgehen haarklein und blieben bei Apfelsaftschorle und Maracujasaftschorle anstelle der üblichen Viertele. Wenige Tage später erhielt Eva in der Redaktionssitzung eine SMS mit dem Angebot der Hehler. Sie täuschte einen Hustenanfall vor und verschwand unter den strafenden Blicken der anderen Redaktionsmitglieder auf den Flur, und wegen der absoluten Geheimhaltung aufs »Stille Örtchen«. Dort setzte sie sich auf den geschlossenen Klodeckel.

180.000 Euro wollten Toni und Konsorten für den Keltenkram bezahlen. Das fand Eva fair. Natürlich hatten sie das Geld noch nicht auf dem Konto, aber sie glaubte nicht, dass das ein Problem werden würde. Es war alles bis ins kleinste Detail ausgeklügelt.

Eva schickte eine SMS zurück. »Okay! Heute Abend 22 Uhr im ›Zum Glück‹« und hängte noch die IBAN des Kontos auf den Caymans an. Unwillkürlich musste sie auch lachen. Vielleicht war es doch lustig! Dann drückte sie die Klospülung, damit ein eventueller Toilettenspion von der Echtheit des Toilettengangs überzeugt war, und rief Berta an.

»Berta, heute 22 Uhr im ›Zum Glück‹. Du weißt, was du zu tun hast!«, war die kryptische Ansage.

Berta nickte und hätte beinahe vergessen »Alles klar!« zu sagen. Dann legte sie auf.

Eva wusch ihre verschwitzten Hände und nebelte sich mit Deo ein. Sie würden das Kind schon schaukeln. Die Einsätze von »Ocean eleven« waren ein Dreck gegen das Dreigestirn Berta, Eva und Hubsi.

Der Tag verging für Eva quälend langsam. Auch Berta schaute ständig auf die Uhr. Die Keltenpreziosen waren auf zwei schwarze Kunstleder-Aktenkoffer aufgeteilt, die in Einkaufstrolleys verstaut waren. Der Trolley von Berta war aus recycelter Jute und der von Eva ein Erbstück von Hubertus, ein ausgebleichtes blaues Leinending vom Dachboden. Es hatte wohl noch seiner Mutter gehört.

Mit ihrem veganen Transportbehältnis saß Berta dann am Freitag ab 21.30 Uhr in der Gaststube der Kneipe. Berta trug ihr schon bewährtes Zockeroutfit und die blonde Perücke mit der schulterlangen Frisur. Sie trank eine Cola und tat so, als würde sie in einem Reiseführer von Griechenland lesen. Was jemand um diese Tageszeit in einem hellbraunen Einkaufstrolley transportierte, wollte niemand wissen. Der Rentnerstammtisch am Ecktisch vertilgte riesige Portionen Wurstsalat, trank Bier und fachsimpelte lautstark über Fußball. Kurz vor 22 Uhr hatte Eva ihren Auftritt. Mit ihrem altersschwachen Trolley betrat sie die Gaststube. Es war ihr etwas peinlich, dass die Räder leise quietschten. Lude grüßte sie wie eine alte Bekannte und dann verschwanden die beiden Frauen durch die Tür mit dem Toilettenzeichen ins Hinterzimmer. Toni saß mit der grauhaarigen, dicken Frau am Tisch und übte Kartentricks. Sein schwarzes Jackett hing über der Stuhllehne. Die Ärmel seines weißen Hemdes hatte er hochgekrempelt.

»Setzt euch!«, forderte die Frau sie lapidar auf.

Diesmal trug sie ein blaues Kostüm, dessen Jacke am Busen spannte. Das graue Shirt, mit dem runden Ausschnitt brachte ihren kräftigen, aber faltigen Hals unvorteilhaft zur Geltung. Sie wirkte wie eine überdimensionierte Schildkröte. Eva und Berta nahmen wortlos Platz.

»Nu lasst ma guggen«, sagte die Frau mit deutlich sächsischer Färbung in der Stimme und sah Eva und Berta erwartungsvoll an.

Beide zogen fast synchron die Koffer aus den Einkaufstrolleys, legten die Behältnisse auf den Tisch und klappten sie auf. Die Dicke beugte sich über die Preziosen und begann mit ihrer Uhrmacherlupe die einzelnen Stücke zu inspizieren.

»Wie sieht's aus?«, fragte Toni und legte die Karten beiseite.

Plötzlich ertönte aus dem Gastraum lautes Geschrei. Dem folgte das Gepolter von umfallenden Stühlen.

»Aufhören, sonst hol ich die Polizei!«, hörte man Lude rufen.

Das ging in dem Lärm fast unter.

Das Wort »Polizei« schlug im Hinterzimmer ein wie eine Bombe. Die Dicke ließ beinahe die Lupe fallen und Toni raffte hektisch die Karten zusammen.

»Ich schau nach!«, rief Eva geistesgegenwärtig. Ein Polizeieinsatz hätte ihre sorgfältig geschmiedeten Pläne ruiniert. Sie sprang auf und zog so leise wie möglich die Tür zum Gastraum auf. Am Rentnerstammtisch gab es Zoff. Ein Grauhaariger mit Zottelbart stand einem Bulligen mit Glatze gegenüber. Beide brüllten sich mit hochroten Köpfen an. Drei Senioren saßen noch am Tisch. Sie diskutierten und gestikulierten aufgeregt miteinander. Anscheinend hatten sie schon einiges an Alkohol intus. Jetzt hob der Bullige einen Stuhl über den Kopf und brüllte: »Das war kein Elfmeter! Das sieht doch ein Blinder mit Krückstock. Du und dein FC Bayern!« Lude packten den Mann am Arm und versuchte ihn zu beruhigen, wurde aber von dem Zottelbart weggestoßen.

»Deine Scheiß Stuttgarter Kickers, du bist doch total verblendet!«, rief der und griff auch nach einem Stuhl.

»Aufhören! Ich rufe die Polizei!«, Lude holte sein Smartphone aus der Tasche.

»Beruhigt euch! Ich geb 'ne Lokalrunde aus!«, Eva stand jetzt in der Gaststube neben dem Wirt. Sie überlegte fieberhaft, wie sie einen Polizeieinsatz vermeiden konnte. Die Rentner starrten sie an.

»Hört, hört!«, rief einer am Tisch. »Wer ist die denn?«, ein anderer.

»Erhöhe auf ein Herrengedeck!«, stockte Eva auf. Hier half nur Alkohol, viel Alkohol.

»Lude, was stehst du noch hier rum? Wir haben Durst!«, sagte der Dritte am Tisch. Leise grummelnd stellten die beiden Kampfhähne die Stühle zurück und setzten sich, als ob nie etwas geschehen wäre.

»Hoch lebe die edle Spenderin!«, ertönte es, als sich Eva umdrehte und wieder ins Hinterzimmer verschwand. Sie atmete tief durch und wischte sich die schweißnassen Hände an der Hose ab. Toni hatte sein Jackett angezogen und stand neben seiner Komplizin mitten im Raum. Auch Berta war zum Aufbruch bereit. Die Koffer lagen zugeklappt auf dem Tisch.

»Halt, alles geklärt! Keine Polizei! Setzt euch wieder!«, beruhigte Eva die Aufgeschreckten. Zögerlich setzten sich die beiden wieder. Berta blieb mit der Hand am Trolleygriff stehen.

»Nu, gute Ware!«, sagte die Frau dann und nickte. Sie klopfte auf die Kofferdeckel und lehnte sich zurück. Eva rann der Schweiß unter der Perücke in den Nacken. Das war knapp gewesen. Beinahe wäre alles den Bach runtergegangen.

»Okay, dann wollen wir den Deal mal abschließen«, sagte Toni. Er wirkte wieder völlig entspannt. Über sein Gesicht huschte sogar ein Triumphieren. Er griff in seine Jackentasche. Plötzlich war eine Pistole auf Eva und Berta gerichtet.

»Wenn ihr euch die nächste Viertelstunde ruhig verhalten, dann passiert nichts!« Das war das Stichwort für seine Partnerin. Sie stand ruhig auf und griff nach den Koffern. Das würde ein Einkauf zum Nulltarif werden. Eva suchte Körperkontakt zu Berta neben ihr. Jetzt musste sie cool bleiben. Sie verlagerte ihr Körpergewicht auf die Fersen. Ihre schmerzenden Zehen befahlen ihr, den Plan möglichst schnell durchzuziehen.

»Petr Stanislav, alias Toni, und Chantalle Kolinov«, sagte Eva mit einem Pokerface, das sie heimlich vor dem Badezimmerspiegel geübt hatte. Innerlich zitterte sie wie Espenlaub. »Wir haben unsere Hausaufgaben gemacht.«

Die Dicke packte die Koffergriffe fester und warf Toni, alias Petr, einen fragenden Blick zu. Der zog nur verächtlich die Mundwinkel nach unten und hielt die Pistole weiter im Anschlag.

»Wir holen jetzt unsere Handys aus der Tasche«, kündigte Eva an. Langsam zog sie ihr Smartphone aus der Hosentasche. Berta tat das Gleiche.

»Was soll das werden?«, rief Toni.

»Da draußen warten gute Freunde von uns auf euch, wenn ich sie nicht zurückpfeife«, drohte Eva und lehnte sich an den Tisch um die Zehen zu entlasten. Diese Schuhe brachten sie noch um.

»Hubertus, hast du alles mitbekommen?«

Beide Frauen hielten ihre Smartphones so, dass man sein Gesicht auf dem Bildschirm sehen konnte. Chantalle setzte sich wieder, ließ aber die Koffer nicht los.

»Beste Verbindung hier!« Hubertus lachte. Dass auf beiden Telefonen der gleiche Mann zu sehen war, fiel den Betrügern gar nicht auf.

»Jetzt zum Geschäftlichen: Erstens Pistole weg, zweitens Smartphone raus, drittens Kohle überweisen!«

Berta warf ihrer Freundin bewundernde Blicke zu. Die kratzte sich am Hinterkopf unter der juckenden Perücke und wollte die Sache einfach so schnell wie möglich beenden. Der Pulli klebte schweißnass an ihrem Rücken.

»Wer garantiert uns, dass ihr nicht mit dem Geld und den Koffern verschwindet?«, fragte die Frau.

»Da sind wir so ehrlich wie ihr«, antwortete Eva wie aus der Pistole geschossen und lachte hämisch auf.

Die beiden Käufer sahen sich an, dann zuckte die Frau mit den Schultern.

»Fahrt zur Hölle!«, antwortete Stanislav und steckte widerwillig die Pistole weg.

»Ebenfalls!«, gab Berta zurück.

Die Kolinov nahm ihr Smartphone vom Tisch und begann darauf herumzuwischen.

»Bitte schön, Geld ist überwiesen!«, sagte sie kurz darauf.

»Danke! Warum nicht gleich so! Die Koffer mit Inhalt gehören euch. Macht es euch noch 15 Minuten hier gemütlich. Vor der Kneipe stehen unsere Freunde und leisten euch noch etwas Gesellschaft.«

Eva stieß Berta mit dem Ellenbogen in die Seite: »Abflug!«

Petr Stanislav und Chantalle Kolinov wirkten verunsichert. Die beiden starrten den Frauen nach, die rückwärts aus dem Zimmer gingen. Eva durchquerte völlig selbstverständlich, wie jemand, der gerade von der Toilette kommt, die Gaststube. Ihr Trolley quietschte leise. Die Rentner prosteten ihr zu. Lude zapfte mit voller Konzentration ein Pils. Die Zockerin würde schon wiederkommen, wie alle anderen Spieler. Er konnte auf seine Zeche warten. Eva rief ein kurzes »Adele!« in den Raum und stolperte ins Freie. Ums Eck wartete Hubertus im Auto auf sie. Dort würde sie endlich diese Folterwerkzeuge von den Füßen schleudern.

Auf dem Gehweg vor der Kneipe standen im Schein einer matten Straßenlampe mehrere Männer in schusssicheren Westen mit dem Aufdruck »Polizei«. Sie hielten Maschinenpistolen im Anschlag. Die Rothaarige in dem schlampigen Outfit, die einen alten Einkaufstrolley hinter sich herzog, war nicht ihre Zielperson und wurde nicht beachtet. Wahrscheinlich hatte sie Werbeprospekte ausgeteilt.

Berta setzte sich auf die Eckbank in der Gaststube. Ihre Hände zitterten noch und ihre Kehle fühlte sich an wie Schmirgelpapier. Dann wählte sie eine Nummer und krächzte »Jetzt!« ins Telefon. Wenige Sekunden später stürmte die Einsatztruppe der Polizei an ihr vorbei ins Hinterzimmer. Am Rentnertisch war das Gespräch verstummt. Fast gleichzeitig trat ein Mann in hellem Trenchcoat in den Gastraum. Er rückte seine dunkelblaue Fliege zurecht und sah sich suchend um. Mit einem erkennenden Aufleuchten in den Augen ging er auf die Eckbank zu.

»Ist hier noch frei?«, fragte er lächelnd.

Die langhaarige Blonde nickte.

»Na, alles nach Plan?«, fragte Professor Dr. Magnus Maria Feinäugle und nahm kurz Platz.

»Kann man so sagen! Jeder hat das, was er wollte. Die Polizei zwei Verbrecher, Sie Ihre Keltenschätze und wir den verdienten Lohn.«

Plötzlich funktionierte ihre Stimme wieder. Berta grinste wie ein Honigkuchenpferd.

»Ich muss los. Im Nebenzimmer wartet die Polizei auf mich und auf der Keltenschanze ein desolates Grab«, meinte der Professor seufzend. Er erhob sich und ließ einen feinen Duft von »Tabac Original« zurück. Berta strich sich die blonden Haare aus dem Gesicht und nahm einen Schluck Apfelschorle. Jetzt hätte sie direkt Appetit auf einen Wurstsalat gehabt, wenn der nur vegan gewesen wäre. Mit unbekannten Rothaarigen zusammenzuarbeiten war reinstes Vergnügen, wenn auch ein nervenaufreibendes. Sie würde die Lokalrunde in Evas Auftrag bezahlen und sich dann zu Hause ein Melisse-Entspannungsbad und eine köstliche Tofu-Pizza gönnen.

# 50

»Was ist dein Fazit?«, fragte Eva, nachdem sie Hubertus den Artikel von Berta mit hocherhobener Stimme vorgelesen hatte.

Eva saß in ihrem grauen Schlafoverall an der Küchentheke und warf einen kurzen Blick auf die verpflasterten Zehen in den goldenen Birkenstocks. Die zwei Nummern zu kleinen Schuhe, bei ihrem Auftritt in der Gaststätte »Zum Glück«, hatten blutige Spuren hinterlassen.

»Berta schreibt gute Artikel?«, antwortete Hubertus und biss in eines der Croissants, die er zusammen mit der Zeitung zum Frühstück geholt hatte.

»Knallkopf!«, antwortete Eva, »nur ich schreibe die Knallerartikel. Nein, jeder hat bekommen, was er wollte. Ich sage nur ›Oceans 4‹. Uns, zum Beispiel, erlaubt der Kontostand auf den Caymans einen Traumurlaub und mir ein extra Paar Schuhe.«

Hubertus beugte sich über den Tisch, gab ihr einen Kuss und machte ihr mit seinem Marmeladenfinger einen Klacks auf die Nase. Den Urlaub würden sie auch brauchen. Bei dem neuen Projekt, das Hubertus zusammen mit Alois Huber angehen wollte, einem Campingplatz mit Ferienanlage würden Eva militante Umweltschützer und rivalisierende Motorradgangs das Leben zur Hölle machen. Aber das wussten sie Gott sei Dank noch nicht.

Artikel in der »Stuttgarter Zeitung« vom 5. Oktober.

# Hehlerbande gefasst

Sensationelle Verhaftungsaktion der Stuttgarter Polizei

Durch den Tipp eines unbekannten V-Mannes konnte in einer Gastwirtschaft im Osten von Stuttgart der Kopf einer Hehlerbande in flagranti gefasst werden. Der Mann und die Frau hatten kurz zuvor Keltenschätze aus dunklen Quellen gekauft. Die Verkäufer des Diebesgutes konnten noch nicht ermittelt werden und sind flüchtig. Woher die Preziosen stammen, konnte bisher noch nicht mit letzter Sicherheit geklärt werden. Ein Wissenschaftler der Universität Tübingen war nach der Festnahme vor Ort und konnte die Fundstücke sichern. Seiner Meinung nach liegt der Wert bei etwa 250.000 Euro. Vermutlich stammen die Gegenstände aus dem Grab der Keltenkönigin Cartimandu, das von dem Professor in einer Höhle an der Keltenschanze in der Nähe von Apfelstetten entdeckt wurde. Er war bereits selbst vor Ort und konnte erste Grabungen vornehmen. Leider musste er dabei feststellen, dass es bereits Raubgrabungen gegeben hatte.

Sein ehrgeiziges Projekt ist der Aufbau einer Ausstellung, die der auf der Heuneburg um nichts nachsteht.

Bei der Festnahme der Hehler war auch die Reporterin Berta Schwinghammer unserer Zeitung vor Ort. Von ihr kam auch die Verbindung zu dem geheimen Informanten.

BS

# ANHANG

Das Weingut Huberhof, die Weinberge an der Keltenschanze sind fiktiv und deren Bewohner sind frei erfunden. Tatsächlich gibt es die Weingärtnergenossenschaft Hohenneuffen-Teck e. G. in Neuffen. Die Weinberge am Albtrauf sind die höchstgelegenen in Württemberg. Das charakteristische Klima und die Juraböden sind entscheidend für die Qualität der aromatischen und spritzigen Weine. Die Heimat des Tälesweins erstreckt sich von Kappishäusern, Kohlberg, Linsenhof, Frickenhausen über Balzholz und Beuren bis Weilheim/Teck. In Neuffen am Kelterplatz 8 ist der Sitz der Genossenschaft. Insbesondere der Silvaner als wichtigste und typische Rebe wird auf einer Rebfläche von etwa 29 Hektar angebaut. Die Weingärtner tragen somit entscheidend zum Erhalt der traditionsreichen Weinkultur am Albtrauf, von Eduard Mörike poetisch »Blaue Mauer« genannt, bei.

Auch die Funde auf der Keltenschanze sind frei erfunden. Tatsächlich findet sich aber ganz in der Nähe, hoch über der Donau, das Freilichtmuseum Heuneburg. Hier kann man in die Lebenswelt der Kelten eintauchen und die Überreste des ältesten namentlich erwähnten Ortes Deutschland, der Keltenstadt Pyrene, und außerdem den Schatz einer Keltenfürstin bestaunen.

www.heuneburg-pyrene.de

**Maria A. Stich**

Maria A. Stich wurde 1954 als Maria Anna Grund in Nürnberg geboren. Nach ihrem Studium an der Erziehungswissenschaftlichen Fakultät unterrichtete sie als Grund- und Hauptschullehrerin. Sie lebt jetzt in der Nähe des Bodensees in Markdorf.

Sie ist als ehrenamtliche Vorleserin im Vorlesenetzwerk der *Kinderstiftung Bodensee* tätig. Teilnahme an Schreibwettbewerben der Literaturtage in Isny und der *Literarischen Vereinigung Signatur e.V.* Seit 2015 schreibt sie kleine Buchbände mit Schmunzelgeschichten und Kindergeschichten über Abenteuer der tierischen *Super Gang*. Tübingen, der Wohnort ihrer beiden Töchter, inspirierte sie zu humorvollen und spannenden Regionalkrimis.

**Wolfgang Grund**

Wolfgang Grund wurde 1957 in Neumarkt i. d. Opf. geboren. Nach dem Studium der Elektrotechnik machte er sich selbstständig und gründete ein Software Haus in Fürth. Anfang der 2000er-Jahre verkaufte er es. Jetzt lebt er in Langenzenn in der Nähe von Nürnberg.

Seine Passionen sind Kino und Motorradfahren in fremden Ländern. Viele Erfahrungen daraus verarbeitete er in seinem mehrbändigen Romanwerk *baenkle.de* und in der Romanreihe mit dem Schriftsteller *Wolfgang Prakl.*

Gemeinsam verfassen die beiden Geschwister Lokalkrimis mit den Protagonisten *Wotan Wilde* und *Eva Witten.*

Dieser Kriminalroman spielt an realen Schauplätzen. Alle Personen und Handlungen sind frei erfunden. Sollten sich dennoch Ähnlichkeiten mit lebenden oder verstorbenen Personen ergeben, so sind diese rein zufällig und nicht beabsichtigt.


Postfach 16 42 · 72706 Reutlingen


Titelbild: Jürgen Meyer
Gestaltung: PMP Agentur für Kommunikation, Reutlingen
Lektorat: Bernd Weiler
Korrektorat: Sabine Tochtermann
Satz: Uhl + Massopust, Aalen
Druck und Bindung: CPI books GmbH, Leck
Printed in Germany
ISBN 978-3-96555-116-9

Nach dem Überfall auf einen Geldtransporter bei Tübingen werden die drei Täter zu langjährigen Haftstrafen verurteilt. Die Beute des Überfalls liegt auf den Caymaninseln. Jeder von ihnen besitzt nur einen Teil des Codes, der zur Beute führt. Als Kjell, ihr Anführer, im Gefängnis tödlich erkrankt, gibt er seinen Code nicht an seinen Bruder Yngvi weiter, der verzweifelt nach den restlichen Teilen des Codes sucht. Er hinterlässt dabei tödliche Spuren. Der erste Fall der Reporterin Eva Witten bietet Spannung und Lesevergnügen pur.

ISBN 978-3-96555-085-8 / 11,95 EUR

Firma gut verkauft, das Geld sicher in der Schweiz, alles in Butter, denkt der Reutlinger Unternehmer Hans Hörmann. Doch dann erfährt er von einem Informanten, dass die Steuerbehörde eine CD mit den Daten von Steuerflüchtlingen aus Süddeutschland erworben hat. Auch sein Name könnte auf dieser CD sein. Also beschließt er, sein Geld irgendwie zurück zu holen. Durch die Indiskretion eines Bankangestellten geraten Informationen über den Geldschmuggel in die falschen Hände. Die Jagd auf die Frankenmillionen beginnt.

ISBN 978-3-88627-586-1 / 11,95 EUR